サキュバスの指先は柔らかくて、ほんのり温かかった。
それが脇腹を這うたびに、くすぐったいとか気持ちいいとは
別次元の快感が全身を駆け巡った。
なんだ、これ。ただ指でなぞられているだけなのに……。
頭のてっぺんからつま先まで、
ぐにゃぐにゃのトロトロになっちまったみたいだ。
力が……入らない。痙攣が止まらなかった。
「全身びくんびくんって跳ねちゃってる……。
これだけで快楽死しちゃいそうじゃない。
ダメよ？　最後の最後まで、
たーっぷり楽しまなくっちゃ」

リリーティア
ウィンディー
ラシュアン
・デリオローラ

ナルルトリス
ビアンカ
シェリル
Character

「煽って私の平常心を奪うつもりだった……のかどうかはわからないからさておいて。こうも簡単に誘いに乗っかってくれるなんて、あんたとってもチョロいのね」
セシリア
『く……んんっ！』
リリーティアはなんとか抜け出そうともがく。だが膝下までを完全に氷で覆われてしまっていて、身動きが取れないらしい。

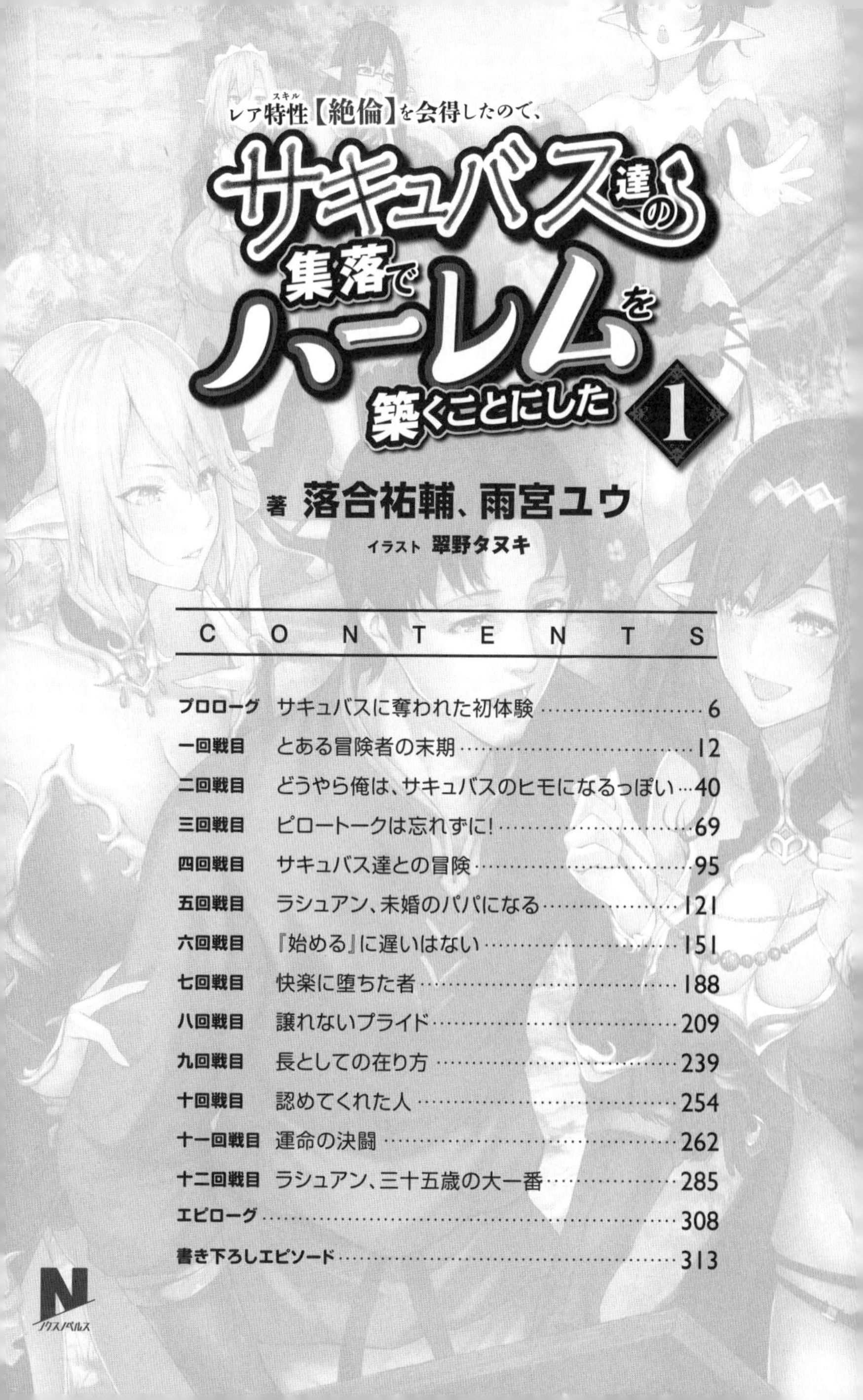

レア特性《スキル》【絶倫】を会得したので、

サキュバス達の集落でハーレムを築くことにした 1

著 落合祐輔、雨宮ユウ

イラスト 翠野タヌキ

C O N T E N T S

プロローグ　サキュバスに奪われた初体験……6
一回戦目　とある冒険者の末期……12
二回戦目　どうやら俺は、サキュバスのヒモになるっぽい…40
三回戦目　ピロートークは忘れずに!……69
四回戦目　サキュバス達との冒険……95
五回戦目　ラシュアン、未婚のパパになる……121
六回戦目　『始める』に遅いはない……151
七回戦目　快楽に堕ちた者……188
八回戦目　譲れないプライド……209
九回戦目　長としての在り方……239
十回戦目　認めてくれた人……254
十一回戦目　運命の決闘……262
十二回戦目　ラシュアン、三十五歳の大一番……285
エピローグ……308
書き下ろしエピソード……313

ノクスノベルス

プロローグ　サキュバスに奪われた初体験

気がつくと、なぜか俺は全裸で仰向けにさせられていた。

石造りの薄暗い部屋だ。背中には柔らかい感触がある。

どうやらベッドかなにかの上で寝かされているらしい。

寝かされている……けど、状況は全然穏やかじゃない。

なにせ、両の手足ががっちり固定されているのだ。

さらには大股開きで万歳のポーズ。

そしてくどいようだけど——全裸である。

「あら。気がついたようね」

女の声がした。

辛うじて動かせる首を起こし、声のした方へ目を向ける。

「ラシュアン・デリオローラ。三十五歳。しがない冒険者で、組んでいたパーティーを追い出されたあと、小さな仕事《クエスト》をせっせとこなして食い扶持を稼いできた……なるほどね」

なにやら紙の束を眺めながら、女が俺の、思い出したくもないクソったれなプロフィールを話す。

それにしても……いい女だな。

スラリと伸びた足はほどよい肉付きで、太もものガーターベルトがむちっと食い込んでる。

尻も小ぶりだが張りのある上向き。くびれもキュッと締まってる。

なにより胸だ。デカい。

今まで出会った人間の女とは比べものにならないぐらい、たわわだ。

子供の頭ぐらいの大きさはあるんじゃないか？

そして顔も美しい。可愛い女の子って感じじゃなくて、エロい姉ちゃんって感じだ。

……ああ、やばい。

こんな状況なのに、女の妙なエロさや漂ってくる甘い香りのせいでムラムラしてきた。

「………あら？　ふ――うふふふっ」

女が俺の今の状態を見て、笑った。

笑うと可愛いな、こいつ。

「すっごい元気なのね」

『なに』が元気なのかなんて、そんなのあえて説明する必要もないよね？　とでも言いたげだった。

「今、あなたがどんな状況で、これからどうなるのか……ちょっとは察しがついてるんじゃない？

それなのに……ううん、だからこそ、ドキドキしちゃったのかしら？」

「……さてな。ただ人間ってのは、死ぬ直前にこそ絶対に生き残りたいって気持ちや本能が最大値になる……って話は有名だけどな」

なんて余裕ぶって言ってはみたけど、実際にこのあとどうなるのかがわかってしまったから、やっぱりただの強がりだ。

俺は、このあと死ぬ。

この女とある儀式を執り行い、死ぬほどの極上の快楽を味わってから、死ぬ。

やたらとエロいこの姉ちゃんは――サキュバスだ。

まあ先の尖った長い耳と黒い尻尾を生やし、暗く妖艶で露出度高めの衣服を身にまとってる時点で、正直わかっちゃいたけどな。

「そう……人が死ぬ直前に放出する精気は、私達サキュバスにとって何物にも代えがたい強大な魔力《マナ》に変わる。だから私達は【吸引の儀《セックス》】で人間を死に追いやって、その精気を吸い上げ魔力を得る。あなたはそのための生け贄《にえ》ってこと」

自分の武器たる肉体を……豊満に実った双丘を、見せつけるように寄せたり鷲摑《わしづか》みにするサキュバス。

正直に言う。

死にたかない………が、挟まれてはみたい。

無我夢中に揉みしだきたい。

サキュバスはヒールをカツカツ鳴らして横たわる俺に近づく。

俺の顔を覗き込みつつ、細い指先で俺の脇腹をゆっくりなぞる。

「ん――っ！　く……」

「ふふっ……かわいい声」

サキュバスの指先は柔らかくて、ほんのり温かかった。

それが脇腹を這うたびに、くすぐったいとか気持ちいいとは別次元の快感が全身を駆け巡った。

なんだ、これ。ただ指でなぞられているだけなのに……。

頭のてっぺんからつま先まで、ぐにゃぐにゃのトロトロになっちまったみたいだ。

力が……入らない。痙攣《けいれん》が止まらなかった。

「全身びくんびくんって跳ねちゃってる……。これだけで快楽死しちゃいそうじゃない。ダメよ？　最後の最後まで、たーっぷり楽しまなくっちゃ」

実際に出ているわけじゃないのに、射精感のような快楽がずっとずっと続いていた。

それでもサキュバスは、こんなのまだまだ序の口とでも言わんばかりだ。

サキュバスとの性交は――これを越す快感だってのか？

想像するだけで、恐怖とか期待とか歓喜がごちゃ混ぜになって、ドクドクと高まらせてくる。

体が火照《ほて》って、呼吸もままならなくて、焦点も合わない。

「――う、わっ!!」

サキュバスの掌《てのひら》が唐突に、俺の太ももの付け根を撫でた――瞬間。

俺の体はビクンと跳ねるように、大きく痙攣した。

ドロドロとした快感と共に精液が――人間にとっての精気でありサキュバスにとっての魔力の源が、ドプドプと溢れ出る。

「あらあら……。意外と立派だし、素材は良さそう。しがないとはいってもさすがは冒険者ね」

指で白濁液をすくい取り、サキュバスはペロリと舐《な》めとった。

それだけで、もう、こっちの呼吸が荒くなるほどに興奮してくる。

淫魔《サキュバス》ってのは名前の通り、生まれついての淫乱なんだなって思い知らされる。

「ん、ふ……んくっ……。すっごい濃いのね。喉に引っかかるかと思った。こんなに濃厚な精気……よっぽど死ぬのが怖いのね」

「……そりゃ、な。怖くないヤツがいるかよ」

たとえそれが、普通に生きているだけじゃ味わえないような快楽の末だとしてもだ。

「そうよね……でも、安心して。私、こう見えても初めてなの」

サキュバスはクスリと笑う。

聞いたことがある。

【吸引の儀】が初めてのサキュバスが相手だと、生け贄に捧げられた人間の魂には、神からの祝福が得られる……って話だ。

まあ、どうせ迷信だ。生け贄に捧げられることの恐怖心を和らげるための、おまじないだ。

――だけど。

「……実は……俺も、なんだ」

なんでこんなタイミングで、そんな恥ずかしいことを口走ったのか、理由はよくわからない。

けど、それでも。

お互いが初めて同士という事実は気休め程度にはなったし、死ぬ前に極上の快楽を経験できるのなら――

「そう……そっか。ふふっ♪　ちょっと嬉《うれ》しい……。あ、そういえば自己紹介がまだだったわね。

私、リリーティアよ。それじゃぁ――」

この美人で、笑うと飛びっきりかわいいリリーティアに魔力を搾取されるのも。

悪くはないかもしれない……って思ったんだ。

「最初で最後の気持ちいいコト、存分に楽しみましょうね♪」

こうして俺は、生まれて初めての手繋ぎも、キスも、あれもこれもをリリーティアに奪われた。

人として生まれ落ちたからこその幸せのいくつかを、死の間際にリリーティアからもらった。

むせ返るような匂いと体液にまみれてドロドロになりながらも、頭がバカになるまで快楽に溺れ、楽しみ、死ぬほどの極上の快楽を味わい尽くし。


そして、俺は死んだ――。

一回戦目　とある冒険者の末期

「すんません、ラシュアンさん！　次回の魔獣討伐仕事《クエスト》、俺らだけでやらせてもらえませんか？」

パーティーリーダーの青年から突然そんなことを言われたのは、いつものメンバーで一仕事終え、夜の酒場で打ち上げをしているときだった。

「構わないけど……急にどうしたんだ？」

「いや、その……俺らってまだまだ冒険者としては若手っすけど、そろそろ自分らの実力をちゃんと確かめてみたいなって思って」

青年はつい前の年に冒険者免許を取得したばかりの、二十一歳の若手だった。

彼だけじゃなくこのパーティーのメンバーは、基本的にみんな若かった。二十代前半で固まっていたのだ。

一方で俺は、このときもう三十だった。パッとした戦績はないし、冒険者としての階級《ランク》も高くはないが、ズルズルと生き残っている図太さは自慢できる中堅といったところ。

そんな俺が若手の彼らとパーティーを組んでいたのは、酒場で意気投合し先輩と持てはやされ、成り行きで彼らのサポートをすることになったからだった。

年長なりにいろいろ教えてあげよう。それがきっと、彼らのためになるはず。

そういう純粋な善意から、俺は親身になってサポートしてきたんだ。

実際、彼らはメキメキと実力を伸ばしてきていた。確かめたくなる気持ちは理解できる。

「わかったよ。けど、無理は禁物だぞ？　こういう伸び盛りなときの過信があとで――」

「だーいじょぶっすよ！　もーう、ラシュアンさんは心配性っすねぇ」

リーダーが俺のグラスに酒を注いだ。

冒険者として受けられる仕事は様々だが、危険なものも多い。

だからこそ、一定の技量を満たしたものだけが免許を取得し、活動を許される。

一方で、冒険者がいるからこそ生活が成り立っていたり、救われた人々もいる。

そういったやり甲斐に満ちているのが、冒険者という職業だ。

そんな中で、魔獣討伐の仕事はもっとも危険と言っていい。普通に死人が出るし、中型の魔獣相手ともなると、ときには二十人前後のパーティーを組んで討伐に当たることもある。

けど危険な分、実入りは多く実績にも繋がりやすい。なのでみなこぞって受けたがる。

だからこそ、早く討伐仕事を受けたがる若いパーティーには、万が一に備えて年長者がついて回るものだが、確かに今の彼らなら小型の魔獣ぐらい容易に倒せるだろうと思った。

「でもさ、そうやってラシュアンさんが心配してくれてるおかげで、今のオレ達がいるようなもんですからね。ほんと、あざまっす！」

メンバーのひとりが調子よさそうに頭を下げた。

「ねー。やっぱ十年生き残ってるベテランさんは、見るところも違うから勉強になります」

若い女性のメンバーが笑顔を向けてきた。

「十年とか、今の俺らじゃ想像もできないですよ！　どうしたらそんなに生き残れるんですか？」

最後は再び、リーダーがグラスを片手に訊ねた。

「生き残る秘訣……かぁ。危険を予期して常に安全かつ最善の手段を取ること……あとは、毎日コツコツ真面目にがんばること。これがなんだかんだ一番大切だと思うぞ」

「真面目かぁ……。ぶっちゃけ、一番ソレが苦手かもしんねーっすわ、あはは」

「まあ、向き不向きもあるわな。ただ、真面目でいることはなにも損しない。見てくれる人もきっといる。そういう地道なものが、あとあと評価されて光る……んだと俺は考えてる」

「なるほどっす！　やっぱラシュアンさん真面目っすね！」

「それはバカにしてるだろっ」

ツッコミを入れると、一同はゲラゲラと笑ってくれた。

俺はその様子を眺めながら、しょうがないやつらだな、と酒を呷《あお》る。

最終的に俺は、彼らを気持ち良く送り出すことにした。


数日後の、彼ら若手メンバーが討伐仕事に向かう予定の日。

早めに目が覚めてしまった俺は、家の外で日課の素振りを始めた。

冒険者になる前からずっと続けている、冒険者として強くなるための努力のひとつ。

「一、二、三、四、五………」

俺がこの道を選んだ理由やきっかけはなんだっただろう？　ふとそんなことを思い返した。

冒険者として人々のために役立ち、名を馳《は》せ、両親に誇れる自分になろう。そんな夢を持ってこの世界に踏み込んだような気がする。

だからこそ真面目にコツコツと、素振りを始めとする努力を重ねてきた。

何ごとにも真面目に、いついかなるときも真摯に。

どちらにせよ俺は、いわゆる『不真面目』な行いが苦手というか、どうすれば要領よく『不真面目』になれるのかだってわからない。自分にできることを精一杯やり抜くしかなかった。

それこそが上達と、夢の実現への近道だと思っていたから。

……だからこそ、微かに焦りを感じていた。

俺の冒険者階級《ランク》はDだ。下はFから、上はA、S、SSと続く中で、真ん中のひとつ下。同世代の冒険者の平均値よりだいぶ劣っている。

でもそうやって比べる必要も焦る必要もないと言い聞かせてきた。

為《な》せば成る。いつかこうした努力が実を結ぶときがくる。そう信じていた。

「……そういや、あいつ、もうすぐランクが上がりそうって喜んでたな……」

パーティーリーダーの彼は、二十一歳。去年冒険者になったばかりの若手。

あいつの階級《ランク》はE。次の昇級で十年選手の俺と並ぶ。

冒険者一年目にしては、破竹の勢いだった。

「…………」

妙に心がざわついた俺は、気になって彼らの集合する場所へ先に向かい、様子をうかがうことにした。

事前に聞いていた集合時間よりもだいぶ早く、集合場所である街の噴水広場へ到着した。

にもかかわらず、メンバーは全員集合していた。

……万が一、俺が考えを改めてついてくるようなことにならないよう、時間をずらしていた？

明らかに不自然で嫌な予感を覚えた俺は、見つからない範囲でギリギリまで近づき聞き耳を立てた。

「なんか、あのおっさんいないと新鮮だよなー」

メンバーのひとりが言った。

「言えてる。あーしろこーしろってうるさいのがいないだけで、清々すらぁ」

「つーか口はよく動くのに体は全然だもんな。あれで冒険者十年目ってウソでしょ？」

「でも私さー、この前あの人が素振りしてるの見たよ？　うっわ、ちょー真面目って思った」

「真面目にやっても要領悪けりゃ意味ないっしょ。自分で一日素振り百回より、ギルドのお偉いさんに一日賄賂《わいろ》千ジェニスのほうが、明らかに効率的で得だし」

……なにを言ってるんだ？　誰の話をしているんだ？　なんの話をしているんだ？

訳がわからない……いや、きっとわかってはいるけど認めたくなかったんだ。

どんな感情かはわからないけど、震えが止まらなかった。

「おい、あまりデカい声で余計なこと話すなよ」

リーダーが仲間達を制した。

「ラシュアンさんだって、コツコツがんばってんだ。少なくとも、俺らのことを思ってるからこそ、いろいろ言ってくるんだって。まあ、だからさ……」

リーダーの言葉に、少しだけ嬉しくなり――

「真面目にがんばってる俺すげぇんだぜ！　って自分に酔っていられる内は、そっとしといてやるのが優しさじゃねぇの!?」

「「「確かにー！」」」


…………ああ、そうか。そうだったんだ。

俺が焦りを感じていた理由が、このときまさにわかった。

俺は、あいつらに舐められていたんだ。それも最初から。

けど不思議と怒りみたいな感情は湧かなかった。心のどこかで、あいつらの言っていることは的を射ているって自覚があったからかもしれない。

真面目にコツコツやってきた。でもそれだけで成果が出るわけじゃない。ときには搦《から》め手だって使わなくちゃ生き残れない。そんなの俺だってわかっていた。

けど、できなかった。ずっと真面目であることを美徳と思ってきた俺に、ずる賢い手段や邪道を歩むことなんてできなかった。どう歩めばいいかもわからなかった。

だからこうして若手にすら後れを取る。そんなのわかりきっていた答えだ。だから怒りはない。

ただ……ただひたすら、悔しかった。

真面目に取り組んできた努力は結局報われなかった。報われないんだと思い知らされたから。


結局やつらはその後、半年と経たずに冒険者階級がCになった。免許を取ってから十年間コツコツがんばってきた俺を、たった一年と数ヶ月で追い抜いた。

素直にすごいと思える反面、自分の不甲斐なさが悔しくて情けなくて、何度も酒に逃げた。

「……あれ？　万年Dランクのラシュアンさんじゃないっすか。こんちゃーっす！」

「「「ちゃーっす！」」」

けどその酒場でさえやつらや、彼らを支持する若者が集うようになっていた。

「これからひとり酒っすか？　そんな安酒じゃなくって、こっちで一緒に飲みません？　店で一番高い葡萄酒のボトル開けたんで！」

「そうそう！　たぶんラシュアンさんの活動じゃ、一生かかっても飲めない酒っすよ！」

「やだー！　格下でも年長なんだから敬ってあげないとさー、器ちっちゃく見えるよー？」

「器ちっちゃくてもち○こはデカいからオールオッケー！」

「下ネタ下品ー！　サイテー！　あはははは！」

「うっせー、いいからお前の乳揉ませろぃ！」

もうこの店は、俺の居場所じゃなくなっていた。俺の居場所はなくなっていた。

調子づいた若い男は、酔った勢いで好き放題やりたい放題。暴言だろうが下ネタだろうが、誰彼構わず騒ぎまくっている。

女どもだって下ネタを下品と非難しつつも、男達のノリに笑って乗っかって、簡単に乳を触らせたり唇を許す。

こんな不真面目で下品な生き方、俺にはできない。

そもそも、やりたい放題できる男どもや酔って阿婆擦《あばずれ》れと化した女どもを、俺は心底嫌悪している。

……している、はずなのに――

「……ちくしょう」

心のどこかで、彼らのような生き方を——羨《うら》ましいと思ってしまった。

「……ちっくしょう……っ！」

そんな自分に、はらわたが煮えくり返りそうだった。

だから俺は、逃げるようにして違う店を探し、安くて不味《まず》い酒を呷った。


そうして酒に逃げている内に金もなくなって、いい加減仕事を受けようと思った。

けど最近はやつらの噂を聞きつけて、街のギルドに若手の冒険者が蔓延《はびこ》るようになり、めぼしい仕事はどんどんそいつらが奪っていった。

どうやらあのリーダーが一気に仕事を引き受け、みなへ斡旋し、マージンを取っているらしい。

ほんと、憎たらしいほどに賢くて世渡り上手なヤツだと思う。

おかげで俺は、誰も引き受けないような安くてショボい仕事を毎日毎日何件も掛け持ちするしかなく、どうにか日銭を稼ぐ毎日を送っていた。

たまの休みには酒に溺れ続け、ときにはあの若手パーティーの女の体を思い出してシコッて、そのたびに虚しくなり——


気づけば俺は、三十五歳になっていたんだ。

◆　◆　◆　◆

「――――はっ!!」

なんの前触れもなく、俺は突然目を覚ました。

ものすごく嫌な夢を見ていた気がする。

「……って、ここ、どこだ？　俺は、いったい……」

気怠《けだる》い上半身をどうにか起こす。ファサッとシーツが落ち、目を向けたことでようやく、俺が純白のベッドに寝かされていたことを知る。

しかも全裸のままだ。わけがわからない。

不可解なのは辺りの風景もだった。

さっきまで――記憶している直前までは、薄暗い石造りの部屋にいたのに、ここはまるで寝室だ。

ダブルベッドをさらにふたつ繋げたようなキングサイズのベッドを中心に、クローゼットやらチェストやらが壁際に並ぶ部屋。

巨大な窓からは眩しい光が差し込んでいた。

「まさか、ここが天国なのか？」

うーん……だとしたら、思っていた以上に人間の生活感バリバリなところだな。

「…………いやいや、んなわけがない」

さすがに天国を信じるほど信心深くはないし、ここは天国だと言われたところで信じるつもりもない。

まあ、人の生活感バリバリとは言ったが、やたら豪華な寝室ではある。

目の前で極上のサキュバスが、粒のような汗を浮き出させ頰を赤らめていた、記憶している最後の状況とは打って変わって――――。

「そ、そうだよ。俺、サキュバスの生け贄にさせられて……それで……死んだ、はずだ」

ってことは、やっぱりここが天国なのか？

そう、わけがわからずにいると――。

ガチャッ
ドアが開き、ひとりの妖艶な女性が入ってきた。

「よかった、起きたみたいね。よく眠れたかしら？」

畳まれた衣類を両手に抱えるその女性に、俺は見覚えがあった。

「お前は……」

突然リリーティアが現れたことで、俺は頭がこんがらがってしまった。

「え？　な、なんでお前がここに？　ここ、天国じゃないのか？　それともお前も一緒に死んだ、なんてことは……は？　え？　それとも全部、お前の見せた夢？」

「……もう！　ラシュアンのバカっ！」

リリーティアは、なぜか急にふくれてそっぽを向いた。

な、なんだ？　俺、なんか変なこと言ったのか？

「お前お前って失礼ねっ。一昨日《おととい》の夜はあんなに楽しんだのに」

…………ああ、そういうことか。

ちゃんと名前を呼べ、と。

「すまん、リリーティア。ちょっと、頭が混乱してて……」

素直に謝ると、リリーティアは機嫌をよくしたのかニコニコと笑い始める。

笑うと飛びっきりかわいいのは一昨日から変わらないけど、意外とこいつ、チョロいのか？

…………ん？　一昨日？

「リリーティア。状況を教えてほしい。今日は俺がお前……リリーティアと、その……エ、【儀式《エッチ》】をした日から、二日しか経ってないのか？」

リリーティアはベッドの縁に座り、抱えていた衣類を置きながら言う。

「そうよ。あのあと、精気を出し尽くしたとたん爆睡しはじめて、丸一日も眠ってたの。でも心配ないわ。初めてのことで体が慣れてなかっただけよ」

「てことは、俺、生きているのか？」

「もちろん。ああ、そうだ。せっかく生きて目を覚ましたんだもの。ちゃんとこう言っておかないとね……おはよう、ラシュアン」

リリーティアの柔らかい母性的な笑顔に、鼓動が高鳴る。

な、なんなんだよ、こいつ。

美人だし、笑うと飛びっきりかわいいし、それでいて母性的で胸もデカいって……パーフェクトすぎるだろ。

……いやいや！

そんなことより、聞くべきことがあるだろ。

「なんで俺、生きてんだ？　サキュバスに精気を吸い取られた人間は死ぬはずじゃ……」

「うん。でも迷信にだってあるでしょ？　【儀式】初体験のサキュバスが相手だと、魂に祝福が得られるってヤツ。あれよ、あれ」

指先を空中でクルクルさせながらリリーティアは言った。

あれ、ただの気休めじゃなかったのか。

「つまり俺は、リリーティアの初めての相手だったから、こうして生き返った……あるいは命までは取られなかった、ってことか？」

「ん～……正確には、ちょっと違うかしら？」

クルクル回していた指先を今度は下唇に当てて、首を傾げるリリーティア。

……あざとかわいいな、ちくしょう。

「魂に祝福が得られて生き延びたり生き返ったってわけじゃなく、祝福が得られたことで、ラシュアンの中で不思議な能力が覚醒した。それが理由で生き延びたってほうが正確ね」

「不思議な、能力？」

俺が聞き返すと、リリーティアは「そっ」とうなずき、シーツ越しに俺へ馬乗りになった。

彼女の程よい重みが、なぜか生きている実感をわき上がらせ、心地よかった。

「実は私達サキュバスって、個体ごとに【特性《スキル》】をいくつか持っているのね。体の中に宿っている魔力が、各個体の特徴を補強・誇張・強化したものなんだけど……。当然人間にはない。だって特性を発現させるのに必要な魔力が、体に宿ってないんだもん。発現したりしない――普通わね」

リリーティアの指先が、そっと、俺の腹に触れる。

極端にデブってってわけじゃないが、ちょっとだらしない感じにブヨってる腹を明るい場所で見られるのは、正直恥ずかしい。

でもリリーティアはそんなこと気にする素振りもなく、指先をツツーッと俺の胸のほうへなぞっていく。

それだけで、俺の口から妙な吐息が零《こぼ》れそうなほど気持ちよかった。

「でも私はラシュアンが初めての相手で、ラシュアンも私が初めての相手だった……そこで、迷信にあるとおりに祝福が得られた。私の魔力が、ほんの少しだけラシュアンの体に逆流したのよ。そしてあなたの中へ流れ込んだ微量の、けれども強力な魔力が、体内の精気と反応し合ってそのすべてを魔力に変化させた。そうして魔力を体内に宿すようになったラシュアンは、自分の特徴のひとつが補強、そして強化され、人間には発現するはずのない特性を発現させたってわけ」

「……そんな都合のいい話があるのか？」

「事実なんだもの、しょうがないじゃない。ちゃんと【鑑定】特性持ちに確認させたから、間違いないわ」

リリーティアの指は胸板から喉を昇り、顎をなぞってピンと飛んだ。

ゾクゾクとした気持ちよさに声を震わせながら、俺は訊く。

「その、俺の特性って……いったい？」

するとリリーティアはクスリと意味深に笑って——。


「——【絶倫】よ」

……

…………

…………

「…………はい？」

なに言ってんだ、こいつは。

「だ～か～らっ！　【絶倫】って超レアな特性が発現してたの！」

「いや、絶倫なんてその辺の男にも普通にいるだろ。やたら性欲精力強いヤツ」

「ラシュアンの場合、特性化したことで格が変わったのよ、格が！」

うーん。にわかには信じられない。そもそも絶倫に格もへったくれもあるのか？

俺が絶倫だったこととか、それが特性化したこととか……。

そりゃ、昔っから性欲は強かったほうだろうし、一日最高二十回とかって記録を作っては虚しくなったこととかあるけどさ。

それが特性化して、人間としてまずあり得ない特性持ちになったって？

「それは、喜んで良いことなのか？」

「もちろんよ。だって、サキュバスと【儀式】して死ぬほど極上の快楽を得られたのに、生きてるのよ？　控えめに言って最高じゃない」

まあ、それは一理ある。

あのくっそ気持ち良かった一夜を経てなお生きていられるのは、ある意味じゃ幸せなことかもしれない。

………まずい。思い出した映像と、リリーティアが馬乗りになっている状況とがシンクロして、俺の息子が目を覚ましやがった……。

なんとか話題を振って気を紛らわせないと。

「と、ところで。その……特性って言うからには、何らかの効果があるんだよな？　結局【絶倫】の効果みたいなもんって、なんなんだ？」

するとリリーティアは、また指先を下唇に当てた。

わざとかと思ったけど、もしかしたら単にこいつのクセなのかも。

……まあ、かわいいから全力で許す。

「うまく説明できないんだけど……『絶対に魔力が尽き果てない』とか『【儀式】による快楽死を避ける』とか『何度も連続で【儀式】に臨める』とか？　まっ、わかりやすく言えば『どれだけサキュバス相手に魔力を吸引されても死なない』特性ってことね♪」

「身も蓋《ふた》もねー特性だなっ！」

なんだか、だんだんアホらしくなってきたぞ……。

しかも、なんでこんな嬉しそうなんだリリーティアは。

「身も蓋もないって……。嬉しくないの？　あんなに気持ちいいことを何回したって死なないし、何回でもできるのに」

リリーティアはションボリとなって、ボソッと呟いた。

「わ、私は……初めてだったけど、すごく……その…………よかった、よ？」

…………あー。

前言撤回。

この特性、マジ最高。

だからリリーティアは、俺に特性の説明してるとき、すごい嬉しそうだったんだな。

気持ちよかったことを、気持ちよかった相手と、何度でもできる。

……考えてみりゃ、サキュバスは一回吸引した相手とは二度と吸引できないんだよな。だって相手が死んじゃうから。

どんだけ相性よくて気持ちよくっても、死んじまったら二度目はないんだよな。

「………身も蓋もないって言い方は、ちょっと雑だった。すまん」

俺が心から謝ると、真っ赤な顔のリリーティアは俺を見つめた。

「いろいろ動揺してたんだ。なのに目が覚めたら【絶倫】だのなんだのって言われて……。けど、まさかリリーティアがそんな風に言ってくれるとは、思わなかった。正直嬉しい。ありがとな」

安心させようと笑いかけてあげる。

俺の本心からの笑顔にリリーティアも安心したのか、目尻に小粒の涙を浮かばせながらも笑い返してくれた。

「で、これから俺はどうなるんだ？　どうすればいいんだ？　こんな特性が発現したとなりゃ、普通の人間みたいな生活はもう送れない。リリーティア達だって俺を逃すつもりはないだろ？」

「うん、そう……。だから今日は、今後の相談もあってここに連れてきたの」

リリーティアは俺の手を握り、まっすぐ見つめて言った。

「ねえラシュアン。私達の集落を助けるために、手を貸してくれないかしら？　あなたが……あなたの魔力と【絶倫】特性が、私達にはどうしても必要なの」

◆　◆　◆　◆

リリーティアが持ってきてくれた衣類に着替えると、俺は彼女に連れられて部屋を出た。

やたら豪華な造りの廊下だった。部屋の装飾の感じといい、まるで宮殿や城の中を思い起こさせる雰囲気だ。

「もしかして、ここ、リリーティアの住んでる集落の宮殿みたいな場所なのか？」

「そうよ。もっとも、元々はずっと昔に人間が使っていた建物なの。私達は流用してるだけ」

サキュバス達が集落として使っている土地や建築物は、元々人間が使っていて、そして棄《す》てるほかなかったものだ。

ある脅威の出現により人間がその土地を諦め、脅威に立ち向かうために縄張りを広げたいサキュバス達へ譲る。そんな構図ができあがっているからだ。

脅威……それを俺達人間は、『大型・超大型魔獣』と呼んでいた。

人類は長い歴史の中で、魔獣と戦う術《すべ》を編み出してきた。だが千年ぐらい前を境に、これまでとは比べものにならないサイズの巨大な魔獣が出現するようになり、猛威を振るうようになった。

あまりにも巨大すぎる大型・超大型魔獣に為す術のない人類は次第に生活圏を追いやられ、土地を棄て、超大型魔獣の進行に怯えながら生きていた。

それは人間だけじゃなく、エルフや妖精族といった種族もだ。

中には絶滅してしまった種族も存在する。

そんな状況を一変させたのが、サキュバス達だった。

サキュバスは人間が宿していない莫大な魔力を体に有し、最大限且つ自由に行使し、魔獣に対抗できる戦力だったのだ。

だが人の精気＝魔力を搾り取り、人の知恵を学んで成長した歴史を持つサキュバスは、人から精気を吸収できなければ死滅する。人類の滅亡がサキュバスという種の滅亡に直結してしまう。

それに、どちらにせよ、魔獣に対抗するには大なり小なり魔力の吸引は不可欠。

だから人類とサキュバス族は協定を結んだのだ。

サキュバスは人間の魔力を搾り取る代わりに、人類を守る。

人類はサキュバスに守ってもらう代わりに、魔力を与える。

そうして複数あるサキュバスの集落へ、月に三人ほどの人間を生け贄として提供する、そんな歪《ゆが》んだ協定が結ばれた。

その分サキュバス達は責任を持って魔獣退治に勤《いそ》しむし、自分達も食材として栽培している作物の一部を、人間達にも分けるのだ。

特に、その土地でしかうまく育たない作物などは、そうした方法をとらないと人類の生活圏に流通しなくなる。

生け贄だなんて物騒な言葉が日常的に飛び交いはするものの、人間とサキュバスはお互い、少なくとも表面上は、平和な協力関係にあるってわけだ。

「この宮殿は今、私を含めた高階級のサキュバス六人が同居しながら集落を治めていて、他にメイドが数人住み込みで働いてくれてるの。他の住民はあたりの家屋を使って暮らしてるわ」

「高階級……そうか。サキュバスの社会にも階級制度みたいのがあるんだったな」

それは集落単位で、より細かくすれば個人単位で決められている、サキュバス達のランキングみたいなものだ。

まず個人の魔力量や身体能力に応じて個人の階級が決められ、総数に対する各階級の割合で集落の階級が決められている……そう聞いたことがある。

俺達人類の冒険者階級と似たようなもんだな。

けど、こんな立派そうな宮殿に住み、さらに集落を治めているひとりなのだから、さぞリリーティアは上流階級なのだろう。

「実際のところ、この集落やリリーティアはどんぐらいの階級なんだ？」

「……Cよ」

「そうかそうか、Cってことは上から3番目…………え？」

それって高いのか？

でも、答えにくそうな顔をしているリリーティアを見ると、悪い予感しかしないんだが……。

「それは、集落とリリーティア、どっちの階級？」

「……私」

「そ、そうかそうか！　…………え？　じゃあ集落は？」

「…………F」

「ちなみに訊くけど……階級ってAから始まってどこまでの範囲なんだ？」

すると、リリーティアは小刻みに首を振った。横に。

「Aじゃない……個人にも集落にも、Aの上にSがあるの。そして範囲は……Fまで」

…………。

言葉が出なかった。

つまり、リリーティアのC階級は上から数えて四番目であり。

集落の階級はまさに最下位、ということ。

それって要は…………最底辺の集落ってことか？

「……あー、まあその……なんだ」

どう声をかけてやったらいいものか迷う。

境遇的には、俺も同じようなもんだ。一応は冒険者階級がDとは言っても、同世代の中じゃ平均以下だし年下の連中にすら劣るド底辺だった。

だからこそ、リリーティアの気持ちや事情の伝えにくさ、悔しさみたいな感情は手に取るようにわかる。

かといって変に慰められても、却ってイラだつだけだって理解もしている。

はてさて困ったぞ。

俺なら、誰になんて声をかけてもらいたいだろうか。

しばらく悩んで、ベタだけどやっぱりこう言われたほうが、当たり障《さわ》りないかな……という言葉を選んだ。

「今がFランクってことは……あとは、上がるだけだな」

リリーティアは廊下を歩きながら、ゆっくりと俺のほうを向いた。

「最底辺……って言い方が正しいかどうかわかんないし、気を悪くしたなら申し訳ないけど。そんなら、あとは上がるだけって考えりゃ、ちょっとは楽になるだろ？」

……まあ、実際のところ。

それがいかに難しいことなのかも、俺は知っているわけで。

でも、それでも――何かをコツコツ積み上げていくことを否定したくはないし、されたくない。

「これまでリリーティア達は、ちょっとでも階級を上げようとがんばってきたんだろ？　いつか実を結ぶかもしれないからって。なら俺は、それを続けていけばいいんだと思う」

ときに人は、それを『非効率』とか『無駄』と言うかもしれない。

けど俺は、誰かが無駄と感じるような時間がいつか実を結ぶと信じ、費やしてきた。すでに、何年も。それを今さら『無駄でした』と言ってなかったことにはできない。

だからこそ、これまで費やしてきた時間を信じるしかないんだ……俺はそう思いたい。

――すると。

「ふふふっ。ラシュアンって、やっぱり結構変わってるわよね」

リリーティアは、どこか嬉しそうに笑った。

「なんでそう思うんだ？」

「え～？　だって、その……あなたは生け贄としてサキュバスに……私に捧げられたのよ？　特性のおかげで奇跡的に生き延びたとは言え、普通の人間の反応や考え方じゃないわ」

「う～ん……そんなこと言われても、ただの本心なんだが。……え？　むしろ、余計なお世話だったか？」

一歩前を歩くリリーティアは、驚いたように振り返った。

「まさか！　私もずっと、ラシュアンと同じように思ってたの。底辺なんだから、あとはなんとかして上がるだけよねって……」

リリーティアは俺の手をキュッと握りながら、サキュバスらしい妖艶さなどみじんも感じさせない、少女のような笑みを咲かせた。

「だから、ラシュアンと考え方が同じですっごく安心したわ……ありがとう♪」

そう笑い返してくれたのだから、俺は……人間の世界で最底辺だった俺は、リリーティアのためにがんばってあげたいと、改めて思った。

◆◆◆◆

しばらく歩いた俺は、廊下から直結しているバルコニーに通された。ここからだと集落の様子が一望できた。

思っていた以上に、サキュバスの集落は人間達の住む町と遜色《そんしょく》なかった。石造りの家屋がポツポツと並び、舗装こそされていないが街道がのびていて、そこを行き交うサキュバス達の姿があった。

「ここが、私達の暮らしている集落――『フィルビア・コロニー』よ」

リリーティアが集落を眺めながら言った。

雰囲気としては、ちょっと寂れた田舎町って感じだった。集落の階級がFだからこそなのかもしれない。

建物のいくつかは屋根が壊れたままで、間に合わせとして木の板を打ち付けて誤魔化していた。壁の一部が崩れてしまっている家屋もあれば、空き家なのか無造作に伸びた植物が纏《まと》わり付いているものまで。

「集落の階級が低いと、どうしても補給物資の優先順位が低くなっちゃうの。装備品はもちろん、普段の生活にあると便利なものなんかもね。家の補修がきちんとできていないのはそのせい」

特に訊ねたわけではないけど、俺の考えていることを悟ったのか、リリーティアが説明した。

「やっぱり、生活は苦しかったりするのか？」

「そんなことはないわ。私達サキュバスにとって、本来こういった集落があるっていうだけで贅沢だもの。ただ、今は魔獣討伐って義務を背負って生活している。そうすれば、どうしたって心労は溜まる。その発散のためにも、日頃の生活は豊かにしていきたいって思ってるの」

なるほど。当たり前に住む家があり、寝る場所があり、食事にも困らない……そういった『日常』が、強敵との戦いを強いられているサキュバス達にとって、これ以上ない癒やしなのか。

だからこそ、その癒やしの効果を充実させるためにも、階級を上げて得られる物資を増やしたい。

階級が低いことをリリーティアが悲しそうに語っていたのは、そういうことが理由だったのか。

「……とはいえ、ここからの景色はいい眺めだよな」

都会とは違った温かみに溢れた集落が、遠くに見える緑や山々の風景とよく合っている。

俺は、眺めているだけで清々《すがすが》しい気持ちでいっぱいになった。

「こういう景色も、集落も……俺は好きだな」

「そう……そっか。よかった」

リリーティアは、どこか安心したような表情で笑った。肩が揺れると、それだけで豊満な胸がふよんと動く。けしからん。

ふと、横から見える爆乳の向こう側に、モゾモゾと動く影があった。

なんだろうか？　と見つめ続けていると、今度はリリーティアが、自分の胸をつぶれんばかりに抱きしめた。

「ちょっと～……。いくらなんでも見過ぎよ？　まだ触り足りないの？」

「ちょ、誤解だって誤解！　見てたのは胸じゃなくって……」

「あ、そう……。じゃあもう私の胸には興味ないのね？　そっちがその気なら、今からだって触らせてあげてもよかったんだけど……ほぅら」

なん………だと？

その全人類をダメにする爆乳を、白昼堂々好きなだけ触っていいだって!?

目の前には、リリーティアがわざとらしく腕で寄せあげた胸が、キツキツの谷間を作って待ち構えている。

ちくしょう。なにが【絶倫】で生きながらえることができた、だよ。

こここそ正真正銘の天国じゃねーか！

そういうことならお言葉に甘えさせてもらおう。

そう覚悟を決めて手を伸ばそうとした、そのとき。

「リリーティア様。お戯《たわむ》れが過ぎるかと存じます」

突然、凛とした声が聞こえてきて、俺は手を引っ込めた。

リリーティアの背後に、見知らぬ女の子が立っていた。

「わかってるわよ～。ただ、ラシュアンが私に興味なくしたかもしれないって思って、ヤキモチ焼いちゃっただけ」

「そういうことは、大っぴらに言わないほうがよろしいかと」

なんか、すごいドライな雰囲気の女の子だな。

無表情で人形のように綺麗な顔つきなのが余計にそう感じさせる。

ただリリーティアと比べると、まだまだ成長途中なのか幼女体型だ。全身をしっかり覆うメイド服がよく似合っている。

なんだかキリキリとした働き者といった印象だった。

「人間の殿方は、あえて本音を言わずドギマギさせることによって、より意識してくれるらしいです。なので、ヤキモチを焼いたと明言せず、さり気なく匂わす程度に留めておくほうが殿方を堕としやすくなります」

「なるほど！」

なるほどじゃねーよ！

まったく。前言撤回だ。

このメイドっ娘《こ》、キリッとしてるわりに意外とアホかもしれない。なにかが決定的にズレている気がする。

でもそのギャップが妙にかわいく見えてくるから不思議だ……。

「ラシュアン、紹介するわね。この宮殿でメイド長を務めているメルルトリスよ。気軽に『メルル』って呼んであげて。すっごい喜ぶから」

犬猫じゃないんだから……と思ってしまい、どう反応したらいいか困っていると、メルルが一歩前に出てペコリとお辞儀する。

「ラシュアン様。この宮殿のメイド長を務めております、メルルトリスです。ふつつか者ですが、メイドとして、身の回りから下のお世話まで尽力いたしますので、何なりとお申し付けください」

「――ぶふっ！」

いきなりの爆弾発言に思わず吹き出しちゃったよ。

キリッとしたドライな態度で下の世話とか言われると、妙な破壊力があるな。

「こーら、メルル。抜け駆けはダメよ。【儀式《エッチ》】はちゃんと順番ね」

「……え？【儀式】って順番制なのか？」

呆れつつ俺がツッコむと、メルルはコクリと頷いた。

「承知しました。では頃合いを見て夜這いをしかけようかと思います」

「まあ、気づかないうちに出し抜かれる分には、しかたがない――許す！」

「規定ガバガバだなっ！」

サキュバスってのは、みんなこんな感じで変わった子が多いのだろうか？

うーん、不思議だ。

◆　◆　◆　◆

「ちょっと寄り道しちゃったけど、ここが目的地よ」

メルルに別れを告げてリリーティアと共にやって来たのは、これまた豪奢《ごうしゃ》な造りの扉の前だった。

流れ的にこの扉の向こうは、大広間か大食堂……そんな気がする。

どうしよう。なんか妙に緊張してきた。

リリーティアは、俺に協力を仰いできたわけだけど……この扉の向こうでどのような人物が、どんな態度で、どれだけ待っているのかわからない分、ひたすら緊張ばかりが高まる。

でもリリーティアはそんな俺の気持ちなんてお構いなしに、重そうな扉をグッと押し開く。

「みんな、お待たせ！　連れてきたわよ」

進んで室内に入っていくリリーティアのあとを追い、おっかなびっくり入室する俺。

大広間の中央。がっしりとした円卓を、三人の女性が囲んでいた。

たちまち彼女らの視線がすべて俺に向けられ、思わずビクついてしまう。

そして、そんな畏縮している俺を半ば無視して、リリーティアは明るく嬉しそうな声で宣言した。

「彼が、私達の集落『フィルビア・コロニー』を救ってくれる——救世主よ！」

「…………え？　…………きゅ、救世主？」

なんだか妙にスケールが大きくなってて、ビックリしてしまった。

リリーティアの話では、俺はこのサキュバスの集落『フィルビア・コロニー』の救世主らしい。

……どういうことだ？

手を貸してほしいって言うから、てっきり、俺がサキュバス達の身の回りの世話とか雑用諸々《もろもろ》をやらされるんだと思ってたんだが……。

俺が困惑してなにも言えずにいると、円卓を囲っているひとりが口を開いた。

「そちらの人間の殿方が救世主……。にわかには信じられませんわ」

長い金髪の女性だった。毛先が縦ロールで、いかにもお嬢様っぽい雰囲気だ。

扇子でも持ってたらよりそんな印象が強くなる……、
あっ、本当に扇子を取り出したぞ。

しかも、ぎゅうぎゅうな胸の谷間から。

「だいたい【絶倫】の特性そのものがおとぎ話レベルの代物ですのよ。さらにはその特性に目覚めたのがサキュバスでもインキュバスでもなく人間で、しかもこんなタイミングで都合よくわたくし達の集落にやってくるだなんて……おかしな話ではなくって？」

扇子をひらひらと泳がせながら、縦ロールは訝《いぶか》しげに俺を見る。

ちなみに俺はというと、彼女の胸元に釘付けだった。

多分リリーティアよりデカい。それでいて、服の露出度はリリーティア以上。

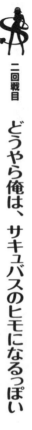

はち切れんばかりの胸に布が食い込んでて、あられもない状態になってる。

吸い付きたくなる柔らかさだ……。

思わず唾を飲む俺。眺めてるだけで脳みそがクラクラしてくる。

「シェリルの言うことはもっともだけど、ちゃんと調べさせたから間違いないはずよ。そうでしょ、ビアンカ？」

金髪縦ロールの超乳サキュバスはシェリルというらしい。

一方、リリーティアが最後に話を振ったのは、赤毛のショートカットがかわいらしい小柄な女の子だ。

「もっちろん！　うちの鑑定眼に、間違いは～～…………なぁいっ！」

叫ぶように言うと、シュタッと円卓の上に飛び乗ってポーズを決める。

どうやら見た目に違《たが》わず、元気な女の子らしい。

スタイルも元気っ娘らしいというか、全体的に引き締まっていた。

ただ、ショートパンツに包まれた小ぶりなお尻は、結構好みかもしれない。

……なんか、リリーティア以外のサキュバスが現れるたびにその体つきに目が行っちゃうけど、仕方ないんだ。

見ちゃいけないと思いつつも見てしまう、なんてスケベ心とはちょっと違う、なにか別の力が働いているような気がして制御しきれない。

もしかしたら、サキュバスだからこその能力なのかもしれない。こいつらのそばにいるだけで妙に動悸が激しくなったり、興奮して理性が飛びそうになるもんな。そういう、魅惑《チャーム》みたいな特性が働いているのかもしれない。

……っていう言い訳。

円卓に飛び乗ったビアンカは、左右それぞれの親指と人差し指で輪を作り、眼鏡をかけるみたいに目元へかざした。

すると彼女の眼前に魔法陣が展開した。円形だった陣が四角い形に変化すると、そこになにかが綴られていく。

「コレが鑑定結果だよ～。ほらほら！　ここにちゃ～んと【絶倫】ってあるでしょ？」

おそらく、ビアンカが【鑑定】の特性を使ったのだろう。その魔法陣をスッとシェリルの目の前へ移動させる。

結果をじっくりと眺めて、やがてシェリルはハッとなった。

「本当ですわね……確かに彼は【絶倫】持ちのようですけど」

……いや、そんな目を大きくしてマジマジと俺を見ないでくれよ。

こうも絶倫絶倫って連呼されると、だんだん恥ずかしくなってきたぞ。

ぶっちゃけ今のところ『死ぬほど極上の快楽を味わっても死なずにすむ』特性ぐらいの効果しか自覚できてない。

そんなに驚かれる理由やなぜに救世主扱いされるのかがわからないから、いまいち褒められている気がしないんだけど……。

「じゃ、じゃあ私達はこれから、この人と一緒に暮らす……んですよね？」

ビアンカの隣に座るサキュバスが口を開いた。

黒い三つ編みのお下げで眼鏡をかけた、オドオドした雰囲気の子だ。

サキュバスってもっと大らかで行け行けゴーゴーな性格ばかりと思ってたけど、こんな地味系な子もいるんだな。

「………って、ちょっと待って。一緒に暮らす？　どういうことだ？」

お下げのサキュバスが口にしたことを流しそうになってしまい、慌てて俺は訊ねた。

リリーティアが俺の正面に回って疑問に答えてくれる。

「どうもこうも、ウィンディーが言った通りよ。ラシュアンには、今日からしばらく宮殿で暮らしてほしいのよ」

「それが、リリーティア達を……この集落を助けることに繋がるってのか？」

「そうよ」

「なぜに？」

話が見えないでいると、リリーティアがまた指先を宙でクルクルさせながら言った。

「私達サキュバスは、魔力吸引を行うことで体内の魔力を補塡《ほてん》して、各能力を補強する。そして私達の階級は、魔力量と能力値《ステータス》を元に算出される。つまり魔力を吸引すればするほど階級は上げられる……でも供給源には限りがあるから、そんな都合よくはいかない。そ・こ・で、【絶倫】特性を持つラシュアンの出番、ってわけ♪」

説明しながら、リリーティアはトンと俺の胸板に指先を当てる。

服越しに触れられるだけで、まるで過敏なところを愛撫されているような、声が出そうになるほどの快感だった。

「ラシュアンはどれだけ魔力を吸引されても死なないし、永続的に吸引させてもらえる存在だもの。あなたが協力してくれるなら、私達は際限なく自分達を強化して、階級を上げることができるわ。だからラシュアンには、この宮殿で一緒に暮らして魔力吸引に協力してほしいのよ」

「……それって、つまり……」

リリーティアの説明で充分、想像も理解もできた。これから先、俺に待ち受けている状況と環境がだ。

けど確信が持てなかったのか、俺はリリーティアに聞き返していた。

やがてリリーティアは、いつもの飛びっきり可愛い笑顔で言った。

「これから毎晩……ううん、夜に限らず、いっぱいいっぱいいーっぱい……私達と気持ちいいこと、しよ？」

う、わ……。やばい……。

今の笑顔と、誘っているような甘い声と、想像力をかき立てさせるためにあえて濁した言い方は……ダイレクトに来た。

俺は感づかれないよう、少しずつ前屈みになる。

「その気持ちいいことってのは……魔力吸引の儀のこと、だよな？」

「もちろんよ。他になにがあるっていうの？」

仰るとおりで。

やっぱり思った通りだ。想像していたとおりの状況が待っているみたいだ。

どこか呆れたように言ったリリーティアは、グイッと俺に近づいてきた。

甘い匂いが漂い、密着してるわけじゃないのに仄《ほの》かな体温を感じる。

そのすべてが、俺の理性をトロトロに溶かしてくる。

目と鼻の先に近づくだけで男を興奮させ、欲情させ、判断力を低下させる魔性の存在——それがサキュバス。

改めてその妖艶さを思い知り、目眩《めまい》がした。

「もちろん、ラシュアンにとっても悪い条件じゃないはずよ。ここに住んでいる間は、特になにか仕事をしてほしいわけでもない。日がな一日のんびりしててくれていいわ。なにより……毎日死ぬほど極上の快楽を、誰にも文句を言われず、好きなだけ味わい尽くせるの。人間界では、こう言うのを『ヒモ』って言うのよね？」

……………なんか違う気もするが。

でも合っているような気もするし、ぶっちゃけどっちでもいいや。

その辺の考えをまとめたり正解不正解を判断する簡単な思考すら、リリーティアに近づかれて理性おバカになっている状態だと、まともに機能しなかったのだ。

「もっとも、選ぶのはラシュアンよ。拒否されたからって、どうこうしようだなんて思わない。ただ、その……ちょっと寂しいかな、とは思うけれど。でも、決定権はラシュアンにあるから……だから、あなたが決めて」

「……リリーティア……」

リリーティアの細い指先が俺の腕をゆっくり下り、やがて、俺のゴツゴツした指に絡まっていく。

思わず握り返してしまうと、彼女の柔らかさに驚いてしまった。

寂しい……そう口にしたリリーティアの表情は、本当に悲しげで、寂しそうだ。

正直、俺の気持ちを誘導する演技かなとも思った。それもこれも含めて、サキュバスお得意の誘い方なんじゃないかって。

でも、仮にその考えが正しかったとしても、騙《だま》されてみても良いとさえ思った。

だって人間の世界じゃ、若手にも舐められるしがない冒険者で、誰からも必要とされないクソったれな毎日を送ってた。

そんな俺が、サキュバスの集落に連れてこられた途端にこの好待遇。


——嬉しくないわけ、ないだろ。

初めて人間として扱ってくれているような気さえしている。


……まあ厳密には、尽きない魔力タンクなんだけどさ。

それでも、こうしてちゃんと選ぶ権利——人権が与えられているだけ、人間の世界に比べりゃ遙かに天国だろ。

なにより、こんなにかわいい女の子が俺のことを頼ってくれてるんだ。

こんなに柔らかい手を震わせるほど、覚悟を決めた上で頼んでくれてるんだ。

それに応えなきゃ、俺は正真正銘のクソったれになっちまう！

だから俺も心を決めた……つもりなんだけど、どうしても気になることがあって訊ねてみた。

「俺ってその……中年だし……おっさんを相手にするとか、みんなイヤじゃないのか？」

我ながら、こういうところの自信のなさは締まらないなぁ、と思う。

けれどリリーティアは、キョトンと俺を見つめたあとにかわいらしく吹き出した。

「ぷっ、あはは！　な～んだ、そんなこと気にしてたの？」

リリーティアはクスクスと笑いながら、両手で俺の頬をソッと包み込んだ。

「ラシュアンは今のままでも充分ステキよ。私は、初めてラシュアンとしたあの日から、身も心もすっかり虜《とりこ》なんだもの。もちろん、初めての相手同士だったって同情なんかじゃないわ。ラシュアンが気づいてないだけで、私はラシュアンのステキなところ、もう何個も見つけてるんだから」

ほんのりと頬を赤くして言うリリーティアに、思わずドキッと心臓が跳ねた。

こんな俺の、ステキなところ？　まったく思い当たらない。

「それって、例えば？」

「う～ん……ナイショ♪　それに、そういうのは……」

リリーティアはほんの少し背伸びをして、俺の耳元へ口を寄せた。

「今晩、ふたりっきりになってからゆっくりお話ししてあ・げ・る♪」

「――――っ！」

………うっ。

そのささやきだけで、あの、その……まあ、お察しくださいってヤツなわけで。

嬉しさと心地よさと脱力感でヘナヘナと崩れ落ちてしまった俺を、「あらあらまぁまぁ」みたいな感じで眺めるリリーティア。

その背後から、外野が騒ぎ立てる。

「ときと場所を考えるべきじゃありませんこと、リリーティア！　先ほどからイチャイチャと……見せつけられるほうの身にもなってもらいたいですわ！」

「ていうか今晩もって、二回連続じゃん！　ズルいよリリーティア！　独り占めしたらだめぇ！」

「み、みんな……今騒いでも仕方ないし、ちょっと落ち着いて……」

「ウィンディーは黙っててくださいます!?」

「ウィンディーは黙ってて！」

「ひぅっ！　ひ、ひどい～……」

シェリルとビアンカがリリーティアを非難し、仲裁に入ったウィンディーすら攻撃して、しっちゃかめっちゃかな状態の円卓。

ふたりのサキュバス達はおもしろくなさそうな表情だったが、リリーティアはへたってる俺にギュッと抱きついて意地悪な笑みを浮かべた。

「だって、ラシュアンを見初《みそ》めたのは私だもん♪　優先権は私にあって当然じゃない？」

そして、俺のほうを向き直って言った。

「それで、ラシュアンはどうする？　協力……してくれるかしら」

賢者タイムで腰を抜かしている俺には、選択の余地なんてないと思った。

「……俺にできることがあるんなら……できる限りがんばるつもりだ」

「ありがとう、ラシュアン！　……ふつつか者ばかりだけど、これからよろしくね――んちゅっ」

たちまち、柔らかいものが俺の唇に触れた。

今まで口に触れたものの中でも飛びっきり柔らかいそれに、俺は情けないことに、また昇天してしまった。

こうして、個性豊かなサキュバス達との魔力吸引しまくりなハーレムは幕を開けた。

……んだけど、俺、魔力はともかく体力は持つのかな……？

でもそんなどうでもいい心配事は、リリーティアとの甘く熱いキスによって、溶けてなくなったのだった。

◆◆◆◆

その日の夜はリリーティア達が祝賀会を開いてくれた。

フィルビア・コロニー周辺の土地はもともと葡萄の産地らしく、振る舞われた葡萄酒は格別だった。今まで飲んだことのある葡萄酒は、葡萄の香りがする泥水でしかなかったのかってぐらい、認識がガラリと入れ替わった。

なるほどあの生意気な若手冒険者達も、あの年齢でこんなうまい葡萄酒の味を知っちまったら、そりゃ病みつきにもなるだろうな。

酒だけじゃなく、食卓に並んだ料理もおいしかった。どうやらサキュバスと人間の味覚は近いらしく、どれもおいしくいただけた。

……なんというか、俗世間でいう『精のつくスタミナ増強にぴったりな食材』を、これでもかと使った料理がたくさん並んでいたような気がするけど。

まあ、おいしかったので問題ない。久々に食事らしい食事をとった気がする。

なにより相手がサキュバスとはいえ、かわいくて明るい女の子に囲まれての食事は、気恥ずかしくもあるが温かくて嬉しい一時《ひととき》だった。

誰かと飯を食いながらあんなに笑えたのは久しぶりだ。

そんなわけで、楽しい時間ってのはあっという間に過ぎてしまう。

しかもみんなが調子に乗って葡萄酒を注ぐもんだから、ついグビグビと飲んでしまい。

……まあ、結果はお祭しの通りだ。


「う～……も、もう飲めねぇし食えねぇよ～」

俺はボスンとベッドへ仰向けに倒れ込む。

泥酔ってほどじゃないんだが、意識が朦朧《もうろう》とするぐらいには酒が回ってしまった。

「……でも、楽しかったな……」

思い出し笑いが零れる。

我ながらキモいと思ったけど、それもしかたがない。

人間の世界にいたときには考えもしなかったような幸せな時間を過ごせたんだから。

「うう～……絶倫、ばんざーい!!」

わけもわからずハイになって、そんな言葉を叫んだとき。

「そういった発言は大っぴらにしないほうがよろしいかと存じます」

「――うおわぁっ!?　メ、メルルトリス!?」

いつの間にか部屋の中に、メイド服を着たサキュバス、メルルトリスが立っていたのだ。

「な、な、なんでメルルトリスがここに⁉　ていうか、いつの間に……」

「それは、わたくしがラシュアン様のお世話を仰《おお》せつかったメイドだからです。ちなみに隣の浴室で湯を沸かしておりましたので、ラシュアン様がお戻りになるよりも先に部屋にはおりました。それと、ぜひメルルとお呼びください」

ちょっとふて腐れたような言い草で、メルルはテキパキと行動する。

備え付けのチェストから真っ白なバスローブを取り出して浴室へ運んだあと、メルルは浴室の扉の前で立ち止まった。

「どうぞ、湯の支度はできあがっております。本日はリリーティア様がお見えになるそうですがまだ時間はありますので先にお体をお清めください」

「あ……ああ」

至れり尽くせりってのはこういうことを言うんだな。めっちゃＶＩＰ待遇じゃんか。

正直、こういう生活には憧れてたんだ。

ただ、いざそういう状況に立たされると意外に戸惑うもんなんだな。

もっと若かったらハイテンションで騒ぎまくってたんだろうけど……。

そう、ボケッとしていると。

「……？　入られないのですか？　……ああ、なるほどです。わたくしにお背中を流してほしいという無言のアピールだったのですね。失礼いたしました。では僭越《せんえつ》ながら――」

「壮絶な勘違い‼　違う違う！」

なんの躊躇《ためら》いもなくメイド服を脱ぎ始めたメルルを慌てて止める。

ていうか、脱ぐの手際よすぎるよこの子。俺がツッコミを入れたときにはもうメイド服が足元にストンと落ちてるもんな。

ちなみにメルルは、昼間に会ったときから思っていたけど、サキュバスというわりに幼さに溢れている体つきだった。

胸はほとんどツルペタだし、くびれは辛うじて認識できる程度。

でも肌はすごい白くてハリがあるし、メイドなのに黒の下着にガーターベルトって過激な装いが、アンバランスでエロかわいい。

……円卓にいたビアンカってロリっ娘もそうだが、ロリなサキュバスってのも悪くないな。

「……って！　いやいやいや！　何考えてんだ俺は！」

慌てて雑念を払う。

そんな俺を見て、メルルはキョトンとしていた
「とりあえず服を着てくれ、メルル。君の提案は嬉しいけど、今日はひとりでゆっくり入る」

「……そう、ですか。かしこまりました。出過ぎたマネを失礼いたしました」

メルルは表情こそいつもと変わらないが、落ち込んだような声音で言いメイド服を着直した。

う～ん、そこまで強く否定したつもりはなかったんだけど、ガッカリさせちゃったかな。

フォローのひとつぐらいしてあげないとな。

「すまん。まだここでの生活に慣れてなくて、勝手がわからないだけなんだ。そのうち一緒に入ろう。そのときは背中、流してくれると嬉しいな」

そう微笑んであげると、メルルはドライというか無表情な顔で俺を見つめた。

心なしか、ほんのりと頬が赤いような気がした。

「わかりました。ひとまず今日のところは、おひとりでゆっくりとおくつろぎくださいませ。御用の際は近くに控えておりますのでお呼びください」

ペコリとお辞儀するメルル。

不思議な雰囲気だし発言は突拍子もないけど、根はいい子でかわいいんだなと思った。

◆　◆　◆　◆

風呂から上がってかれこれ一時間ほど。

その間にメルルは退室していた。

リリーティアが来ることになっているそうだが、どうにもソワソワして落ち着かず、ベッドに座ったり部屋をウロウロしたりしていた。

それもこれも、退室間際に「どうぞごゆっくりお楽しみください」だなんてメルルが言うからだ。

これからなにをするのかがわかっている上にそんなことを言われたら、なんていうか、こう……楽しみなのと緊張とで落ち着かなくなる。

ソワソワだし、ドキドキだしで……もうさっきからバキバキだ。

……そういや昔、初めて売春宿に足を運んだときも、同じようにソワソワしてたっけな……。

いっそのこと、早くリリーティアが来てくれたら気も紛れるんだろうけど……。

コンコン――

「は、はは、はい⁉」

突然のノックに、俺はすっとんきょうな声を上げてしまった。

我ながら情けない……。

俺の声に応えるようにドアが開いた。

入ってきたのは予想通りリリーティアだったが……ただ単純に、驚いた。

彼女は、どんな格好をしたって主張を抑えきれない肉体美を、これ見よがしに見せつけるシースルーの肩ひものネグリジェ一枚しか着ていなかったのだ。

下着はTバックのショーツだけ。

ゆっくり歩く度に、タユンと豊満な胸が揺れていた。

端的に言って、腰を抜かすほどの美しさだった。

「……どう、かしら？」

リリーティアは気恥ずかしそうに笑いながら、その場でクルリと回った。

翻《ひるがえ》るネグリジェの裾、揺れ動く艶やかな髪、漂う甘い芳香……。

そのすべてが、俺の理性を破砕して欲情を肥大化させていく。

どんどん思考がバカになっていく。

「すごい……キレイだ。かわいい」

「ほんと？　……ふふっ、すごい嬉しい」

ああ、なんでこの子は笑うとこんなに可憐なのに……。

俺なんかを相手に選んだのだろうか。

「普段着とは違うから、ちょっと不安だったの。だから安心したわ」

「……普段着？　あのエッロいサキュバスの服装が!?」

「そうよ。人それぞれアレンジしてあるけど、あれが私達の正装なの」

あの露出度抜群なエロい服が正装……オフィシャルって言葉の定義が崩壊するな。

「そうだったのか。でも、あっちも好きだけど……その格好もなんていうか、かわいくてドキドキしてる……」

「………うん、知ってた♪」

リリーティアはちょっと意地悪そうな笑みを浮かべ、俺に近づき……そっと下腹部の辺りに手を添えた。

「だってもう、こんなに硬くなってるし……ふふっ、嬉しい」

思わず声が出てしまいそうになる。

このままなにもしなくても、魔力をドロドロに放出してしまいそうだった。

前回と同じように、これから、普通の人間なら死ぬほどの極上な快楽を楽しめる。リリーティアと、思う存分。

そう思えば思うほど、俺の中で抑えきれない感情がどんどん込み上げてきた。

息を荒々しくさせるほどの波を自覚しながら、俺はリリーティアの腕にそっと触れる。

まるで電撃が走ったような快感が、指先から脳天目がけて直撃する。

「……ねえ、ラシュアン。今日は……あなたの好きなようにして」

「え……？」

突然のリリーティアのお願いに、俺は驚いて彼女の顔を見る。

そこでまた、俺の心臓は激しく脈打った。

リリーティアからは、さっきまでの意地悪そうな笑みなど消え失せていた。

とろんと目を潤ませ、口寂しそうに薄く開けられた唇。甘い吐息と共に言葉が漏れ出す。

「この前は私がリードしたんだから……今日はあなたにリードされたい。リードしてほしいの」

リリーティアの手が俺の腰に回り、体がギュッと密着する。

ふくよかな胸が柔らかく押しつぶされ、形を変える。

艶やかな厚い唇が、俺の目と鼻の先でなにかを求めている。

そして、そのほとんどが吐息みたいな一言で――

「………ダメ？」

――俺の理性は完全に崩壊した。

「リリーティア！」

「――んむっ！　……ん、む……あ、は――ん……」

キスを交わす。

ちょっと強引に、力強く。

口から息を吸わせる隙など与えないように。

無我夢中に。貪《むさぼ》るように。

「は、あ……ん……ちゅっ……ん、ちゅっ……」

舌と舌を絡ませ、唾液と唾液を混ぜ合わせる。

ねっとりとした水音を吐息と重ねながら、熱いキスを交わし合う。

ただひたすら、リリーティアの唇の味と、舌の感触に溺れる。

やがて、どちらからともなく顔を離す。舌と舌を唾液が結ぶ。

頬を上気させたリリーティアは、肩で息をしながら呟いた。

「………もっと………して？」

言われるまでもなく、再び唇を重ねる。

互いの体を押しつけ合うように密着し、その柔らかさに溺れながら、何度も何度も舌を絡める。

俺の手はリリーティアの背中を触り、ゆっくりと下っていく。

「あ――はぁ……んん、ちゅっ、れろ……んむ……んくっ」

キスの合間に漏れる卑猥な声が、俺の指の動きで悦んでくれているのだとわかった。

手はやがてリリーティアの尻に触れる。ハリのある果実は、少しの力で指を食い込ませるほど柔らかかった。何度も何度もこねるように揉みしだく。

「ん、はぁ！　……ん、ちゅっ……ふっ！　……れろ、んれろ……くぅ、んんっ！」

手の動きに合わせて、リリーティアの全身がびくびくと痙攣していた。そのたびに、声を我慢できずに唇が離れる。だがせめて舌だけは感じあっていたいとでもいうように、伸ばして離さずに触れ合い続けた。

「はあ、はあ……どうしよう。私、お尻……触られてるだけなのに……んんっ……お腹の奥がジンジンするの……」

「俺もだ。さっきからリリーティアの反応が……エロすぎて、我慢できない」

唇を離し、額と鼻先をくっつけ、ふたりで囁《ささや》く。リリーティアの甘美な息遣いが、俺の理性をトロトロにとかしていく。

「俺の……直に触ってくれるか？」

訊ねると、リリーティアは頷いて俺の胸元に手を添えた。ゆっくりゆっくり焦らすように下腹部へと下げていく。そんな些細な愛撫も、今この状況においては射精すらしかねない快楽だった。

バスローブの中へ腕を潜り込ませながら、リリーティアの細い指は下腹部を通り過ぎ――いきり立った俺の一物に触れた。そっと包み込むように竿を握られた瞬間、思わず声を上げてしまった。

「……触られて、感じちゃった？　ふふ……ラシュアン、かわいい」

ちょっと嬉しそうに笑ったリリーティアの指は、ゆっくりと竿の先端へと移動していく。

まるで指を追いかけるように、尿道の中を精液が昇っている……そんな感覚を覚えた。今にも射精しそうな快楽の波に、必死に抗《あらが》う。

リリーティアの手が竿の先端に到達――したと同時に、くちゅっと卑猥な水音が鳴った。

「やだ……もしかして、もう出ちゃった？」

「ん……いや、ただの先走り……だと思う……ううっ」

喋るだけで力が抜け、爆発しそうになる。それぐらいの快感の渦に襲われているんだ、射精と間違うぐらいにカウパーで濡れているのも無理はない。

「……すごい量……男の人も、こんなに濡れちゃうのね……」

指先で亀頭を撫でるリリーティア。カウパーをすくい取っているのがわかる。そして竿全体に馴染ませて潤滑油代わりにして、ゆっくりとしごき始める。

ずちゅ、ぬちゅ……ずりゅ……羽に包まれているぐらいの優しい加減なのに、強すぎる刺激と快感に俺の足は震えてしまう。

けど今日は、俺がリリーティアをリードする番なんだ。この程度のことで音を上げるなんて……。

「んしょ、んしょ……ねえ、ラシュアン。気持ちいい？」

──と思ったけど、ちょっとさすがにコレは、一度インターバルを設けたいな。

「……ごめん、リリーティア。ちょっと強引だが──」

そうひと言添え、俺はリリーティアをベッドへ押し倒した。

「──きゃうっ！」

ぼすっとベッドに倒れ込む。たゆんと豊満な乳房が揺れ、その先端、小さなつぼみが布から零れ出していた。

俺はまどろっこしいバスローブを脱ぎ捨て、リリーティアの上に覆い被さる。リリーティアの顔に俺の影が差す。けれど蕩けた瞳には、部屋のランプの揺らめきが反射していて、扇情的な眼差しを演出していた。

俺はそのまま顔を近づけ──彼女の首筋にキスをする。

「──んっ！　……や、ふふ……んんっ、く、くすぐったい……んくっ！」

と言いつつ、しっかり感じてくれている。それが嬉しく、何度も何度もキスを繰り返す。

唇はリリーティアの首を下り、柔らかな乳房にたどり着く。すでにピンと尖らせている乳首にも、やさしく唇を当てた。

「や、あっ！　んん……やだ……いつもより、敏感かも……くふっ！」

わざとらしく音を立ててキスをし、舌を伸ばして先端をイジる。そのたびにリリーティアは体を震わせ、足をもぞもぞさせる。

「……どうしたんだ？　そんなにもぞもぞして」

「だ、だってぇ……そうでもしないと……んんっ！　ぞわぞわして、お、落ち着かなくって……」

普段のリリーティアらしくない弱々しい返事が、俺の微かなSっ気に火をつけた。

「どうして欲しいのか言えば、落ち着くよう手伝ってあげるけど……どうする？」

リリーティアの柔らかい胸を揉みしだき、先端のつぼみを舐め回しながら、彼女の返事を待つ。

その間にも、足はなにかを堪えるように暴れ、腰まで浮かせた。

「やあっ、んんっ！　……そ、んな……おっぱい、ばっかり……くぅ……やだぁ……あんっ！」

要領を得ない返事に対するお仕置きと言わんばかりに、胸を揉んでいた手で乳首をつねる。

「――ひゃうっ!!　んんっ！　あ、はぁっ！　くうぅぅ！」

たちまち体を大きく跳ねさせる。それでも、俺は執拗なまでに攻めの手を止めない。

「や、だぁ！　き、気持ち良くって……んんっ！　あそこ、じんじんして……あっ、あっ……くぅ……！　お願い、ラシュアン……あそこも、んんっ、触って……」

「あそこってどこのことだ？　ここのことか？」

俺は胸と乳首を愛撫しつつ、空いている手をリリーティアの体に這わせると、わざとヘソの中に指を突っ込んでほじってみる。

「そこじゃ、ない、んんっ！　い、意地悪しないで……お願、いぃっ！　んんっ！」

「ならハッキリ言ってくれ。この前まで俺は童貞だったんだから、わかるわけないだろ？」

無論、リリーティアの求めていること、触って欲しい部位はわかっている。

けど一度はこうして主導権を握ってみたかったのだ。

恥ずかしそうに顔を真っ赤にして、リリーティアは意を決する。

「わ、私の……お、お……おま○こ、を……触ってください、んんっ！」

「わかった……ここだな？」

そう手を伸ばしたリリーティアの秘所は、なにかを漏らしているかのようにすでにぐっちょりだった。ショーツの中へ滑り込ませた指先でスリットの入口を撫で、愛液を馴染ませると、そのまま、まつぷぷと沈ませていく。

「は、あああっ……んんっ！　ら、ラシュアンの、指、がぁあ……っ！　んくうう！」

指を入れているだけなのに、リリーティアの体はガクガクと痙攣し始める。焦らした甲斐があったのか、よほど感じているのだろう。

指先を立てて傷つけないよう、まずはゆっくり前後に動かす。ぐちゅ、ずちゅ……音を立てて愛液が零れているのがわかる。中に溜まった蜜が簡単なピストンでかき出されている。それぐらいトロトロの状態だったのだろう。

「あ……んくっ！　き、気持ちいい……ラシュアンの指……気持ちいいところ、擦れて……」

「そんなに感じてくれるなんて、嬉しいよ。よがってるところもかわいいな」

「や、だあ……恥ずかしい、から……み、見ないでぇ……」

「見えちゃうんだからしょうがないだろ。むしろ、もっと見せてほしい」

俺はリリーティアの中を愛撫しながら、彼女の顔に自分の顔を近づける。両手で覆っているのを片方の手で剝がし、現れた瑞々《みずみず》しい唇に舌を当てる。

ピクッと跳ねたリリーティアは、自身も舌を伸ばして絡め、俺達は再び深いキスに溺れていった。

「ん、む……ちゅっ、れろ……あ、んふうっ！　んんっ！　はぁ、はぁ……ちゅっ、れろ」

キスだけで脳天に突き抜けるような快感が走り、俺の一物は痛いぐらいにバキバキだった。

充分インターバルを設けたからすぐに暴発することはないだろうが、それでも、このまま我慢し続けるとこっちの気がおかしくなりそうだ。

「……なあ、リリーティア」

「はあ、はあ……んくっ……な、なぁに？　……はぅ！」

「我慢できない。入れたい」

俺がストレートに言うと、リリーティアはトロトロの目を俺に向けた。もう理性もなにもぶっ飛んでいるのが目に見えてわかる。

「うん、いいよ……私も、ラシュアンの……欲しい……んんっ！」

俺はリリーティアの膣内から指を抜き取ると、べったりと付着していた愛液を自分の一物へ絡める。先走りと一緒になって、俺の肉棒はヌルッとした表皮をまとっていた。

その先端を、リリーティアのスリットへ宛がう。ビクつくリリーティア。俺も、ここを擦っているだけで射精しそうだった。

「……入れるぞ」

コクッと頷くのを確認して、俺は正常位の姿勢で、リリーティアの中へ肉棒を沈ませていく。

「ふ、んんっ！　くうううっ！」

しっかり濡れているおかげか、何の抵抗もなく、ずぷぷぷ……と肉壁をかき分けていく。無数のひだが一物を絡め取っていく快感に背中がぞくぞくし、全身の毛が立つような心地よさだった。暴発しそうにない、なんて甘い考えだった。締め付けてくる温かさが気持ちよ過ぎて、油断すれば中にぶちまけてしまいそうだ。尿道の奥から精液の昇ってくる感覚が手に取るようにわかる。

だがそれを必死に堪え、奥へ奥へとかき分けていき――一物の先端が、硬いなにかに触れた。

「ふ、くぅうっ！　お、おくぅ……あ、当たってる……んんっ、ラシュアンの、がぁ……」

恍惚とした表情で快感に溺れているリリーティア。つまり、俺の先端は彼女の子宮口に触れた……ということだ。

自分でも、自分のものがこんなに大きいとは思わなかった。なんか嬉しいな。

「大丈夫か？　痛くないか？」

リリーティアはふるふると首を横に振った。

「だい、じょうぶ……気持ちいいの……太くて、お腹、パンパンで……んんっ」

リリーティアは自分の手で下腹部――ちょうど子宮の真上あたりだろうか、そこに手を添えた。

「いいのよ、ラシュアン……いっぱい、動いて。気持ち良くなって……」

「ああ。言われなくても――んっ！」

まずは一往復――ずりゅっ！

「あううっ！」

先端が子宮口をノックした瞬間、リリーティアは腰を浮かせて喘いだ。

その後も俺はピストンを繰り返した。そのたびに秘所からはかき出された愛液が溢れ、瞬く間に

白く濁り、俺の肉棒に纏わり付いた。

「あ、ああっ！　んくぅう！　ふう、ふう、ふ、んんっ！　あっ、あっ、い、いいっ！」

ずりゅ、ずりゅ、ぱん、ぱん……リリーティアの腰に自分の腰を打ち付ける音は、常に一定のリズムで部屋に響き渡る。リリーティアの喘ぎ声もそれに合わせて、止めどなく溢れてくる。

俺はと言うと、とにかく快楽を貪るように腰を動かし続けるだけだった。もはや動物だ、獣だ。

それでも、ギリギリまで味わいたくて、俺は必死に昇ってくる射精感を堪えた。肉棒の付け根が、知性も理性も吹き飛ばされるぐらい、リリーティアの中は極上の快楽を与えてくれた。

我慢のし過ぎで凝り固まっているのがわかる。けどそれすら快感に感じるほど、リリーティアの膣の感触に溺れ続けた。

「う、んんっ！　ら、ラシュアン、ラシュアン！　ああっ！　きもち、いいのぉお！　ん、くう！」

「お、俺もだ、リリーティアっ！　……んっ！　気持ち良すぎて、頭、真っ白になる……」

俺はリリーティアに体を重ねようとする。それを察してか、リリーティアも迎え入れるように手を伸ばした。

俺はリリーティアの脇下から腕を通し、肩を。リリーティアは伸ばした腕を俺の首の後ろへ通し。互いにギュッと抱きしめ合う。

高く抱きしめ合いながら、俺は自分の快楽のため、そしてリリーティアの感じている声をもっと聞くため、必死に腰を動かし続けた。

「あく、んんっ！　だ、だめぇ……も、もう……ひゃうぅっ！　が、我慢……できない……！」

「はあ、はあ……い、イキそうなのか、リリーティア？」

「うん、イク、イッちゃうぅ……あ、あぁ！　ら、ラシュアンのでぇ、イッちゃうのぉ……！」

「お、俺ももう……い、一緒にイクぞ……んんっ！」

「うん、一緒に、イク、イきたい……ひゃあっ！　くううっ！　一緒にイクの、しゅきぃ……！」

俺を抱きしめる腕に、よりギュッと力が籠もる。

腕だけでなく、リリーティアは足で俺の下半身もホールドしているらしい。

その状況が嬉しくて、その喜びが快感にもなって——いよいよ我慢の限界を超える。

「ああ、で、出る……！　い、イクぞリリーティア……んんっ！　な、中に——くぅ！」

「あ、あ、イク、イク！　いっぱい出して……ああっ！　わ、私の、中、にぃ！　んんんんっ！」

リリーティアの中が、より一層激しく痙攣する。その刺激が、ダメ押しだった。

「んんんっ、出る！」

「い、くうううううぅっっ!!」

——びゅるるるっ!!　びゅるるるっ!!　どびゅっ！　どびゅっ！

まるでなにかが爆発したかのように、俺の肉棒が暴れ回って精液を吐き出す。

「んんんっ！　ああああっ!!」

リリーティアの痙攣が膣内に伝わり、俺の一物を搾るようにうごめく。

びゅるっ！　びゅるるっ！　びゅっ、びゅぅ！

何度も痙攣して吐き出し続けているってのに、俺の射精はまったく止まる気配がない。

次から次へと精液が尿道を駆け上り、その快感に足が震えて感覚を失っていく。

「あ、はああ……あ、熱いぃ……中ぁ、ラシュアンの、で……」

ぴゅるっ、ぴゅっ、ぴゅっ……とぷ、とぷ…………。

容赦の無い射精がようやく収まったところで、俺は長い一息をついた。

抱きしめ合っている耳元では、リリーティアの荒い息づかいが聞こえる。

どうやら彼女の浴びていた快感の波も、一段落したようだ。

「……リリーティア、大丈夫か？」

俺は少しだけ体を起こして、彼女の顔を見る。魂の抜けたような恍惚とした表情が、どれほど感じていたのかを物語っていた。

虚《うつ》ろな目のまま、リリーティアはこくりと頷く。

そして、にへら……と柔らかい笑顔を浮かべた。

「あ、んん……ま、まだ、イクの……収まってない……んんんっ、みたい」

「わかる。中、ビクビクしてる。そんなに気持ち良かったのか？」

「ええ……すごく気持ち良くって……はあ、はあ……クセになっちゃいそう」

するとリリーティアは、俺の首に回したままの腕に、ちょっとだけ力を加えた。

「お願い、このまま……んっ、あっ……ギュッてしてぇ」

甘えたような声にドキッとさせられ、俺は抵抗もなにもせず、ゆっくりリリーティアに体を重ねた。

大きな乳房が俺の胸で柔らかく押しつぶされ、微かに先端の固さが肌に当たる。

それだけの質量を間に挟みながらも、リリーティアの暴れる心臓の音色が伝わってきた。同時にそれが、心地よくも感じた。

「ん、ちゅっ、れろ……れろ、ちゅっ……は、んむ……」

どちらからともなくキスを交わし、舌のざらつきを味わい、唾液を交換しあい……。

「ん、れろ、ちゅ……やん、あっ……ふふっ、うふふふっ」

「……笑うなよ」

「だってぇ……中でまた、大《お》っきくなってる」

「しかたないだろ。エロいキスをして、気持ち良かったのを思いだしたらさ……」

「……でも、私も。もっとしたい。してほしい」

文字通り目と鼻の先にあるリリーティアの瞳を見つめながら、俺は小さく笑った。

「じゃあ……今日は寝かせないぞ。……なんてな」

「やだぁ、もう……ふふっ！」

一度言ってみたかったクサいセリフに、リリーティアは笑ってくれて——再びキスを交わす。


——そのあとの記憶は、正直曖昧《あいまい》だった。

とにかく無我夢中で彼女を味わい尽くし、何度も何度も精液を絞り出し、放出し、リリーティアに吸引させせた。

辛うじて覚えているのは、眠りに落ちる直前の空が明るくなり始めていたこと。

そして、幸せそうな表情で俺にしがみついて眠っている、リリーティアの寝顔だけだった。

三回戦目　ピロートークは忘れずに！

翌朝、目が覚めると全身が筋肉痛だった。ベッドから起き上がるのも一苦労だった。

でも一苦労の理由は他にもある。眠っているリリーティアが俺に抱きついていたことだ。

「……んん…………むにゃ……」

「まるでネコみたいだな……」

起こさないよう小声で呟き、柔らかい頬をツンツンした。

「んんっ…………すぅ、すぅ……」

くすぐったかったのかモゾモゾと身じろぎ、再び寝息を立て始める。

……か…………かわいいなぁ……っ！


昨日、片手の数までは覚えていたけど、実際はそれ以上の回数をリリーティア相手に楽しんだんだと思う。

死ぬほどの快楽は脳への負担が大きいのか、もはや五回戦目から先は記憶が曖昧だ。

…………さすが覚醒した特性が【絶倫】ってだけはあるな。

正直まだ、目覚めの一回戦とか平気で行けそうだ。

「……んっ……んん……早いのね、ラシュアン……」

まだ微睡《まどろ》みから抜けきっていないような声でリリーティアが言う。

「まだ寝てていいんじゃないか？」

「ん……大丈夫よ。ちょうど起きようと思ってた時間……くあぁ……」

横になりながら体をグッと伸ばし、かわいらしいあくびをするリリーティア。

だが、シーツの下は一糸纏わぬ裸体だ。昨晩は激しく乱れに乱れた、男の理性を容易《たやす》くバカにしてくる扇情的な姿。

たわわに実ったふたつの果実も重力には抗えず、柔らかそうにつぶれていた。

……ゴクリ、と。思わず唾を飲む。

昨日の夜は、この体を好き放題貪っていたのか……。

まるで夢のような、死ぬほど最高に気持ちいい時間だったな……。

思い出しただけで欲情が肥大化し、俺はほとんど無意識に手を伸ばし、リリーティアの体に触れていた。

「や――んっ……。ちょっとぉ……まだ揉み足りないの？」

突然のことに驚いて卑猥な声を上げつつ、彼女は拒絶する素振りなどみじんも見せなかった。

なので、ひたすら揉む。

そこに、胸があるから。

もみもみ――

たゆんたゆん――

ふにふに――

ぎゅうぎゅう――

「う、ん……待って、ラシュアン……私、我慢できなくなっちゃ……や、ん……また、【儀式《エッチ》】したくなっちゃう、からぁ……あんっ」

「なら、またしたらいいじゃん。俺は【絶倫】持ちなんだから、問題ないだろ？」

「それはそうだけど――んんっ……コロニーの長《おさ》として、やることも控えてるから……。だからまた、あとで……ね？」

「でもしばらくはもう、リリーティアが相手じゃないんだろ？」

【吸引の儀《セックス》】には順番があるみたいなことを、メイド長のメルルが言っていた。

つまり、次にリリーティアとできるのは当分先になる。

ならちょっとぐらい摘まんでおきたい俺の気持ちも、理解してもらえるだろう。

「も～ぅ……。立派な大人のくせに、そういうところはワガママなんだから……」

そうわざとらしく頬を膨らませ、リリーティアは顔を赤くした。

「…………一回だけ、だよ？」

なーんて言われつつ、結局朝から三回戦もしてしまったわけで。

終わった頃には、俺もリリーティアも足が生まれたての子鹿みたいに震えていた。

朝から死ぬほど気持ち良かったので、大満足だった。

◆　◆　◆　◆

その後、部屋を訪れたメイドのメルルに促され、リリーティアは慌てて朝の支度を終えて退室していった。

朝からコロニーの長としてやることがある、というのは本当だったらしい。

……いや、もちろん、疑ってたわけではないんだけど。

本人はなにも気にしていない様子だったけど、ちょっと申し訳ないことをしたかな。あとでちゃんと謝っておこう。

俺はというと、メルルが運んできてくれた朝食を食べたあと、特にやることがないと気づいた。

部屋の窓辺に置いた椅子に座り、ボーッと外を眺める。

……まるで隠居した爺さんみたいだな。

人間の世界で冒険者やってたときは、大して実入りのよくない薬草採取クエストに朝から晩まで出向いて日銭を稼ぐ……なんてのが日常だったからな。

ヒマすぎると却って落ち着かないもんだな。素振りでもして気を紛らわしたいぐらいだ。

本来ならこうして身も心も休めるのは大事なんだろうけど、休息を取ることも大切って考えが頭からすっぽ抜けてるぐらい、ずっと働きづめが当たり前になってたんだな……。

「……なあ、メルル」

「なんでしょうか、ラシュアン様」

メルルはさっきから埃《ほこり》を叩いたり床を掃除したり、つい一時間ほど前まで俺とリリーティアが暴れまくっていたベッドを整えたりしている。

「俺にも手伝えることってないかな？」

「ラシュアン様はこの宮殿、さらに言えばフィルビア・コロニーにおける恒久的なお客様にございます。人ならざるサキュバスとて、さすがにお客様へ労働を課すような無礼は働けません」

「つまり……ここでジッとしていろって？」

「端的に申し上げれば」

「さすがに体が鈍っちまうって」

「ですが昨日は一晩中運動をお楽しみだったではありませんか。大丈夫ですよ」

……そういう問題か⁉

ていうか、まさか聞かれてたのか？

あんなことや、こんなことしてるときの音とか声の、一切合切《がっさい》が……⁉

「ちなみにメルル、昨日の夜はどこに？」

「？　質問の意図がわかりかねますが……」

「いや、だから、俺の部屋を出たあと、どこでなにをしてたんだってことで……」

「まずはリリーティア様のお召し物を整えるため、リリーティア様のお部屋へ。その後、共にラシュアン様のお部屋まで向かい、お見送りをいたしました。その後しばらくは、用心のため扉のそばで控えておりましたが？」

「めっちゃ聞かれてるじゃねーか！」

無表情でシレッと爆弾な発言をしやがったな！

普通に恥ずかしいことだぞ、これは。

「失礼な。わたくしはメイドにございます。この服を身に纏って宮殿内を出歩いている間は、立派な職務中です。興味本位でお二方《ふたかた》の秘め事に耳をそばだてるだなんて、そのようなことを職務中にするわけがないではありませんか」

キリッとした態度でメルルは言い切った。

なるほど、身に纏っているメイド服は、彼女のメイドとしての矜持《きょうじ》でもあるのか。

なのに聞き耳立てたりするはずがない。きっと耳を塞ぐなりして、気を回してくれたんだろう。

だとしたら、ちょっと悪い疑い方をしてしまったな……。

「ま、まあ普通はそうだよな……。すまん、疑ったりしてさ」

「ですが自室に戻って服を脱いだあとなら話は別です」

「おいっ!!」

「ちなみにわたくしの部屋はここの壁一枚隣ですので、お声はよく通ります。有事の際はその場でお呼びいただければ、即座にお伺《うかが》いしますので」

「壁が薄すぎて聞こえちゃってた!!」

やりにくいなー、もう！

一番まともそうなのに一番厄介な相手だとしみじみ思った。

すると、メルルが仕事の手を止めて俺のほうを向いて言った。

「そんなにジッとしているのがお辛いのでしたら、わたくしにひとつ、提案がございます」

「……提案？」

俺はキョトンとなって聞き返した。

この持て余しているヒマを楽しくしてくれる案なのか、充実感に浸らせてくれる案なのか……。

どちらにしても全力を出して乗っかりたいという気持ちだった。

誰かの提案に対してこんなに前向きになれるのも、提案の内容が待ち遠しいという気持ちすらも、久しく経験してなかったな。

でも、ワクワクしながらメルルの言葉を待っていた俺に突きつけられた提案は、予想の斜め上を向いていた。

「ラシュアン様。このあとわたくしと……でーと、をいたしましょう」

………デート？

◆◆◆◆

「おお……これがサキュバスの集落かぁ～」

メルルに手を引かれて連れてこられたのは宮殿の外。

つまりフィルビア・コロニーの村中だ。

「わたくし達サキュバスにとっては珍しくもないものばかりですが、人間の、特に男性ともなれば不思議に思うものも多いかと思いましたので」

「メルルの言うとおりだ。変わった店もあっておもしろいな」

例えば、髪の長さや色、形などをキレイに整える『髪切りの店《ヘア・サロン》』。

爪をヤスリで磨き、絵を描いたり色を塗ってキレイに彩る『爪飾りの店《ネイル・サロン》』。

利用客の体にオイルやクリームを塗りながらマッサージする『美容の店《エステ・サロン》』。

そういった主旨の店は、少なくとも俺は今まで見たことがない。

爪なんて伸びたらただ切るだけで磨いたりしないし、髪なんて自分で適当に切って終わりだ。全身の美容だって縁があるはずもない。何日かに一度、風呂に入るぐらい。

そんなのが当たり前の俺にとって、目の前に広がるサキュバス達の営みは、まさに未知のものばかりだった。

珍しい様子を眺めながら歩く俺に、メルルも同行しながら補足してくれる。

「サキュバスにとって、見た目の美しさは直接吸引魔力量に影響します。見た目を美しくする行為は【美容強化《バフ》】と呼ばれ、日常的に行っている人もいれば、自分が儀式を行うタイミングで行っている人もいますね」

確かに、サキュバスの見た目にはある種の強化がされていると思う。

目の前に現れるだけで、まるで魂ごと吸い寄せられるような感覚があるからだ。

最初のうちは抗うことができても、次第に意識のたがが外れ、快楽によって理性が麻痺《マヒ》し、難しくなるのだ。

そうした意識の操作や、吸引対象をその気にさせるための手段として、サキュバス達は美を追究するのだろう。

もちろん、そういった珍しい店だけでなく、食べ物などを出している店もある。

集落と呼ぶだけあって町のように賑やかな様相ではないが、サキュバス達がここで生き、生活しているという事実は体感することができた。

……一方で、やはり集落の階級が低いせいか、必ずしも裕福というわけじゃないようだ。一番そう感じたのは、住民の数に対して住めるレベルの家屋の数が足りていない点だ。

ある程度壁や屋根がしっかりしている小さな家屋を、狭っ苦しくルームシェアするしかないようだ。リリーティアが階級アップを一生懸命考えているのも、わかる気がした。

「一応、今後の予定としては、共に鍛錬場へ行くつもりでおります」

「鍛錬場？　なんだそれ？」

「鍛錬場とは、サキュバス達が己の魔法や戦闘能力向上のため鍛錬する――」

「あー、違う違う。意味の話じゃなくって、なんで集落の中にあるのかって話なんだが……」

「それは、現地へ向かえばご理解いただけるかと思います。さっそく向かいましょう」

そうしてメルルが案内してくれた鍛錬場は、集落の外れにあった。

結構広い敷地を利用した施設で、魔法の鍛錬のための射撃施設があったり、巨大な魔獣を模した標的に対して武器を振るう練習があちこちで行われている。

「サキュバスが戦ってるところ、初めて見たな……」

サキュバスの動きは、ぶっちゃけ人間の動きなんか比じゃないぐらい、俊敏で的確に思えた。

人間の冒険者も、免許を取る上で戦闘訓練は一通りこなしている。

だが冒険者のトップクラスと比較しても、サキュバス達のほうが抜きん出ている印象だった。

まあ、当然だとは思う。

俺達が相手にしてる小・中型の魔獣と、サキュバス達が相手にしてる大型以上の魔獣とじゃ、図体も戦闘力も桁《けた》が違うんだから。

やっぱり魔獣はサキュバス達じゃないと対処できないんだろうな……とも思ってしまった。

彼女らの純粋な戦闘力はもちろん、魔法の存在は魔獣との戦いにおいて、もの凄く心強いと思う。むしろ無いと無謀とも感じてしまう。

……この強大な力を、凶悪な脅威に対して当て込む。

その代償として人間の男が生け贄に捧げられる。それが社会のルール。

【絶倫】なんて特性を得たから言えることだが、正直、代償としては破格だな。

……なんて思うのは、いくらクソったれな現実に嫌気がさしていたからって、非情すぎるだろうか……？

——と、不意にメルルが繋いでいた手を離した。

不思議に思って彼女を見ると、コクリと頷いた。

「今こちらにはリリーティア様がいらっしゃいます。リリーティア様はお優しい方なので、たとえメイド風情がラシュアン様と手を繋いで現れたとしてもお咎《とが》めはないでしょうが……そこは、わたくしにも、宮殿に仕えるメイドとしての矜持がありますので」

キリリとした態度でメルルは言う。

彼女がそのスタンスなら、俺も従うだけだ。

「了解。ていうか、リリーティアがいたんだな。あいつも鍛錬か？」

「鍛錬の前に、測定が行われていると思います。どうぞ、こちらへ」

測定？　何のことだろう。

とりあえず、先導するメルルについて行く。

鍛錬場の端のほう、魔法の射撃場にリリーティアがいた。

ビアンカも一緒で、なにか話し込んでいる。

ふと、ビアンカが俺に気づきパッと笑顔になった。

「あー、ラシュがいる～♪　お～い！」

ブンブン！　と大げさに手を振る小柄なビアンカ。

遠くから見ると、ただの元気なお子様だな。俺がそこそこ歳行ってるから、そう感じるだけかもしれないが。

……ていうか、ラシュ？

そう疑問に感じたときには、ビアンカが俺のほうへ駆け出して来ており――

「こんなところでなにしてんのー!?」

「――どぅふ！」

タックルしてきやがった。

衝撃で変なうめき声を上げてしまった……。

天真爛漫、ってのはこういうことを言うんだろうな。

「ちょ、だ、抱きつくなビアンカ！　その、サキュバスが相手だと……色々と……」

無邪気で人懐っこいのはかわいらしいが、ビアンカはサキュバス。

密着されるだけで下半身が瞬時に反応し、熱くなってくる。

「色々……なぁに？　ねえねえ、そんなことよりさ～。なんかうちのお腹に堅いのが当たってるけど、なに持ってるの？　スティック型のキャンディーとか？　舐めて良い？」

「ダメだ、いろんな意味で!!」

なんの躊躇いもなく俺のポケットをまさぐろうとするので、慌ててビアンカの腕を押さえる。

体つきは幼くて、リリーティアほどの色気は感じないものの、天然且つ無邪気に理性の壁を飛び越えてこられると対処に困るな……。

でも、この集落に魔力タンクとして住み込むことになった以上、いずれはビアンカとも……？

「……………考えるな考えるな、今は考えるな俺～っ！」

「………………？」

独り言を呟く俺を、ビアンカはキョトンと眺めている。

すると、そんな少女を引き剝がしてリリーティアがため息。

「離れなさいって。ラシュアンが困ってるでしょ？」

「うん？　ラシュ、困ってたの？　そっか……ごめんなさい」

「あ、いや……。混乱してただけで困ってたわけじゃないから、大丈夫。気にすんな……。ところで、その『ラシュ』って？」

俺が訊ねると、ビアンカはニパッと笑った。

「あだ名だよ♪　うちが寝ずに考えたの！　えへへ～」

……かわいいヤツだなぁ、ちくしょう！

しかも、頭の数文字に縮めるだけで一晩寝ないで考えたとか、おバカ加減が逆に愛おしいよ！

すると、そんな感動が顔に出ていたのか（つまり、知らないうちにニヤけていたらしい）、リリーティアがボソッと呟いた。

「ふ～ん……あだ名、ねぇ。そんなに嬉しいんだ……」

おちょぼ口を作ってジッと俺を見るリリーティア。

さてはふて腐れてるな？　こっちもこっちでかわいいヤツめ。

「ならリリーティアもそう呼んでくれていいぞ？　なんなら、他のあだ名でもいいし」

「べ、別にあだ名で呼びたい、だなんて言ってないわ！　まあ、良いのが思い浮かんだら考えておくけど……」

そう、手をもじもじさせながら答えたあと、リリーティアは思い出したように言う。

「ところで、話を戻すけど……どうしてこんなところに？　メルルまで一緒だし」

「俺が部屋でジッとしているのは退屈だって言ったら、連れてきてくれたんだよ。少しだけ集落の様子も見てきたんだ」

俺が答えると、リリーティアは柔らかく微笑んだ。

「そうだったの。ごめんなさい、私、全然気が利かなくて……。でもちょうどよかったわ。これから儀式のあとの能力値《ステータス》測定を行う予定でね。結果はあとでラシュアンにも見てもらうつもりでいたのよ」

なるほど、メルルの言っていた測定ってのは、このことか。

昨晩……そして今朝の魔力吸引の儀を経て、どれだけ能力値が上がっているのか。

それは俺も気になるところだったから、確かにちょうど良い。

さっそく測定を始めるらしく、俺はその様子を眺める。

リリーティアの前でビアンカが【鑑定】特性を使う。

浮き出た魔法陣が形を変え、リリーティアの能力値を表記する。昨日、円卓で見ていた現象と同じ物だ。

けど今回はさらに一手間加え、一枚の羊皮紙を取り出すと宙に浮いている能力値に重ねる。

まるで焼き印を押したように紙へ能力値が写された。

これで測定は完了。あとは結果をみんなで見るだけ……なのだが。

「――すっごい……一気に階級がAまで上がってる！」

ビアンカが興奮気味に言った。

A階級は確かに高いのだろうが、ビアンカが驚いた基準がよくわからない。

すると俺の考えてることに気づいたのか、メルルが補足した。

「通常、一度の――失礼、一晩の魔力吸引の儀で上がる階級は一段階程度です。しかし――」

「なんで言い換えたのかはあえて深く言及しないけど……しかし？」

「例えばCからBへ上がるのに必要な魔力量と、BからAへ上がるのに必要な魔力量とでは、三倍近い差があります。にもかかわらずリリーティア様は、CからAへ階級アップしました」

「一段飛ばしで能力値が上がった……吸引した魔力量は推して知るべし、ってわけか」

我ながら、俺の絶倫ぶりというのはすごいんだなと思い知らされた。

けどそんな俺自身よりも、結果を受けて驚いている人がひとり。

リリーティアだ。

「し……信じられない……」

口元に手を添え、目尻にはうっすらと涙さえ浮かべている。

ビックリするほどの感動ぶりに思わず見入ってしまった。

すると俺の視線に気づいたのか、リリーティアはバッと俺のほうを振り向いて抱きついてきた。

「すごいわ、ラシュアン！　こんな数値が出るなんて、思ってもみなかった……。あなたのおかげよ！　……ありがとう」

ギュッと抱きついてくるリリーティアの、あちこちの柔らかな感触が、俺の全神経を刺激する。

ビアンカが離れてくれてようやく収まったあれこれが、再びバッキバキになる。

むしろ、リリーティアがギュッと締め付ける勢いで抱きついてくるだけで、昇天しそうだ。

……ふたつの意味で。

「ちょ、リリーティア……待って、首、首が……締まって……」

「え？　──あっ！　ご、ごめんなさい……」

慌ててパッと離れるリリーティア。

俺の胸元に当たっていた柔らかな果実の感触が遠退き、ちょっと寂しさすら感じたが……命には代えられない。

リリーティアは興奮しすぎた自分の行動が恥ずかしかったのか、てへへと照れ笑いを浮かべた。

止めてくれ、このタイミングでのそれは、襲わずにはいられなくなる魔性の笑顔だ……。

すると、メルルがコホンと咳払いをして口を開いた。

「とはいえ儀式に伴う能力値向上は、一時的に限界を突破しただけであり、時間が経てば元の限界値へ戻ってしまいます。吸引を継続すれば徐々に魔力も蓄積され、階級も固定されますが、それまでは定期的に【儀式】は欠かせないかと」

もちろん、そういうことなら俺は協力を惜しまない。

こうしてリリーティア達が喜んでくれて、彼女達のためになり、さらに俺は俺で気持ち良くなれるんだから、まさにＷｉｎ－Ｗｉｎな関係だ。

その関係をあえて崩すほど、アホではない。

人間の冒険者として能力値が低かった俺にとっては……

……………ん？

「ところでさ。俺はリリーティアと初めて儀式をして、魔力が体に流れたことで特性を発現したんだよな？　てことは、あれからまたリリーティアとしたわけだし、俺にもなにか変化があったりするのかな？」

ふと思い浮かんだ疑問に、リリーティア達は首を傾げる。

「確認してみないとわからないわ。だって儀式のあと、交わった人間は普通死んじゃうものだし……」

ま、まあ事実だから仕方ないけど、ナチュラルに「死んじゃってた」って言われると怖いものがあるな。

なんであれ。ものは試しと言うことで。

ビアンカにお願いして、俺も能力値を測定してもらうことにした。

リリーティアのときと同じ工程で、自分の能力値を紙に焼き写す。

「「…………ええ!?」」

俺とリリーティア、そしてビアンカは揃ってビックリした。

人間の冒険者としては底辺だった俺は——

「か、階級が……Sぅ!?」

なぜか、人間より強いサキュバスよりも強くなっていた。

ものは試しで調べた俺の能力値と階級《ランク》が、サキュバスの平均値すら凌駕《りょうが》するS階級を叩き出すなんて……。

リリーティア達はもちろんだが、なにより俺が度肝を抜かれてしまった。

「い、いったいなにがどうしてこうなった……？」

わけがわからず、素直な感想が口から漏れた。

もちろん、能力が上がったこと自体は嬉しい。

ぶっちゃけ、今の状態で人間の世界に戻って冒険者稼業を再開すれば、そこらの偉ぶってるやつらなんてデコピンで伸《の》すこともできるだろう。

余裕綽々《しゃくしゃく》で人間最強を張れるぐらいの能力値を会得できて、嬉しくないはずがない。

……ただ、理由が不明だとちょっと怖い。

例えば、俺の寿命が実はもう間もなくで尽きるから、最後の気力で補正がかかっているだけ、みたいな悲しい話も……。

「多分だけど……【吸引の儀】をする度に、ラシュアンの体内にもサキュバスの魔力が流れて、ちょっとずつ蓄積してるのかも」

リリーティアにあっさり否定された。

安心したぜ。

「けど、そんなことって起こり得るのか？」

「わからないわ。そもそも前例がないんだもの……」

……確かに。

圧倒的なサンプル不足ってわけか。

「でもさ～。実際にそんなことが起こっちゃってるわけだし、いんじゃない？　誰かが損してるわけでもないし、もっと気楽に考えようよ～」

にしし、とビアンカが笑う。他人事のように。まあ実際、他人事だけどさ。

ビアンカは楽観的というか、その時々のノリで生きているんだなってのがよくわかる。

俺としては、そういう生き方が羨ましいとも感じた。

今まで、これほどお気楽能天気に生活できたことなんてなかったしな。

……いや、正確にはあったけど、そんなのは十代までだ。

二十歳を超えてからは社会の荒波に揉まれ、その中で自分にできることをコツコツ続けようとしていたら、とても呑気には生きられなかった。

そう考えると、つくづく俺の人生って世知辛《せちがら》かったんだなぁ。

「――どったの？　さっきから涙流しながらうんうん頷いてるけど」

気がつくとビアンカが俺の顔を覗き込んでいた。

「な、なんでもない……。色々、思い返してたんだ」

「ふ～ん？　イヤなことでもあった？　でもでも、今日みたいに良いこともたくさんあるんだからさ！　気にせず笑っていようよ♪」

くっそ～。ビアンカが若さに溢れてるからか、眩しすぎて直視できね～。

しかもビアンカの楽観っぷりは、無邪気なかわいさがあって癒やされる。

「ところでラシュアン様」

俺の背後からメルルが呼びかける。

「せっかく能力値の向上が確認されたのですから、試し斬りなどされてみてはいかがですか？」

「試し斬り？　もしかして……あの魔獣の模型を？」

丸太や藁でできた大きな塊《かたまり》を指さすと、メルルはコクンと頷いた。

「ラシュアン様にお仕えするメイドとして、そのお力を把握しておく必要がございますし」

それは本当にメイドの責務のうちなのか？　……というセンスのないツッコミは置いといて。

確かに能力値が上がったのなら、試してみたい気持ちはある。

新しい玩具《おもちゃ》を手に入れた子供がはしゃぐのと同じだ。

俺の力が今までとは違う未知の領域に到達したのなら、それがどれほどなのか試してみたい。

「じゃあちょっと、そこの剣を一振り借りるな」

剣や槍などが立てかけられている保管場所から、ごくごく普通の片手剣を一振り握る。

冒険者やってたときも一応剣は腰に差していたけど、結局お飾りみたいなもんだったからなぁ。

なんてことを思い出しながら、俺は模型魔獣の前に立つ。

模型とは言え結構な図体だ。二階建ての酒場よりもさらに大きく、威圧感を感じる。

これがもし実際の魔獣だったら、足が竦《すく》んで動けなかっただろう。

俺は深呼吸しつつ、しっかりと柄を握る。

このでかい図体に対して、俺程度が斬りつけられる場所なんて足元に限られる。

四本足を模している太い丸太を標的に定め、俺は剣を振りかぶった。

「でえええええいっ！」

気迫の声を吐き出しながら、一気に振り下ろした――


バシュウウウウウウウッ!!


「――――!?」

剣が振り下ろされたのと同時に轟音《ごうおん》が響いた。

軽い衝撃波さえ起こり、辺りの木々や草花を震わせる。

「……え？　…………ええ!?」

そんなに力込めてたっけか、俺？

ていうか、力込めたってレベルの衝撃じゃないぞ、これ。

なにがなんだか訳がわからずにいると、ズズズッ、ギギギッという歪《いびつ》な音が聞こえてきた。

なんの音だろう？　と音の鳴ったほうへ目を向ける。

――模型魔獣が俺目がけて倒れ始めていた！

「……マジか」

人間、絶体絶命ってタイミングだと妙に冷静に――というか気が抜けるらしい。

そんな間の抜けた一言が口から零れ、もうどう身動きを取ったって下敷きになるしかないってぐらい模型魔獣が近づいてきても、俺は動けなかった。

「【ファイアー・ブレス】!!」

リリーティアの叫び声が聞こえた途端、ゴウッ！　と巨大な炎が目の前を走った。

模型魔獣を呑み込みながら、その衝撃で軌道をそらす。

プスプスと煤《すす》を吐き出しながら、模型魔獣の半身は俺から二メートルほど離れた場所に倒れた。

間一髪とはこのことだ……。

「た、助かったよ、リリーティア。ありがとう」

そう彼女のほうを振り返ると。

リリーティアは、前方に腕をかざしたままポカンとしていた。

リリーティアだけじゃない。ビアンカもさっきまでのお気楽さはなりを潜め、リリーティアのかざしている腕の先、巨大な炎が走った空間をあんぐりと見つめていた。

「い、今のが【ファイアー・ブレス】……？」

「吐息《ブレス》どころじゃない火力……だったよね？」

リリーティアとビアンカは、なにやら恐る恐るといった様子で確認し合っている。

俺を助けるため咄嗟《とっさ》に放った魔法が思っていた以上の高威力だったから、驚いているんだろう。

もっとも、俺は俺で自分の能力に驚いてて、それどころじゃないんだけど。

模型魔獣はものの見事に真っ二つになっていた。

足を模した丸太に切り込みを入れられればいい。そのぐらいの威力のつもりで剣を振るった。

にもかかわらず斬撃は、丸太に傷どころか衝撃波すら発生させて、模型の胴体を分断するほどの威力を発揮したのだ。

並みの人間にはとてもできない芸当だ。

並みのサキュバスにだって無理だろう。

だけど、俺は能力値がS階級の人間。

控えめに言って——最強じゃないか!!

自分の能力が信じられない。手が勝手に震えた。

つい最近まで俺は、冒険者としても底辺の中年野郎で、薬草採取クエストでギリギリ食いつないできた童貞のおっさんだった。

なにをやってもうまく行かなくて、どんなにコツコツ積み上げても結果が出なくて、気づけばそんな生活を強いられていて。

周りからあざ笑われてばかりの、クソったれみたいな人生を送っていた。

なのに、たった一度——正確には二度の、サキュバスと【儀式】をしたってだけで。

俺は俺を見下してきたどんな奴らだって手の届かない、最強の力を手に入れたのだ。

「へへ……へへへへ……っ」

ダメだ、変な笑いが込み上げてきちまう。

嬉しいとか、ざまーみろとか、そういう感情はもちろんあるけど。

……ぶっちゃけ、けっこう虚しさも大きかったりする。

この変な笑いは、たぶん、そんな虚しさに対する嘲笑《ちょうしょう》なのかもしれない。

今までの惨めだった十数年は……なんだったんだよ、ちくしょう……。

「リリーティアもすごいけど、ラシュもめっちゃすごーい！　強ーい!!」

ガシッと抱きついてくる感触。

目を向ければビアンカだった。

まるでネコみたいにゴロゴロと頬ずりをしている。

「すっごいね！　結構頑丈な模型だったのに、真っ二つだよ真っ二つ!!」

まるで無邪気な子供のように目を輝かせながら、ビアンカは俺とリリーティアを交互に見つめた。

「ねえねえリリーティア！　今日の見回り、ラシュも連れて行こうよ！」

「……それはダメよ、ビアンカ」

見回り？　何のことだろうか？

ビアンカの提案を、リリーティアは即否定した。

ビアンカの言う『見回り』ってのは、そんなに重要なことなのだろうか？

「なあ。その……見回りってなんのことなんだ？」

「そのままの意味だよ？　毎日みんなでグループ作って、集落の周りを代わりばんこに見回りしてるんだ〜。今日はうちらの日なの」

ビアンカは、相変わらず俺に抱きついたまま答える。

「ちなみにそれは、なんのために？」

続く俺の問いに、今度はリリーティアが答えてくれた。

「知らず知らずのうちに魔獣を接近させすぎていないかの偵察よ。魔獣の中にはコッソリ動くのが得意なのもいるから、ほっとくと集落の傍に巣くって夜襲をしかけてくることもあるのよ」

なるほど、と納得した。

ここも含めサキュバスの集落というのは、魔獣退治の最前線、前線基地のようなもの。警戒態勢を強くするのは当然に思えた。

「どれぐらいの人数で見回りに行くんだ？」

「今日は私とビアンカを中心に、合計六人ぐらいかな」

六人、か。

サキュバス達にとっての『普通』がよくわからないから、その六人が多いのか少ないのかはわからない。

けど人間が、少し大きめで強力な魔獣を相手にするときでさえ、六人というのは正直心許《こころもと》ない人数だ。

「危険はないのか？」

「あるわよ、もちろん」

心配になって訊ねると、リリーティアは即答した。

だがすぐに次の言葉を続けた。

「でも、身の守り方はみんな日々鍛錬しているし、問題ないわ。だいたい、気にしだしたら切りが無いわ」

「それは、そうかもしれないけどよ……」

「心配してくれているのね？　ありがとう、ラシュアン。でも大丈夫よ。こういう生活は何年もしてきているし、その中で生き残る術は磨いてきたんだから」

そして、ちょっと照れ臭そうに、恥ずかしそうに笑った。

「それに……ラシュアンが私を、うーんと強くしてくれたじゃない？　だからね心配しないで」

その笑顔がかわいくて、愛おしくて。

守ってやりたいと思った。

「……見回り、俺も連れてってくれ」

その言葉は、守ってやりたいという思いによって自然と零れていた。

「何ができるかはわからないけど、今わかったように、ただの人間よりは戦える体になってるだろ？　大型の魔獣とはもちろん戦ったことなんてないが、足手まといになるつもりはない。だから連れてってくれ」

俺の申し出に、リリーティアはキョトンとしていた。

どう答えたら良いのか迷っているのかもしれない。

俺はもう一押し、リリーティアに向けて言った。

「俺だって結果的には、リリーティアに強くしてもらった身だ。なにかしら、手伝えることはあるはずだ。なにより……ここで何もしないまま待ってるなんてダサいこと、俺はしたくない」

リリーティアは、俺と初めてを共有しあった女性だ。

俺に、人生リスタートの機会を与えてくれた女性だ。

そんな特別な女性が危険な場所へ赴き帰ってくるのを、ただ待つだけなんて……イヤだった。

……人生、不思議なもんだな。

人間の世界にいたときは、そんなのどうでも良いからとりあえず日銭を稼いで細々生きるだけだったのに。

サキュバスと出会っただけで、自分の意思をしっかり持って行使したいと思えるようにもなるなんてな。

「……ねえねえ。やっぱりラシュも連れて行こうよ、リリーティア」

ビアンカが言う。

「ラシュも一緒なら、多分、すっごい楽しい見回りになると思うよ！」

そういうことじゃないんだけどなぁ！

空気をあえて読まないのか、素で言っているのかわからないのが怖い……。

「……そうね。正直、今の結果を見たあとだとラシュアンが来てくれるのは心強いわ」

やがてリリーティアは、観念したように微笑んだ。

「客人でもあるラシュアンにお願いするのは、申し訳ない気もするけど……そこまで言うのなら、同行をお願いできるかしら？」

「ああ、もちろんだ！」

俺は即答した。

自分から願い出たのだから、当たり前のことだけど。

ただやっぱり、かわいい子に頼ってもらえるのはとても嬉しい。

……てのも、正直かなり大きな理由のひとつだった。

四回戦目　サキュバス達との冒険

リリーティアやビアンカを中心に結成されたパーティーは、さっそく装備を整えた。

装備って言っても、サキュバス達は人間の冒険者じゃ考えられないほどの軽装備だった。

防具らしい防具なんて胸当てぐらいだが、それだって胸全体を覆っているわけじゃない。

腰回りを補強するプレートや足を守るすね当てを含めたって、露出が激しすぎる。

俺は使い慣れた防具を全身に身に纏っているが、サキュバス達の輪に交じると頑張りすぎている感すら漂っている。

「サキュバスって、みんなこんな軽装で戦ってるのか？　危険すぎないか？」

「確かにちょっと心許ないけど、その分動きやすいのよ。どちらかといえば私達は、素早く動き回って『当たらなければどうってことない』の精神だから。……まあ、集落の階級が低くて物資が充分じゃないっていうのも、理由にはあるけど……」

サキュバス達が使う武器や防具は、基本的に人間が作ってサキュバスの集落へ運ばれてくるらしい。サキュバス達には武具を作るノウハウがないからだそうだ。

もちろん、ノウハウなんてなくとも触れ続けていけば自然と知識は身につき、作り手も生まれてくる。けど、せいぜい修繕したり補強したりが精一杯らしい。

そのため、階級はそのまま装備品の充実度にも比例する。彼女らが軽装なのは、サキュバスが元からその傾向にあることに加え、フィルビア・コロニーの階級の問題もあった。

この状況を打開するためにも、できる限りのことはしてあげたいよな……。

そんなこんなで、俺達はさっそく集落の外へ出て進んでいく。

ちょっとした林道を抜けると、そこは小高い丘になっていた。

広い平野が遠くまで一望でき、先のほうには幅の広い大きい川が見えた。

「いつもはあの川の辺りまで行って、川沿いにしばらく歩くルートで見回りしてるのよ」

リリーティアは指で指し示しながら説明してくれる。

指先を追いかけるように辺りの景色を眺める。

広い平野と、その向こうにはそびえる山々に、爽やかな青空。

「……世界って、こんなにも美しかったんだな……」

なんて、ガラにもないポエムが思わず口をついて出た。

人間の生活圏は、大型魔獣の進行によって制限されている。こうして眺められる景色なんてなかなかない。俺自身も、こんな眺めの良い景色を見るのは初めてだった。

「ふふっ……ラシュアンって意外とロマンチスト？　詩人みたい」

「自分でも気づかなかった一面が出ちゃったかもな」

俺がわざとらしくかっこつけてみると、リリーティアは楽しげに微笑んでくれた。

「今日はあの川を渡った先に向かおうと思っているの。人間達の古い廃墟があるんだけど、もう何年も足を運んでないから多分魔獣が巣くっているはずよ」

リリーティアは廃墟のある大体の方角を指さしたあと、一行を促して進み始める。

休憩を挟みながら歩くこと一時間ほどで川縁に到着。

遠くから見ていたときの感覚以上に大きな川のようで、橋などは架かっていなかった。

なんでも、魔獣の進行で人類が川よりこちらへ後進したあと、過度な侵入を防ぐために橋は落としてしまったらしい。

岸に繋がれていた小舟《ボート》に乗り込み、十五分ほどかけて川を渡る。

そこからさらに二時間ほど歩き、目的の廃墟に到着した。

見るからに怨霊でも出てきそうな、おどろおどろしい雰囲気の町並みだった。

木造の住宅は壁が腐ってくずれているし、石造りのしっかりした建物もあちこちがツタだらけ。

元は石畳がキレイだっただろう街道も、石の隙間から雑草が生い茂っていた。

何らかのお店だったらしい住居の入り口には、壊れかけの看板が寂しく風に揺れている。

「ここは昔、ナディカっていう街だったそうよ。工芸品で有名だったらしいけど……」

「ああ、一応知ってはいる。ナディカ産のガラス細工はプレミアがついてたし、職人は散り散りになった上に年々減っているって、よく聞いてたしな」

もっとも人間の世界にいたときは、ナディカ産の工芸品なんてどれも高値だし、俺個人にはまったく必要のないものだったから関わることもなかったけれど。

ただこうした現状を目の当たりにしちまうと、なんていうか……なんとも言えない虚無感みたいなものが胸に広がる。

しかも今となっては、チャンスがあるならそのステキな工芸品をプレゼントしたいって人達にも、出会えたわけだしな。

「……？　ラシュアン、どうしたの？」

「いや、なんでもない」

無意識にリリーティアを目で追っていたらしい。

不思議に思ったリリーティアが首を傾げたので、俺は微笑んで返した。

――そのときだ。

ガッシャーン!!

「――!?」

突然の物音に一同が身構える。

大量の陶磁器やガラス細工が割れたような音は、一件の建物の中から聞こえてきた。

何ごとかと思い、俺はゴクリと唾を飲んだ。

しかし――

「ねえねえねえ、みんな見て見て見て～！　すっごいキラキラ～♪」

建物の中から飛び出してきたのは、ビアンカだった。

しかも、体中にガラス細工の工芸品を身につけていた。

「……って、あれれ？　どうしたの？　みんなぽかーんってなってる」

「そりゃ『ぽかーん』な顔もするわ！　なにしてんだ……」

「なにって、キレイなアクセサリーたくさん見つけたからつけてみたの！　ねえねえラシュ～、似合ってるかな？　うち、キレイ？」

うっふ～ん、みたいなポーズをとるビアンカ。

わざとらしいところはかわいいが、キレイの意味をはき違えている。

だがそう正直に答えるわけにもいかず、どう言ったらいいか模索していると、リリーティアが呆れたように言う。

「あのね、ビアンカ。私達は遊びに来てるわけじゃないのよ？」

集落の長に窘《たしな》められ、ビアンカはたちまちシュンとなる。

「あう……ごめんなさい、リリーティア」

「わかればよろしい」

さすがにこういうときは長として、しっかりしてるんだなぁ……と感心してしまった――

「とりあえずそのアクセサリーは丸っとこの麻袋に入れて持って帰りましょう」

「ちゃっかりしてんな!!」

思わず本音のツッコミが出てしまった。

「ご、誤解しないでラシュアン！　こうして集めた物は人間界にきちんと返したり、魔獣退治の報酬として受け取って【美容強化《バフ》】用に使ったりしてるの！　け、けっしてネコばばしてるわけじゃないんだからね!?」

……ここまで自分で容赦なく墓穴掘るとはなぁ……。

まあ、慌てふためくリリーティアがかわいかったから、結果オーライか。

そんなことを考えながら、みんなが手分けしてアクセサリーを袋につめていた、そのときだった。

「――きゃっ！」

ひゅんと黒い物体がビアンカに飛びつき、俊敏な動きで建物を駆け上っていく。

その黒い物体の手には、ビアンカが身につけていたキラキラのアクセサリーが握られていた。

「こらぁ！　ドロボウするなぁ!!」

ビアンカは黒い物体を見上げて文句を投げる。

広い意味ではビアンカも同罪だけどな、という野暮ツッコミは胸に秘め、改めて黒い物体を観察する。

全身が黒くくすんだ、猿のような生き物だった。

小型の魔獣だ。

アクセサリーを奪った猿型の魔獣は、ビアンカの文句など当然知らんぷりだ。

あまつさえ尻をこちらに向けて、ぽりぽりとかき始めた。

「むっきゃ～!!　あのお猿、うちのことバカにして～～!!」

猿のやっすい挑発に乗ってしまうビアンカ、チョロいな。

「落ち着けってビアンカ。ヤな予感がする。煽られて冷静さを欠いたら相手の思うつぼ――」

とまで言いかけたとき、猿はさらに自分の尻をペンペン叩いたあと、建物の向こう側へ去っていった。

そして、案の定――

「待てこのクソ猿めええぇぇぇ!!　むっき～～!!」

すっかり相手のペースに乗せられたビアンカは、猿型の魔獣を追って駆け出した。

まったく……子供のように純粋すぎるのは、こういうときすんなり惑わされるからなあ。良し悪しはときと場合によるな。

「とりあえず追いかけましょう、ラシュアン！」

「お、おう！」

リリーティアに促され、俺達はビアンカを追って駆け出した。

◆　◆　◆　◆

先ほどの建物をぐるりと回り込み裏手に出る。

そこには大きな聖堂が建っていた。

他の建物と同じように、あちこちにツタが絡まっている。もちろんひと気なんてない。

だが入り口は半開きになっていて、その中から物音が聞こえてくる。

もしかしたら猿型の魔獣とビアンカが、中にいるのかもしれない。

「中を探してみましょう。みんな、警戒は解かないようにね」

リリーティアが言うと、みんながそれぞれ応答し、武器を構える。

ショートソードだったり槍だったり弓だったり、それぞれ得意な武器を手に、ゆっくりと聖堂の中へ足を踏み入れる。

外から見たイメージ通り、聖堂の中は広々としていた。多分五百人ぐらいの人が一気に入ってもまだ余裕がありそうだった。

天井が高く開放感に溢れ、ステンドグラスから零れる色つきの光が美しい。

さすが工芸品の有名な街だな……なんて感心しつつ、本来の目的を思い出す。

「おい、ビアンカっ。どこにいる？」

魔獣が驚いて飛び出さないよう、なるべく小声で、それでいてハッキリ聞き取れるよう声量を調整する。

周囲を警戒しながら、ジリジリと奥へ進んでいくが、一向にビアンカの反応や魔獣の気配はない。

「確かに、中から物音はしていたんだけど……」

リリーティアも不思議がって辺りを見回した。


——次の瞬間。


「ひゃあっ‼」

突然、リリーティアが悲鳴を上げた。

俺は慌てて、リリーティアのいた場所を振り返る——

「り、リリーティア⁉」

だがそこに、リリーティアの姿はなかった。

他のサキュバス達も、突然リリーティアの姿が消えたことに困惑していた。

いったい何がどうなって……？

そう、不安と焦りが募りだしたときだった。

「ぴぎいいぃいぃいぃいっっ‼」

地鳴りと共に大きな虫のような泣き声が響き渡る！

そしてその声の主は、大聖堂の床を突き破って姿を現した。

とてつもなく巨大な食虫植物だ。その全長は三階建ての聖堂の天井にまで届いている。大型魔獣に認定される巨体だ。

牙の生えた肉厚の葉がまるで口を思わせ、至る所から触手のように茎が伸び、ウネウネとうごめいていた。

そう、触手だ。

もちろんシリアスな状況なのは理解している。

理解している……のだが、俺は妙な予感と期待を抱いていた。

「い、や……ちょっ、離しなさいよ……このぉっ！」

リリーティアの声が聞こえ、俺はハッと見上げる。

「だ、大丈夫かリリーティア!!」

そこには装備を剝ぎ取られ、ただでさえ扇情的な肉体を触手によってキツく締め付けられてしまっている、あられもない姿のリリーティアが吊されていたのだ！

控え目に言って、ちょっと触手が羨ましい……。

「……って、アホか俺！」

俺は邪《よこしま》な考えを振り払い、すぐさま剣を抜いた。

「待っていろリリーティア！　今助けるから!!」

退治する巨大食虫植物は長い触手を巧みに操り、リリーティアの体をなで回すように動かし、キチキチと締め付けていく。

「や、んん……キツくて、く、苦しい……っ」

手足ががんじがらめにされ、一切身動きが取れないらしい。

どうやら、能力値《ステータス》がA階級でも脱出が難しいほどの力のようだ。

「くそ……どうしたらいい？」

食虫植物は見上げるほどの巨大さだ。

下手な攻撃じゃビクともしないだろう。

一応、巨大な魔獣模型を壊した経験からして、俺の思いきった一撃で倒せないこともないと思うが……正直、自信がない。

どちらにせよ、充分に近づく必要がある。

逆に言えば、方法はそれしかない。

「……そうだ。近づいて、ズバン！　それでいいんだ……っ！」

自分を奮い立たせる。

あんだけ目に見えて能力値が上がったってのに、俺の足は震えていた。

当たり前だ。小型の魔獣ならともかく、こんな巨大なやつを相手取ったことなんてない。

なのに、いきなりこんな敵と戦えだなんて……。

——でも。

「リリーティアを助けるには、それしかないだろ！」

その一心が、俺の足を動かした！

「みんな、頼む——援護を！」

俺の呼びかけに快く応じてくれたサキュバス達が、共に立ち向かってくれた。

弓使いのサキュバスが牽制する中、俺達は一気に間合いをつめた。

だが突然、俺達の前に新たな触手が立ち塞がった！

「くうっ！」

まるで鞭のように振るわれた触手を、俺は剣でガードする。

だが勢いに負け、はじき飛ばされてしまった。

他のサキュバス達も同様だ。

挙げ句、倒れているサキュバスの何人かを絡め取り、リリーティアと同じようにつるし上げた。

みんなの扇情的な肉体をイヤらしくなで回す触手に、卑猥な悲鳴があちこちから上がる。

……ただ聞いている分には耳が天国って感じだけど、そんなこと言っていられる状況じゃない。

「ったく！　厄介で節操なしの触手だな！」

そう悪態をついたところで、当然相手は人語なんて理解できるはずもないんだが……。

なんであれ、近づくにはあの触手をどうにかするしかなさそうだ。

「どうにかって言ったって……今の俺にできることなんて」

剣を振るうことぐらいだ。魔法なんて使えない。

いや、S階級まで能力値が上がったのなら一つや二つ、使えるようになったかもしれないけど、
問題は使い方を知らないことだ。

使い方を知っているのは、辛うじて剣技だけ。

なら、最初から結論は出ている！

俺は駆け出した。立ち塞がる触手の壁。その先端が俺目がけて伸びてくる。

「ぜぇぇいあっ！」

俺は思いっきり、剣を横に払った。

ずしゃあぁぁぁっ!!

「ぴぎゃあああぁっ！」

食虫植物が悲鳴を上げる。

迫っていた触手は、見事に切り払われた。

「いよしっ!!　一気にいくぞ!!」

厄介な触手の壁は取り払われ、そうしてできた突破口へ残っているサキュバス達と詰め寄る。

だがまたしても、進行を邪魔する影が俺達の前に降り立った。

「キキーッ!!」

さっきビアンカが追いかけていた、猿型の魔獣だ。

そいつは数匹の仲間を引き連れ、聖堂内の陰になっているあらゆる所から出現し、俺達に飛びついてきたのだ。

「く――このっ！　お前らに構ってるヒマなんて、ないんだよ！」

追い払おうとするが、ひっついて離れない。

猿相手に悶えている間も、リリーティア達は触手相手に弄《もてあそ》ばれている。

「やっ、んん！　そ、そこは……く、はぁ――あ!!」

潤滑油めいた粘液を先端から迸《ほとばし》らせながら、ずりゅずりゅと体のあちこちをなで回す触手に、リリーティアは必死に耐えていた。

服の隙間から触手を滑り込ませたり、口の中に先端を突っ込んだり、とにかくやりたい放題だ。

むしろ何がやりたいんだ！

第一、この猿どももだ。

あの食虫植物がこいつらの親分みたいな存在で、守ろうとしているんだろう。

一匹一匹は大したことないんだろうが、群れられると厄介極まりない！

どういう関係で守ろうとしているのか、俺にはわからない。

だけど、守りたいという気持ちは俺のほうがデカい！

それだけは、譲れない!!

「じゃ、ま……だああっ!!」

ひっつく猿達を、めいっぱいの力で引き剝がす。

だが猿達も諦めが悪い。再び俺に飛びかかってきた。

正直引き剝がすためだけに四苦八苦しすぎて、情けないことに体力がガッツリ奪われた。

重く感じ始めた体をどうにか動かし、迫ってくる猿達に備える。


「やあああぁぁぁぁっっっと見つけたよクソ猿があああぁぁぁっっ!!」


突然ステンドグラスがハデに割れたかと思うと、聞き慣れた無邪気な声が聖堂内に響いた。

現れたのはビアンカだ。

上空からとてつもなく鋭いキックをお見舞いし、俺に迫ってきていた猿を数匹蹴り飛ばし、シュタッと着地した。

「……って、あれれ？　これ、どういう状況？」

辺りを見回すや、キョトンと首を傾げるビアンカ。

「それはこっちのセリフだ！　今までどこにいたんだよ」

「さっきのドロボウ猿を追いかけてたら街の端っこまで行っちゃってさぁ。しょうがないからみんなの所戻ろうとしたら、ここが騒がしくって、来ちゃった♪」

「壮絶なまでの方向音痴!!」

猿を見失った挙げ句、廃墟の外れにまでいくとは……。

ある意味で侮れないヤツだな、ビアンカは。

「でもおかげで宿敵の猿も見つけたし結果オーライだよね!!」

「お前のポジティブさがめちゃくちゃ羨ましいよ、俺は……」

にししと笑うビアンカを前に、俺はガックリ肩を落とし……、

「って、んなことやってる場合じゃない！　ビアンカも手伝ってくれ！　リリーティアが――」

と、状況を説明しようとしたとき。

「ああああっ！　リ、リリーティアが吊されてるぅ！」

ががーん！　みたいなショック顔でビアンカが叫ぶ。

「ああ、そうだ。だからすぐに助けて――」

「ラシュ！　急いで助けてあげないと!!」

……あー、うん。

もう細かいこと、どうでもいいや。

ビアンカの無邪気でまっすぐなノリを前にすると、あれこれ小難しく考えている自分がアホらしくなってきた。

リリーティアが摑まった。だから助ける。

助けるために俺は、俺の全力の剣技で対応する。

……以上！

「ビアンカ。俺が思いっきり全力で食虫植物を斬りつける。怯んだ隙に、リリーティアの所までジャンプとかできるか？」

「任せて！　うち、身軽なのだけが取り柄だから!!」

「よし。なら、リリーティアに絡まってる触手を解いてやってくれ」

「オッケー！」

即席の連携プレーだが、なんとかなるだろう。

他のサキュバス達にも援護を頼み、俺とビアンカは食虫植物目がけて駆け出した。

何本かの触手が俺達に向かってきたが、さっきと同じように斬り伏せ、道を開く。

途中でビアンカは触手に飛び乗り、駆け上がり、再び別の触手に飛び乗り、それこそ彼女が憎んでいる猿のような曲芸を見せながらリリーティアの傍へ近づいていく。

そして俺はというと、いよいよ食虫植物の一番太い茎の部分に到達。

つまり――敵の懐だ！

「リリーティアを、他のみんなを――」

俺は下段に構えた剣を、思いっきり振り上げた！

「――離せえぇぇぇぇっ!!」


ズシャアアアアアアァァァ!!


「ピュギヤアアアアアアアア!!」

魔獣の体に縦一線の巨大な裂傷が刻まれた。

たちまち最大級の断末魔を上げた魔獣は、痛みに激しく悶え、全身をぐにゃんぐにゃんと動かす。

やがて絶命し力が抜けたのか、サキュバス達を捉えていた触手が解けていった。

そして、より一層キツく締め付けられていたリリーティアも、ビアンカの手伝いもあって触手から解放される。

「――わっ！　まずいよ、ラシュッ!!」

だが安心したのも束の間。

ビアンカの声に反応して、俺はリリーティアのほうを見上げる。

「リ、リリーティア!?」

他のサキュバス達と違って締め付けがキツかったせいか、リリーティアは気を失っていたのだ。

ビアンカが夢中で触手から解放させたままではいいが、このままでは地面に真っ逆さまだ。

「間に合えっ!!」

俺は慌てて駆け出した。

能力値が上がっているおかげか、思い切り踏み込んだ脚力は床を割る勢いで、俺の体を前に突き動かしてくれた。

「――っしょっと!!」

そして、ほとんどスライディングするような勢いで、リリーティアをギリギリの所でキャッチ。

辛うじて床への直撃は避けた。

あとは、倒れてくる魔獣の下敷きにならないよう、必死に逃げる。

魔獣の倒れた大きな音をバックに、ようやく落ち着けるところまで離れると、

「ラシュ～！　ごめん!!　リリーティア、大丈夫だった!?」

慌てて駆けつけてきたビアンカ。心配そうな面持ちだった。

安心させるため、笑顔を浮かべて答える。

「ああ、大丈夫だ。気を失ってはいるが、怪我とかはしてない」

「そっか～………よかったあぁぁぁ」

ビアンカはヘナヘナと力なく崩れる。

よほどリリーティアのことを心配していたようだ。

なんであれ、この状況を切り抜けられたのはビアンカのおかげだよな。

「ありがとな、ビアンカ。さっきのタイミングでお前が来てくれて助かった」

「え、えへへ～……。最後はちょっと、やらかしたかも!?　ってヒヤヒヤしたけどね」

ばつが悪そうに照れ笑いを浮かべたビアンカは、直後、ズイッと俺のほうへ身を乗り出した。

「それよりも、ラシュだよ！　本当に強くってびっくりだったんだよ？　さっすが、S階級なだけ

あるよね！」

その目は眩しく輝いており、無邪気な子供がお気に入りの玩具を前にしたときの反応と似ていた。

……のだが。

「うちね、強い人って大好き！　尊敬しちゃう♪　うずうずしちゃうの！」

「う、うずうず……？」

「そう、うずうず!!」

ビアンカは俺にギュッと抱きつくと、無邪気な子供とは思えないような、少なくとも人間の女子からしてみたらとんでもないことを言ってのけた。

「決ーめた！　今日の夜は、うちがラシュと【儀式《エッチ》】する～♪」

「…………はぁ!?」

ビアンカからの猛烈なアプローチに、俺は心臓をバクバクさせつつも叫んでしまった。

◆　◆　◆　◆

巨大食虫植物の撃退後、例の猿どもは慌てたように撤退していった。

食虫植物がやられたことで俺達に恐れを成したのか、なんらかの理由で食虫植物に従わされていたのか、理由はわからない。

どちらにせよこの廃墟一番の権力者が撃退されたことで、本能的に身の危険を感じたのだろう。

俺達はリリーティアが目を覚ますまでしばし聖堂内で待機することになった。

俺とビアンカが傍で見守り、他のサキュバス達は聖堂の外で見張りや、街の遺物回収をしてもらっている。

「う……ん」

「リリーティア？　気がついたか？」

微かに身じろぎ、やがてうっすらと目を開けたリリーティアへ、俺は声をかけた。

「…………ラシュアン……」

リリーティアは安心したように柔らかく笑った。

でも、直後には起き上がろうとする。

「無理するな。大丈夫。安全は確保してるから、もう少し寝ていろ」

「……長として、示しがつかないわ」

「長としての示しと自分の体、どっちが大事かなんて考えるまでもないだろ」

思わずキツめの言い方になってしまったが、訂正するつもりはなかった。

富と名声に目がくらみ自分の体を犠牲にした結果、呆気なく命を落とした冒険者なんて枚挙にいとまがない。

そういうのを間近で長年見聞きしてきたからこその、本音だった。

「……ごめんなさい。ありがとう」

「いや。俺も、言い方がキツかったよな。すまん」

「心配してくれているのはちゃんと伝わってるから……気にしないで」

そう素直に聞き入れてくれるのなら、俺もちゃんと言った甲斐があるってもんだ。

ふと俺をまっすぐ見つめる視線が気になって顔を上げると、ビアンカがジッと俺を見ていた。

「……どうした？　ビアンカ」

「ううん。ちょっと驚いてたの」

ビアンカはキョトンとした顔で俺を見ていた。

ちなみにチョンって感じの体育座りだ。元からパツパツのホットパンツ状の衣服が、座ることでより食い込んでいる。

パンチラより妙になまめかしい状態が、ここからだと丸見えだった。

それだけで俺の全身には、茹だったなにかがドクドクと巡っているような、猛烈な快感を感じていた。

つくづくサキュバスは、その場にいるだけで男の理性を溶かすんだな……と思い知らされる。

「驚いてたって、なににだ？」

「いや～、思ってたよりしっかりしてるなぁって」

「おいっ」

思ってたよりって！

なんだと思ってたんだ、まったく。

「そりゃ、三十五歳のおっさんだぞ？　良くも悪くも、しっかりした考え方のひとつぐらい身につくだろ」

本当は『それが年の功ってヤツだ』って胸張りたいんだが……。

胸張れるほど自慢できる人生じゃなかったしなぁ。

心の中でトホホ～と涙を流していると、ビアンカは突然にへ～と笑う。

「なんかなんか、ステキな大人の男って感じだね♪」

「か、からかうなよ」

「からかってないよ～！　うちらの集落には……っていうか、多分ほとんどのサキュバスの集落にはさ、今までラシュみたいな大人の男の人が住むことなんてなかったわけでしょ？『女所帯』だから……って、使い方で合ってるよね？」

「まあ、間違っちゃいない、か？　言いたいことはわかる」

いちいち確認してくるところが素直だな、ビアンカは。

「だからさ、男の人のことってなんだかんだ、みんなもよくわかってないんだよね。『ステキな大人の男』って言葉は知ってても、それがラシュみたいな考え方ができる人のことだって、今さっきまでわからなかったもん」

「つまり、感心してたってことか？」

「そうそう！　からかってたんじゃなくて、感心してたの♪」

ニパッと笑うビアンカ。

なんか都合よくまとめられた気はするが……。

それでも、正直な気持ちを言えば。

悪い気がしないどころか、もの凄く嬉しくて、こっそりニヤニヤが止まらなかった。

……そのときだ。

ふと、座っている俺の太もも辺りにゾワッとした感触があり、驚いて目を向ける。

いつの間にかリリーティアが、自分の頭を俺の膝に乗せていたのだ。

「ど、どうしたんだよ……急に」

リリーティアの頭が、俺の足の、それも付け根のほうにある……。

サキュバスが相手だと、いかがわしい行為じゃないとわかっていても、この状況だけで体が過度に期待してしまう。

気持ちや理性と、肉体が、まったくちぐはぐになってしまうのだ。

だから正直、内心は欲求を抑え込むのに必死だったのだが……。

「ラシュアンは、ステキな大人の男……なんでしょう？」

「いや、それは……。ビアンカが言うには、ってレベルだけど」

「だったら、こうして膝ぐらい貸してくれたって……いいじゃない？」

リリーティアの表情は、ここからでは見えない。

でも、声の感じでわかる。

「…………もしかして、また拗《す》ねてる？」

たちまち、リリーティアは俺の方を振り向いた。

その行動が、図星であることを表しているともわからずに。

「す、拗ねてないわよ！　ビアンカとふたりが、ちょっといいムードだからって……」

「いいムードに思えたから、拗ねていたと」

「だから！　ち、違うわよ！　だいたい『また』ってどういう意味なのよ！　もう、もうっ！」

俺の膝をぽかぽかと叩いてくるリリーティアがかわいくて、俺は笑ってしまった。

意外とヤキモチ焼きな一面に、本人は気づいていないようだ。

自ら膝枕をしにきたのも、構って欲しかったのか。

……かわいいヤツめ！

仕方ないので、俺はリリーティアの体力が回復するまでのしばらくの間、彼女を膝枕し続けた。

膝枕ってのは、男が女にしてもらってこそ喜ばしいことだと思ってたけど。

こうして女の子のほうから甘えたいときにしてあげるっていうのも、心地よかったんだな。

膝の上で安らいだような表情を見せているリリーティアを見ながら、俺はそんなことを思った。

◆◆◆◆

リリーティアの回復を待って、俺達は来た道を戻って集落に帰ってきた。

回収した遺物を選別するため、リリーティアとはそこで別れることとなった。

もう少し休んだほうがいいのでは？　と提案したが、どうやら俺の膝枕で最高に幸せな一時を過ごせたらしく、問題ないとのことだった。

それは何よりだが、実はあの数分間、俺は理性を抑え込むために脳細胞がトロトロになりかけてたんだよな。

まあ、リリーティアの飛びきりかわいい笑顔を見られたし、良しとしよう。

そして、俺はそのままやることもなくなったのでひとまず宮殿の自室に戻ろうとしていた……のだが。

「ねえねえラシュ〜!!」

「――どぅふ!!」

背中に飛びついてきたビアンカによって、変な叫び声を上げて転びかける。

このタックル癖はどうにかならないのか……。

「さっきの話の続きなんだけどさ〜」

はて。どのことだろうか？

「今日、うちがラシュと【儀式】したいって話!!」

「声がでかい!!」

あけすけのなさも、度が過ぎるとこっちが恥ずかしくなるだけだな！

案の定、周りにも聞こえていたらしく、「え〜？」とか「ひゃ〜」とか、たまに「いいなぁ」なんて声も聞こえてくる。おい最後、あとで部屋に来なさい。

そしてビアンカの声は離れた場所に居るリリーティアにも聞こえていたらしく、こっちをじっと見ている。

最初こそ拗ねているようだったが、そこはさすがにサキュバスの集落の長としての矜持なのか、肩をすくめつつ微笑んでくれた。

どうやら俺がビアンカと儀式を行うことはなんのお咎めもないらしい。

そりゃそうか。

だってサキュバスにとって――リリーティア達にとっては、俺との儀式はみんなの能力底上げに必要な儀式なんだもんな。

みんなで共有するひとりの人間の男。一夫多妻、ハーレム的な環境。

最初から独り占めするつもりはないってわけか。

……そういうことなら、相手が誰であれ断るわけにはいかない。

俺と彼女達にとってのＷｉｎ‐Ｗｉｎを崩さないためにも。

「じゃあ、ビアンカ……今日、部屋で待ってるからな」

「――うんっ♪　へへっ、やったー！」

ビアンカはそう、無邪気に笑ったのだった。

「今夜、楽しみにしてるね♪」

五回戦目

ラシュアン、未婚のパパになる

夜。

一日の疲れを癒やしつつ、今夜の儀式に向けて身を清めるため、俺は風呂に入っていた。

「……ふぅ。気持ちいいなぁ」

ゆったりと足を伸ばせるバスタブはまさに極楽だ。

全身の疲れがお湯に溶け出していくようだった。

バシャッと顔にかけると、ほんのりと入浴剤の香りが鼻腔をくすぐる。

「お湯加減はいかがでしょうか、ラシュアン様」

「もう文句なしに最っ高だよ」

浴室の外に控えているメルルに素直な感想を告げる。

風呂を準備してくれたからか、感想が気になっていたらしい。

「それは何よりです。お気に召して頂けたのなら、メイド冥利《みょうり》に尽きます」

きっと真面目なメルルのことだ。

俺の姿が見えないところでもペコリとお辞儀をしているんだろうな。

そう思うと微笑ましくてついニンマリと笑顔が零れてしまい――

「では、わたくしもご一緒させていただきます」

「では、じゃないから！　接続詞の使い方!!」

いきなりなにを言い出すかと思えば、次の瞬間には、ハンドタオルを持っただけの一糸纏わぬメルルが浴室に入ってきた。

そんな状態で疑問符を浮かべながら小首を傾げる。

「なにか間違っておりましたか？　メイドたる者、ご主人様のお背中をお流しするぐらいは当然のご奉仕です」

「その気概は間違っちゃいないんだろうけど……」

「であれば、ふたり一緒にバスタブを共有することも自然な流れではないかと。ご安心ください、こう見えてわたくし、背中流しのプロですから」

「どんなプロフェッショナルだ！」

だがこっちのツッコミなんて気にせず、メルルはヒタヒタと近づいてくる。

サキュバスにしては凹凸《おうとつ》の少ない幼い体つき。それでも全体的に引き締まっているせいか、均等の取れた美しいスタイルだ。

それがなんの抵抗もなく近づいてくれば……当然、俺は自分を抑えきれなくなる。ましてや相手はサキュバスなんだから。

「……それともラシュアン様は、わたくしがお相手ではご不満ですか？」

「……え？」

唐突にメルルが寂しそうな声音で呟く。

表情はいつもと変わらない。

ただその目に灯る光や息づかいは、どことなく儚《はかな》げだった。

「いや、その……すまん。そういうわけじゃないんだけど」

メルルのことを拒絶しているわけじゃないからこそ、素直な気持ちで謝罪する。

そして、明確な理由を話そうと口を開いた――そのときだ。

「ラーシューアーーーーンっ‼」

突然軽快な声が聞こえてきた――かと思うと、浴室の入り口から素っ裸のビアンカが文字通り飛び込んできた。

彼女は浴室内を、その身軽さでピョンとジャンプ。

そのまま、俺の浸かっているバスタブにダイブした。

「うわっぷ！　あっぶな‼　な、なにしてんだビアンカ！」

盛大にお湯が溢れ、水面が激しく波打っている。

その中からビアンカはザバン！　と立ち上がる。

全裸の仁王立ちでだ。

「なにって、ラシュがお風呂入ってるっぽかったから、うちも入ろうって思って！」

「だとしても、もっと普通の入り方があるだろ！　だ、大体その格好、目のやり場に困るんだよ！」

「……なんで？　ラシュもおんなじ裸なんだし、おあいこでしょ？」

「おあいことかそういう話じゃなくってだなぁ！」

ダメだ。ビアンカは見た目はもちろん、思考もちょっと子供っぽいと言うか無邪気すぎる。

リリーティアみたいにあれこれ知識をちゃんと持っていて、それでもグイグイ攻めてくる分には背徳感なんてないんだが……。

ビアンカみたいに知識もハンパで、ひたすら天真爛漫かつ無邪気にじゃれてこられると、こっちまでイケないことをしている気分にさせられる。

「ほうほう～。男の人の体ってこんな風になってるんだぁ。あははっ、この辺の筋肉硬～い♪」

ぺちぺちと人の胸板を叩いて遊ぶビアンカ。

相手がサキュバスってだけで、その行為は充分快楽に繋がる愛撫なんだが、当然ビアンカは気づいちゃいない。

とりあえず、いったん助けてもらおうと視線を動かし、メルルの姿を探す。

「…………あれ？　メ、メルル？」

どこにもいない。さっきまで浴室にいたのに。

話も微妙に途中だったから、ちょっと気になるんだけど……。

「む～。ラシュ、どこ向いてんの？」

グイッ。

急に頭を摑まれ、向きを変えられる。地味に痛い。

「すまん……。さっきまでメルルが居たんだが、居なくなっててさ」

「メルルなら、うちと入れ替わりでお風呂から出てったよ？」

ま、マジで……？

あのどったんばったん大騒ぎしてる間に？

すると、メイド服姿のメルルが、脱衣所と浴室を繋ぐ扉からヒョコッと上半身だけ見せた。

「メイドたる者、隠密行動のひとつやふたつ、できて当然ですので」

いや、ほんと……仰るとおり、あんた、ただの隠密だよ。

そう思うぐらい一瞬のうちに姿を消し、瞬く間に身支度を整えてる辺り、特に。

「ビアンカ様もいらっしゃいましたし、どうぞごゆるりと。わたくしは昨晩同様、しばらくは扉の外に、その後は自室にて控えておりますので」

「お、おう……あ、ありがとな。メルル」

そうお礼を言うと、メルルは一瞬だけ間を開けて言った。

「ちなみにそちらのバスタブ、超大型魔獣が踏みつけても壊れない仕様になっております。どんなに激しく暴れても問題ありませんからご安心を」

「なにに対しての安心だ!」

「むしろ浴室内なら洗い流すのみですし、シーツなどの交換の手間も省けますからオススメです」

「なにに対してのオススメだ!!」

メルルは俺の言葉をスルーし、言いたいことはすべて言ったと言わんばかりに去っていった。

まったく……今さら言うまでもないけど、あいつ絶対デバガメ耳年増タイプだよなぁ……。

まあ、メルルのことはさておいて。

問題は目の前の、見た目幼女中身無邪気なサキュバスちゃんだな。

「ふにゅ～……お湯、気持ちいいなぁ」

ビアンカはすっかりくつろぎモードだった。

背中を俺の腹や胸に預ける姿勢で、グッと足を伸ばして肩まで湯に浸かっている。

こう密着されると、いろいろヤバいんだよなぁ。

ここからの角度だと、ビアンカの裸体が丸見えだし。

彼女のお尻辺りは、ちょうど良いところに当たってしまっているし。

ましてやサキュバスに密着されたら、それだけでもう欲情がメキメキと込み上げてきて理性を溶かし始める。

……我慢、できそうにないなぁ。

「こうしてるのって、もしかして『親子』ってやつなのかな？」

「…………え？」

不意にビアンカがポツリと呟いた。

「聞いたことがあるんだ～。人間は自分の子供と一緒に、こうしてお風呂に入ることがあるって。ラシュはなかった？」

「俺は……ガキの頃はあったと思うけど、よく覚えてない」

「ふ～ん。大人になってからは？」

「俺は独身だし、ついこの前まで童貞だ。子供なんていやしない」

ビアンカは「そっか～」と言いながら、グゥッと腕を伸ばす。

「そういうビアンカは、今までこうやって親と風呂に入ったことは？」

そう何気なくした質問が、サキュバスにとってはお門違いなことだったと、俺は最初気づかなかった。

「ないよ～。リリーティアとかとは入ったことはあるけど……。だってうち、『親』っていないし」

「…………え？」

そう。サキュバスは人の姿をしているが、厳密には『人間』じゃない。

人間の価値観が、当てはまるはずなかったんだ。

「うちだけじゃないよ？　リリーティアもシェリルもウィンディーも、みーんな親っていないんだよね」

「でも……産んでくれた人はいるんだろ？」

「もちろん！　……え？　じゃあ産んでくれた人が『親』ってことなの？　でも、『親』って産むだけじゃなくて、ちゃんと育ててくれるんでしょ？　うちらを産んでくれた人は、うちらを育ててはくれなかったよ？」

……さすがにコレは、種族の違いや価値観の違いがあるとは言え、結構ショックかもしれない。

しかもそんなショッキングなことを、ビアンカはさも当然であると……サキュバスならそんなの当たり前のことだと、無邪気な声音で言うのだ。

衝撃の度合いはひとしおだ。

「うちらを育ててくれたのは、昔フィルビア・コロニーの長だった人。今は代が変わっちゃったけど……。あれ？　じゃあ産んでくれた人と育ててくれた人が別でも、どっちも『親』ってことなのかな？　あれれ？」

産みの親と、育ての親。

ビアンカの中でこんがらがっている思考は、人間の価値観で計れば、そういう言い方ができる。

でも、『親』という概念を知ってはいても実体験として持っていないビアンカにとっては、酷く混乱することなのだろう。

そんなことを真剣に考え、思考に躓《つまず》き、それでも健気なビアンカが――

「――ふえっ？　ら、ラシュ……どしたの？」

あまりにも愛おしくて、俺はギュッと抱きしめていた。

抱き寄せるだけで、今まで抑え込んでいたドロドロした欲求が、吹き出さんばかりに溢れてくる。

でも、今はまだ早い。理性で抑えつけ、ビアンカに向かって言う。

「俺が……ビアンカのお父さんになってやる」

それは、心の底から自然と溢れ出た言葉だった。

「産みの親も育ての親もそばにいないなら……これからは俺がずっとそばにいて、ビアンカのお父さんになる」

「……いいの？」

「もちろん」

俺の腕の中でモゾモゾと向きを変えたビアンカは、まっすぐ俺の目を見た。

その瞳は心なしか、潤んだように揺らめいていた。

「そ、それじゃあね！　うち、どうしても言ってみたい言葉があったの！」

「言ってみたい言葉？」

俺が聞き返すと、ビアンカは無邪気に笑いながら言った。

「――パパ！　パパって呼んでもいい!?」

ビアンカのまっすぐな眼差しと、濁りのない言葉に、俺は堪らず泣きそうになってしまった。

そんな風に呼んでもらえる人生なんて、とっくの昔に諦めていた。

でも今は、こうして呼んでくれる人が近くにいる。

それが、堪らなく幸せだった。

「ああ、もちろん」

俺は血の繋がっていない娘の頭を撫で、幸せを噛み締めながら宣言した。

「今日から俺は、ビアンカのパパだ」

俺の腕の中で、ビアンカは無邪気に笑ってくれた。

ふと、そんな彼女の頬に水滴がついているのを見つけた。

でもそれが湯船のお湯なのか、まったく別のものなのかは、結局わからなかった。

◆◆◆◆

「んん～♪　そこそこ～♪」

ビアンカの小さな背中を洗ってあげていると、彼女は嬉しそうな声を上げた。

泡立てたスポンジをゴシゴシさせるたびに、足をパタパタさせた。

「痒いところとか、洗い足りてないところはないか？」

「大丈夫！　パパ上手だから、バッチリだよ！」

嬉しそうに答えるビアンカ。

改めて思うけど、パパって呼ばれるのは気恥ずかしいもんだな。

確かに年齢的には、充分パパと呼ばれるような歳だけど……。

まあ、百歩譲ってその気恥ずかしさは耐えられる。耐えているうちに慣れてもくるだろう。

問題はこれから俺は、俺のことをパパと呼んでくれる一見幼いサキュバスと、【吸引の儀《セックス》】をしなければならないってことだ。

…………いいのだろうか、本当に。

「ねえねえ、パパ、どうしたの？」

「え？　あ、いや……なんでもない」

知らず知らずのうちに手を動かすペースが落ちていたらしい。

ビアンカが不思議そうに振り向いて、俺を見ていた。

「もしかして飽きちゃった？」

「いや、飽きるとか飽きないってことじゃないんだけど……。すまん、考え事してたんだ」

「ふ〜ん。じゃあ、次はうちがパパの背中洗ってあげるね！」

ビアンカはスクッと立ち上がると、ウキウキと楽しそうに俺の背後へ回った。

ちょうどよかった。流してもらっている間に、いろいろ考えをまとめよう。

なんであれ、【絶倫】特性を持つ以上は儀式を避けることはできない。

ビアンカとすることに対する覚悟は決めないと――。

ずりゅっ！

「――っっ!?」

突然、背中をヌルリとしたもので撫でられた。

同時にくすぐったいような気持ちいいような、妙な感覚まで。

「は、え？　な、なんだ!?」

ヌルリとしたなにかは上下動を繰り返し、俺の背中を擦り続けている。

吸い付いてくるような柔らかさ。

けれどその中に、ちょっとだけ堅い感触。

「ちょ、なにやってんだビアンカ！」

慌てて体を離そうとする。

要は、ビアンカが自分の胸を俺の背中に押し当て、擦りつけていたわけだ。

「ああ！　パパ、だめ！　ジッとしてて！」

ビアンカは俺の腰に腕を巻き、さらに体を密着させてくる。

自分の体をスポンジ、あるいはタオル代わりにして、ボディーソープを擦りつけるように泡立てる。

やばい。これが結構、気持ちいい。

「ちょ、本当にダメだ、ビアンカ！　だいたい、そんなのどこで覚えて……ううっ！」

「リリーティアとメルルが教えてくれたの！　人間は、人間同士でこうやって体を洗い合う習慣があるって」

誤解にも程がある!!

だいたい、サキュバスとはいえ、こんな無邪気な子に妙なことを教え込むなって！

……………俺が言えた義理ではないが。

「うんしょ、うんしょ……。ねえねえパパ～。うち、上手にできてる？」

ビアンカはそう、甘えたような声音で聞いてくる。

そんな風に聞かれると困る。褒めてあげるしかないじゃないか。

「あ、ああ……その、すごく上手にできてるぞ」

「ほんとに？　えへへ～。がんばって練習したからねぇ～。うんしょ、よいしょ」

……誰と？　どんなタイミングで練習しようって流れになるんだ？？

そんな疑問が浮かんでしまった。

なんであれ、素直で一生懸命なビアンカにあれこれ言ってガッカリさせるのも忍びない。

俺は彼女が満足いくまでスリスリをやらせてあげ……今にも襲い倒したくなる欲求の波に、必死に抗い続けたのだった。

◆　◆　◆　◆

「……はあぁ」

再び湯船に浸かると、一気に心が安らいだ。

さっきまで気がおかしくなるほどの欲求を抑えつけるため我慢に我慢を重ねてきた。

それから一時的にとはいえ解放されたのだから、脱力するのも無理はない。

「ねえねえパパ。さっきの気持ち良かった？」

俺と同じく湯船に浸かるビアンカが、身を乗り出して聞いてくる。

もはや湯船に浸かっている俺に馬乗りしているみたいな姿勢だ。

「ああ、そうだな。上手だったし気持ち良かったよ」

言いながらビアンカのことを撫でてあげる。

ビアンカはくすぐったそうに身を縮こませた。

こうして触っているだけで、どうしようもないほど体が熱くなってくる。

ビアンカが一生懸命がんばって背中を洗ってくれているのを邪魔しないよう我慢していたけど……もう、その必要もないんだろうな。

タイミングとしても、空気的にも……たぶん、このまま儀式が始まるだろう。

俺はそんな確信めいたものを抱いていた。

「あのね、うちもね？　パパの背中流しながら、なんだかずっとフワフワしてたの。すごい……気持ちよかったの。なんでかな……？」

頬を赤らめ、上目遣いに聞いてくるビアンカ。

心なしかその表情も蕩けていた。

今までの幼い印象の奥に、微かな『女性』を感じさせる。

さっきの背中流しを経て――どうやらビアンカは、知識はなくとも本能的にスイッチが入ってしまったんだろう。

「それはきっと、ビアンカがパパと【儀式】をするための準備だ」

「【儀式】の準備？　フワフワした気持ちが、準備なの？」

「そう。だって、イヤイヤな気持ちじゃしたくないだろ？」

「……うん。イヤイヤじゃやだ」

「だからこそ、この人と儀式をしても良いって思えるようなフワフワな気持ちになれるよう、身も心も準備してたんだ」

俺はビアンカの頬に手を添えた。

「や、ん……あっ」

ビクンと体を跳ねさせたビアンカ。そっと撫でるだけで息が荒くなっていく。

実は俺も、いつ爆発してもおかしくないぐらいに高まってはいるんだけど……。

こうして優しく雰囲気作りから入るのは初めてで、実はちょっと楽しいしドキドキしている。

「んん……パパに触られると、なんだかすごい切ないよ……。切なくて、寂しくて……本当にこれが、【儀式】をしても良いっていう気持ちなの？」

蕩けた目で見つめてくるビアンカを、今すぐ襲いたい衝動に駆られる。

でもどういうわけか、今日の俺はそれを抑えて、むしろビアンカのほうから我慢できずに求めてくるよう仕向けたい気持ちだった。

「そうだ。切なくて寂しいから、紛らわすために求めたくなるんだ。だから……ビアンカがどうしたいのか、素直な気持ちを言ってごらん？」

言いながら指でビアンカの耳たぶを弄《いじ》ったり、唇に触れたりする。

そのたびに甘い吐息のような声を漏らし、体をモジモジさせる。

最初のうちは、自分の気持ちをどう言葉にしたら良いかわからないのか、「ううう～」と唸っていたが。

やがて我慢の限界に達したかのように――

――ビアンカのほうから、ゆっくりと俺にキスをした。

「ん……ちゅっ……。はぅ、ん……ちゅっ……」

サキュバスとしての本能や体が知っていたのか、はたまたリリーティア達から教えてもらったのか、定かではないけど。

ビアンカのキスは、その幼さからはかけ離れたイヤらしいキスだった。

貪るように唇を重ねる度にビクンビクンと痙攣しているビアンカは、俺の首の後ろに腕を巻いてグッと抱きついてくる。

自分から、離れたくないと言わんばかりに。

「パパぁ……うち切なくって、このままじゃ……おかしくなっちゃう」

目尻に涙すら浮かべ、全身を俺に擦りつけながら、ビアンカは甘い声で言う。

「だから早く……【儀式】、してぇ……？」

「ああ、もちろんだ」

ちゃんと自分の気持ちを言葉にできたお利口なビアンカを、俺はギュッと抱き寄せる。そして再び、甘く貪るようなキスに溺れていく。

「ん、ちゅっ、ちゅっ……あ、んむ……れろ、ちゅっ、ちゅっ……」

自分の舌でビアンカの舌を絡め取るように動かしては、ちゅぱちゅぱと彼女の舌を咥《くわ》え、転がす。

初めて経験する舌戯に為す術のない様子のビアンカは、それでも負けじと唇を奪いに来る。

「や、らぁ……パパ、ばっかりぃ……ん、ちゅっ、ちゅっ……うちも、チューしたいのぉ……」

今度はビアンカが俺の舌を絡め取り、唾液を擦りつけてくる。甘く蕩けるような唾液が混ざり合い、くちゅくちゅとのぼせるような水音をかき鳴らす。精一杯背伸びしてがんばろうとしているビアンカは幼気で、けれど健気でかわいらしい。

キスに夢中なビアンカをちょっとからかってみたくて、俺は両手の指を立ててそっと彼女の脇腹に触れた。

「ひゃんっ！　んん……パパ、く、くしゅぐったいよぉ……ん、あむ、れろ……ちゅっ」

びくびくっと体を震わせるビアンカ。指先は肌に触れるか触れないかのギリギリを維持して、体の上へ上へと昇っていく。そのたびに、キスの合間に零れる吐息は濡れていった。

脇腹から、徐々にビアンカの胸元へ。リリーティアに比べてほとんど凹凸はないように思えるビアンカだが、それでも、控え目ながら果実は実っている。

その緩やかな丘を指先が這い、頂上に触れる……というすんでの所で、指はつぼみを避けていく。

「やぁ……んん、それ、なんだか切なくなっちゃう……あ、く、んんっ」

何度も何度もフェザータッチで胸を愛撫し、しかし乳首にはいっさい触れないよう焦らしていく。そのたびに肩を、背中を、腰をか細く痙攣させる。ビアンカはとっくに、キスをする余裕もなく俺にしがみついていた。

「なんでぇ？　んく……ううっ……パパ、触ってよぉ……」

「ここ触ったらどうなるか、わかってるのか？」

「…………うん」

ビアンカは躊躇いがちに頷いた。

「シェリルがね、言ってたの。気持ち良くなれる場所のひとつだからって」

「いったいなにを教えてるんだか……」

ちょっと呆れ気味に笑って、けれどビアンカたってのおねだりとあっては無視できない。

フェザータッチから、膨らみかけの乳房を優しく揉み込む。甘い吐息を漏らすビアンカの様子を確認しながら、徐々に徐々に指先を乳首へと近づけ——硬くなっているそれに、ちょんと触れる。

「ひゃ、あうっ！」

びくんと電気が走ったかのように身を震わせたビアンカ。その後も、弾いたり指先で転がすたびに、かわいらしい喘ぎ声を浴室に響かせた。

「や、んんっ！　乳首、気持ちいい……んんっ、な、なんで？　自分で触っても、気持ち良くならない、のに……んんっ」

「へえ、自分で触ったことあるのか？」

「あ、あんっ、くぅ……しぇ、シェリルに気持ちいいからって、言われて……あぅ、んんっ、触ってみたけど、なんともなくってぇ……ふああっ」

「でも、今は気持ちいいのか？」

執拗に乳首を弄りながら訊ねると、ビアンカはコクコクと頷き、気持ちよさそうに体をよじらせる。

しかしビアンカが体を動かすたびに、実は俺のいきり立った一物が彼女の体に擦れ、こっちも気持ち良くてしかたがなかった。いわゆる素股みたいな状態で、ビアンカの腹部で上下左右に擦られまくっていた。

「や、んん、んあっ！　く、ふうぅ……んんっ、ふああっ」

さすがにこのままだと俺も射精すると思い、いったん乳首の愛撫を止める。

ビアンカはくたぁっと俺に身を預け、荒々しい息を繰り返した。

「はあ、はあ……パパァ……うち、頭ぼーっとしてきちゃった……」

「ちょっとのぼせたかな？　いったん湯船から出るか」

ビアンカを起こして出るよう促し、次いで俺も立ち上がる。

「うわっ、パパの、なんかすっごい大っきくなってる」

「え？　……ああ、そうだね。見るのは初めてか？」

「うん！　男の人の、おち○ちんって言うんでしょ？」

子供みたいに無邪気に言うのが、妙な背徳感を感じたが……。まあ、実際見た目は少女、下手すりゃ幼女なんだからしかたがないか。

「そう。これがビアンカを気持ち良くして、たくさん魔力を吸引させてくれるんだ」

「ほえぇぇ……。触ってみてもいい？」

「ああ、いいぞ」

俺はバスタブの縁に腰掛ける。俺の前に両膝をついて屈んだビアンカは、初めて見る肉棒を興味津々に眺め始めた。

「すごーい。なんかビキビキッ！　って感じ。形も変なの」

言いながら、そっと手で触れ、ぐにぐに握ったりし始める。

「かたーい……ような、ちょっとやわらかいような。ねえねえ、どうして？」

「どうしてって……そういうものだから、としか言いようがないというか」

「ふーん……あ、なんか先っぽから出てきたよ？」

ビアンカの言うとおり、確かに先っぽから透明の粘着質な液体が溢れていた。というか、湯船でビアンカを攻めているときから溢れているのは自覚していたんだけど……すでにボタボタと垂れ流しの状態だった。

「ねばねば～。これ、どうしたらいいの？」

純粋に首を傾げて訊ねてくるビアンカ。これだけまっさらで抵抗感がないなら……。

「そしたら、舌で舐め取ってもらえるか？　優しくな」

「うん。わかったー」

ビアンカは俺の足の間に体を近づけ、まじまじと肉棒を見つめ――ぺろり。

「――んっ！」

「ひゃうっ。も～う。パパってば動かないでよぉ」

「わ、わるい。気持ち良くって、ついな」

「そうなの？　おち○ちん、ペロペロされると気持ちいいの？」

「ああ。フェ○チオっていう前戯なんだ。唾でべちゃべちゃにして舐めたり、咥えて唇で上下にしごいたり」

「そっかー。それじゃあ、うちフェ○チオしてみたい！」

肉棒をニギニギしながら、ぱっと笑顔を咲かせたビアンカ。ここまで抵抗感のない純な反応は、やっぱり背徳感がヤバいな……。

でもだからこそ、興奮もする。正直、このままフ○ラをされ続けたらあっという間に射精しそうなほど高ぶっていた。

「じゃあ、練習してみるか、フェ○チオ」

「うん！」

俺は一通りフ○ラのやり方をビアンカに教えた。なるべく歯は立てず唇を使って擦ること、舌の表面で撫でたり、すぼめて固さを変えて押し当てたり、円を描くように舐め回してみたりすること、無理に奥へ咥え込もうとはしないこと、なんであれ最初は自分の好きなようにやってみること。

「それじゃあ、やってみるね、パパッ！」

シュッシュッとしごきながら、まずは口をすぼめて唾液を垂らした。糸を引いて口から溢れ、肉棒に落ちる。それを掌で広げつつ、先走りと混ぜ合わせて竿全体に馴染ませる。

それだけで一気に射精しそうな快感が脳髄を直撃し、竿が勝手に暴れ出そうとする。それを必死に堪えながら、ビアンカの初フ○ラを見守る。

「まずは、舌でペロペロして……んあ……れろ、れろ、ちゅっ、ちゅっ……ん、れろ」

舌の表面や先端を巧みに操りながら、ビアンカはおいしそうに舐め回していく。ざっくりとしか教えていないのに、そのフ○ラテクは初めてとは思えないほど気持ち良く、気を抜くと腰が浮くほどだった。

「れろ、んちゅっ、ちゅっ……そしたら今度は、お口で咥えて……あむっ、んむ……んむ」

こ、コレはヤバい……ッ。

浴室で、しかも充分お湯で温まった後だからか、ビアンカの口の中は刺激的な温かさだった。じ

んわりと解きほぐされていくような快感が全身を駆け巡る。まるで射精を我慢するための栓を、丁寧に溶かされているような、容赦の無い快楽に襲われた。

「んむ、あむ、ん、じゅる……れろ、ん、じゅるる、じゅっ、じゅっ……れろ。んむ……」

しかも唾液と先走りの混ざったヌルヌルが、舌のざらっとした感触を柔らかく優しくし、まるで無数のひだに絡め取られているような快感を与えてくるのだ。

この気持ちよさに耐えろというほうが酷すぎる。尿道をもの凄いスピードで駆け上ってくる精液が、今にも爆散してしまいそうだ。

「ビアンカ……んんっ、気持ち、良すぎて……すごい、うまいぞ……んんっ」

「ほんほ《ほんと》？　じゅる、じゅるるっ……ヒアンハ《ビアンカ》、ひゃんほれ《ちゃんとでき》ひれる《てる》？」

咥えながらの上目遣いで訊いてくるビアンカ。それでも、舌の動きを止めようとはしない。棒状のお菓子を必死に貪るように、卑猥な音まで立てて愛撫を続ける。

「ああ。初めてでこんなに上手なんて……ん、くぅ……ビックリした」

「へへへっ。じゅる、ん、れろ、あむ、んむ……ふれひいっ《嬉しい》。じゅるる、じゅるるるっ！」

「くぁ！　ちょ、待って……んんっ！　は、激しすぎ、て……んんっ！」

褒められたことが嬉しいからと、ビアンカはよりフ○ラを激しくし始める。加減を知らない愛撫が射精感を促し、もはや先走りなのか精液なのかわからないぐらい、先端から液体がどばどば溢れているのがわかる。

「ん、れろ、んむ、じゅじゅっ、ふう、ふう、じゅるるっ！」

溢れる体液を舌で絡め取り、舐め取り、吸い取り……あらゆる手段で愛撫を続け――

「だ、ダメだ、もう……我慢……うああっ！　で、出るっ！」

びくっ！　と腰が浮いた、瞬間。

びゅるるるるっ!!　びゅるるるるっ！　びゅううううっ！　びゅううぅっ！

「んんんっ！　んむ、ぶむっ！　んぐぅぅっ！」

噴水のような強烈な射精が、ビアンカの小さな口の中で炸裂する。突然のことに目を丸くするビアンカだが、決して竿から口を離そうとはしなかった。

ぶぴゅるるっ！　ぶぴゅううっ！　びゅるっ、びゅるっ！

「ん、ふー、ふー……んん、じゅるる、あ、んむ、れろ……じゅるるっ」

それどころか、尿道から吸い取ろうとでもしているかのように愛撫を再開したのだ。

愛撫に促されるように、尿道の中にまだ残っていた精液が搾り取られていく。

ぴゅるるっ、ぴゅるっ……とぷ、とぷ……とぷ…………。

「はあ、はあ……び、ビアンカ……だ、大丈夫、もう……でない……んんっ」

彼女のフ○ラがあまりにも刺激が強すぎて、下半身はとうに感覚を失っていた。いまだバスタブの縁に座れているのも、ただバランスが取れているからに過ぎない。

それほどビアンカのフェ○チオは、尿道の奥の奥から極上の快楽を吸い上げ、搾り取ったのだ。

ビアンカはちゅるんと竿から口を離した。両の頬が膨らんでいる。こんなつぶらで幼気な口の中に、俺はどれだけの精液を容赦なくまき散らしたんだろう……。考えるだけで、背徳感でゾクゾクが収まらなかった。

「んー、んーっ」

精根尽きるぐらい搾り取られてへたっていた俺を、ビアンカはツンツンして呼んだ。

そしてあろうことか——大きく口を開いた。

「う、お……っ」

それはビアンカが無意識にした行動なのか、誰かに教えられたのか、定かではない。彼女は自分の口の中に吐き出された精液を見せびらかし、舌で転がしてみせたのだ。

「へへへ～。いっぱいいれはれ《いっぱい出たね》♪」

そして、無邪気に笑う。いっぱいどころじゃない。俺の体のどこにこれほどの精液が貯蔵されていたのか、自分で恐ろしくなる。

でもだからこそ、射精感という男にとっての絶頂を長く長く、激しく感じることができた。

それを搾り出したのは、間違いなくビアンカのテクニック。

褒めてあげないとな……とビアンカの頭を撫でようとした、そのときだ。

「ん……く……んんっ、んぐっ、んぐっ」

ごくん、ごくん、と。両頬をハムスターのように膨らませるほどの大量の精液を、ビアンカは数回に分けて飲み干したのだ。

「ちょ、無理して飲まなくっていいって。変な味だろ？　吐き出したって良かったのに……」

「え？　なんでぇ？　もったいないじゃん。だってこれ、魔力の元なんでしょ？」

「そりゃそうだけど……」

「それに、全然やじゃなかったよ？　もっと飲めると思う！」

……こりゃ、とんでもない逸材だな。

「でもね、うち、パパのしゃぶってるとき、ずっとここがムズムズしてたの。なんでかな？」

そういってビアンカが触れたのは、自分の秘所だ。触れただけでずちゅっと激しい水音を鳴らし、ピクンと体を跳ねさせた。

どうやら、フェ○チオで激しくイかされてへばっている場合じゃなさそうだ。

「あ、んんっ、あう、は、んふっ！」

それに、無意識に自分で秘所をいじり、自慰を始めてしまったビアンカを見ていると、一度は大人しくなった肉棒もむくむくと復活した。

「どれ。それじゃあ今度は、俺がそこをスッキリさせてあげる番か。おいで、湯冷めするぞ」

俺はビアンカの手を取って湯船に浸かる。先ほどと同じようにビアンカを馬乗りの姿勢にさせ、腰を浮かし、一物を彼女の秘所へ宛がう。

「パパのおち○ちん、そこに入れるの？　入るかなぁ」

「大丈夫。ちゃんと入るようにできてるから……。ゆっくり腰を落としてごらん」

言われるがままビアンカは腰を落としていく。肉棒が狭い膣内をかき分け、押し広げていく。

「ん、ふうぅっ！　くう……んあ……お、お腹、苦しい……パンパン、だよぉ……んんっ」

ビアンカは小柄で、さらに初めての【儀式】ということもあってか、中はかなり窮屈だった。それでも処女膜のような物がなくすんなり受け入れてくれたのは、サキュバスだからだろうか？

とはいえ、あまりにもキツく締まり、それでいて充分に愛液で濡れそぼっている肉壁は、口内とは違った快楽で俺の全身を蕩けさせた。小難しいことを考える余裕なんてありゃしない。

「これで、ビアンカもちゃんと【儀式】したことになるな……」

「うん……パパのおち○ちんで、うち、ちゃんと【儀式】できてるね」

「ああ。あとは自分で腰を上下に動かしたり、俺が腰を動かしたりして……そうすれば、もっと気持ち良くなれるぞ」

「ほんと？　じゃあ、まずはうちがやってみるね！」

ビアンカはバスタブの縁に手をつき、一生懸命腰を動かし始める。

「あ、んんっ！　こ、これ、だめ……あううっ！　く、んんっ！　頭、まっ白に、んんんっ！」

じゅりゅ、ずちゅっという感触とは別に、じゃぷ、じゃぷと湯船の湯が跳ねる。

「や、やあ、だめ、だめぇ、んんんっ！　ぱ、パパぁ！　気持ち、いいいっ、んんっ！」

どうやら【儀式】の気持ちよさがクセになったらしく、ビアンカは何度も何度も腰を打ち付け、俺の一物を味わい続けた。

もちろん俺にも、頭の中でなにかが弾けまくっているような、そんな快感が常に襲いかかってきていた。こんなの麻薬みたいなもんだ。そりゃ、覚えたての頃は猿みたいに貪りたくもなるさ。

その後もビアンカは、俺のことを何度もパパと呼び、ときに絶頂を味わいながら【儀式】に溺れていった。

見た目が幼すぎるビアンカを味わうことには当然ながら背徳感もあったが、もはや三回戦を越えると、その背徳感すら刺激になって止められなくなっていた。

我ながらアホだなと思ったけど、しかたがない。

結局俺たちは、湯船のお湯が温《ぬる》くなるまで浴室でひたすら【儀式】を続け、何度もビアンカの中で射精した。

メルルの言ったとおり、バスタブはどんなに激しく動いてもビクともしなかった。

◆ ◆ ◆ ◆

「——へっくしゅ!!」

翌朝。

ベッドのシーツに包まっていた俺は、自分のくしゃみで目を覚ました。

シーツはほんのりと湿っていて、それが昨晩の記憶を呼び起こさせる。

そういえば、湯冷めするからって浴室を出たあと、ろくに体も拭かないままベッドの上でビアンカと……。

そりゃ肌寒くてくしゃみも出るわ。

風邪を引かないうちに服でも着よう。ビアンカにも着せてあげないと……。

とまで考えて、ベッドの上にビアンカが見当たらないことに気づいた。

「……あれ？ ビアンカのヤツ、どこいった？」

俺の腕にしがみついて甘えながら眠っていたはずなのに、姿が消えている。

探そうと思ってベッドから抜け出そうとした——そのとき。

ゾクンっ!!

「う——くっ！」

背骨の溶けるような快感が突然襲い、俺は脱力してベッドに倒れ込む。

覚悟していればなんてこと無い快感だが、予期せぬタイミングだったから過剰に反応してしまった。

感覚に慣れてくると、なにが起こっているのかはおおかた予測できた。

俺の下半身の辺りを覆っているシーツが、モゾモゾと動いていたのだ。

そこに隠れているだろう人物は、いたずらを止めてヒョコッと顔を出した。

「ふぁふぁ《パパ》、おふぁよっ《おはよ》……ぢゅるるっ」

ビアンカは俺の肉棒を咥えながらにこりと微笑む。そしてストロークを再開。じゅろろ……とわざとらしく音を立て、ぐぽぐぽと喉の奥まで咥え込む。

「ビ、ビアンカ……んん、お前なぁ……。ビックリさせるなよ、いろいろと……くぅ」

「えへへ〜。れも気持ち良かったれしょ？　……んあ……。れろ、れろ。昨日、パパに教わったばかりのフェ○チオ♪」

まあ、気持ち良かったのは間違いないし、教えてあげたことをきちんとできていたという点では、ちゃんと褒めてあげないとな。

「昨日だけでもたくさん練習したしな。すっかり上手になった。良い子良い子」

「えへへへ〜♪」

撫でてあげるとニヘラ〜と笑うビアンカ。

けれどすぐに頬を赤らめ、モジモジし始める。

「それでね？　その……ちゃんとできていたご褒美が……欲しいなって」

「……ご褒美？」

なんだろう。なにを欲しているんだろうか？

甘いお菓子とか、可愛いぬいぐるみとか、そういう女の子が喜びそうなものだろうか。

……なんていう思考は、相当な見当違いだった。

蕩けきったビアンカの表情を見れば、『ご褒美』という言葉に隠された真意は一発でわかった。

「まったく……。朝も早いうちからおねだりか？　困った子だな、ビアンカは」

なんて言いつつまんざらでもない俺は、腕の中にビアンカを迎える。

「おいで。パパがご褒美をあげる」

「うんっ！　……パパ、だーい好き♪」


そうして朝から俺とビアンカは何度もイチャイチャした。

冷えかけていた体だけでなく、心もしっかり温まった、幸せすぎる時間だった。

六回戦目 『始める』に遅いはない

「ビアンカの測定結果が出たわ。結果はB階級《ランク》ね」

ビアンカとの【儀式《エッチ》】を終えたお昼前。

俺とリリーティア、ビアンカ、そしてシェリルは鍛錬場にいた。

儀式を経て、ビアンカの能力値《ステータス》がどれだけ上がったのかを測定していた。

「いやっほ～い！　Eから一気に上がったよ！　さすがパパだね♪」

無邪気に飛び跳ねて喜ぶビアンカ。

一方、リリーティアは驚いたようにビアンカと俺を交互に見合う。

「……パパ？」

「違うんだリリーティア。ビアンカがそう呼びたいって」

訝しげな目を向けるリリーティアに説明する。

昨日リリーティアは、あだ名の話題ひとつでも嫉妬心丸出しだったからなぁ。

あだ名を飛び越えてのパパ呼びは、一層拗ねちゃうかもしれない。

「ふ～ん……。ずいぶんと仲が良さそうなことで」

ほら、やっぱり。

プクッと頬を膨らませてのおちょぼ口だ。

「いや～……ははっ。でも、ほら。これから儀式をしたり、一緒に暮らしていく上で、仲が悪いよりはいいだろ？」

って、俺もどんな言い訳だよ。

リリーティアってやっぱりわかりやすいなぁ。

まあ、そういうところもかわいいんだけどさ。

リリーティアは観念したように息を吐いた。

「……それもそうね。なんであれ、ビアンカの能力値がグッと上がったのは頼もしい結果だわ。ラシュアン……ありがとう」

微笑みを向けてくれるリリーティア。

感謝されるのは嬉しい。

嬉しいけど……俺、ビアンカと儀式をしただけなんだけどな。それだけで褒められるというのも、なんだかこそばゆい。

ふと俺は、妙にジリジリとした視線を感じた。

振り返ってみると、シェリルが俺のことを見つめていた。

キツキツの胸元から取り出していた扇子を開き、口元を隠しながらジッと見つめる様子は、どこなく品定めをしているかのようだった。

「えっと……どうしたんだ？　シェリル」

「い、いえ！　なんでもありませんわ……」

突然声をかけられて驚いたのか、ビクンと肩を揺らしたシェリル。

それだけで豊満すぎる爆乳がタプンと揺れた。

「ちょっと驚いていただけでしてよ。リリーティアだけでなく、まさかたった一晩の【儀式】でビアンカがここまで急成長するだなんて、と」

それはやっぱり、俺が絶倫で何度も中出ししてあげられるから……なんだろうか？

……って、思い出してたらまたムラムラしてきた。平常心、平常心。

「やはり……強くなるためには、ラシュアンと……」

シェリルはボソリと呟く。

そして、どうしたのかと俺が訊ねようとするより先に、シェリルは扇子をピシャッと畳んで俺にすり寄ってきた。

「ちょ、シェリル……？　ど、ど、どうしたんだよ」

「あら、わたくしのような美女に詰め寄られるのはお嫌い？」

クスリと妖艶な笑みを浮かべ、シェリルは俺に密着する。

腕を絡ませ、俺の足の間に自分の足を滑り込ませる。

巨大で弾力のある物体が俺の鳩尾《みぞおち》辺りに当たり、むぎゅりと形を変える。

布面積の少なすぎる服で押さえられていた胸は、布の端のあちこちから柔らかそうに溢れ出していた。

だいたい、どうしたっていうんだ？　初めて会ったときとかは、他の誰よりもよそよそしかったのに、急にこんな……。

「世界中のサキュバスを探しても、わたくしほどの美貌の持ち主は他におりませんのに……。もっと、積極的になったってよくってよ？」

なんて破壊力抜群な体だ……。

特別なにかをされているわけじゃないのに、体を押しつけられるだけで骨の髄までドロドロにされているようだ。

快感で頭がクラクラする。足に力が入らない。

シェリルの妖艶な、それでいて魔性の瞳に見つめられるだけで、止めどなくダラダラと精気を垂れ流してしまいそうになる……。

「はーい、ストップストップ～」

「いやぁん。何するんですの、リリーティア」

俺からシェリルを引き剝がしたのはリリーティアだ。

正直ホッとした。

あのままじゃ、俺は理性を失い欲望と本能のままに猛《たけ》る獣になっていただろう。

「何するもなにも、今はそのときじゃないってことよ」

「あら。別にわたくし、なにかしようとしていたわけではなくってよ？　ねぇ、ラシュアン？」

ニコリと俺のほうを向いたシェリルは、心なしか意地が悪そうな笑みだった。

まあ実際、彼女の言うとおり。シェリルはなにかをしようとしていたわけじゃない。

何もしなくても、シェリルには男の魔力を吐き出させるだけの強力な妖艶さを宿していると言うだけのことだ。

こいつは飛んだ魔性の化け物だな。

「ともかく！　儀式は夜まで待って。ラシュアンだって昨日の今日で疲れてるんだから」

「別に、そういうつもりでいたわけじゃありませんわ。ちょっとからかってみただけで……」

「そう？　じゃあ、今日も私がラシュアンと【儀式】してもいいのよね？」

「そ、そういう問題でもありませんわ！　もう、わかってるくせに！」

なんて微笑ましいやり取りをするふたり。もとから仲のいいふたりなんだろうな。

「ところでさ。今日はみんな、何か予定があるのか？」

俺が訊ねると、真っ先にビアンカが手を上げた。

「はい！　はいはーい！　うちは今日、狩りに行ってくるよー。活きの良いやつ、ひと狩りしてくるからね、パパ♪」

にししっ！　とVサインを見せるビアンカに次いで、シェリルが口を開く。

「わたくしは特に……リリーティアは？」

「私は昨日の反省も兼ねて、ちょっと自分の【特性《スキル》】の見直しや魔法の鍛錬をするつもりよ」

なるほど。

自分の【特性】の見直しや、魔法の鍛錬か……。

好都合と言えば好都合だな。

「けど、それがどうかしたの？」

俺の真意が読み取れないせいか、リリーティアが訊ねる。

「リリーティア。ついでで良いから、頼みたいことがあるんだ」

俺は改まって、リリーティアの顔をまっすぐ見る。

昨日の廃墟での一件があって、実は色々考えていたんだ。

能力値が上がったとは言え、ただ力任せに戦っただけじゃ効率も悪いし、力任せじゃどうにもならないタイミングだってあるはずだ。

だからこそ俺は、今こそ自分をしっかり見つめ直す必要がある。

俺を受け入れてくれたリリーティア達に恩返しし、守るためにも――。

「俺にも、色々と稽古をつけてほしいんだ」

それは今後サキュバスの集落で生活していく上で、きっと必要になってくるだろう『戦う技術』のためだ。

能力値は飛躍的に上がっていても、それを使いこなす技術がおざなりでは意味を成さない。

効率よく、より最適に全力を使い切れるよう、技術を磨かなくては……。

するとリリーティアはちょっとだけ困ったような表情を浮かべた。

「でも……。昨日、見回りに同行してもらった手前こんなこと言えた立場じゃないけど、ラシュアンはこの集落の救世主ではあるけれど、同時に客人なのよ？」

……そういえば、俺ってそういう立ち位置だったんだよな。

ジッとしていられないからって自らグイグイ行動してたら、すっかり失念してたわ……。

「気持ちはすごく嬉しいけど、ラシュアンがそこまで頑張らなくっても……」

「いいんだ。その客人って立場の俺が、そうしたいって思ってるだけだから」

せっかくリリーティア達が与えてくれた新たな生きる道だ。

立場とか状況とか関係なく、ちゃんと使いこなして生きてみたい。

「頼む、リリーティア……。この通りだ」

グッと頭を下げて願い出る。

今まで頭を下げるって行為は、苦い思いをしながらするもんだった。

けど今日のは特別だった。全然苦じゃない。

やがて俺の根気に折れたのか、リリーティアは短く息を吐いた。

「わかったわ。ラシュアンがそこまで言うなら、手伝うわ」

「本当か！　ありがとう!!」

思わず身を乗り出してリリーティアの手を握った。

瞬間、彼女の手の柔らかさが気持ち良すぎて目眩を起こしたが、それ以上にリリーティアが頬を真っ赤にして驚いていたのが印象的だった。

「そ、そしたらまずは……昨日のビアンカとの儀式を経ての能力値を確認、しておきましょうか」

ちょっとしどろもどろになりながら、リリーティアはビアンカに【測定】の準備を指示する。

その様子を見ていると、スッとシェリルが近寄ってきた
「……ねえ、ラシュアン？　ちょっと確認をさせていただきたいのですが」

「どうした、改まって……」

するとシェリルはより俺に身を寄せ、爆乳が俺の腕に押し当てられていることも気にせず、妙なことを聞いてきた。

「あなた、もしかしてリリーティアのこと……」

「……え？」

意味深な問いかけに驚いてしまった。

だが彼女が聞きたかったことはわかる。

要は、俺がリリーティアにほの字なんじゃないか？　ってことだろう。

……今時『ほの字』なんて使わないいんだろうけどな。オヤジくさいし……

正直自分でもよくわからずどう答えるべきか迷っていると、シェリルはスッと体を離した。

「まあ、どちらでもよろしいんですけれど。そのほうが……燃えますし♪」

扇子を開き口元を隠し、目だけで意地の悪そうな感じを醸し出すシェリル。

あまりの妖艶さに、俺はゴクリと唾を飲み込んだ。

◆　◆　◆　◆

出かける前のビアンカに能力値の【測定】をしてもらい、改めて自分の数値や特性を確認する。

相変わらず階級はSのままで、特性としては【絶倫】がある。

各種の細かい数値は省く……というか、俺達人間の世界では自分達の能力の数値化なんてされていなかったし、詳しいことがよくわからないので割愛。

でもざっくりした感想は聞きたかったので、リリーティアに聞いてみる。

「この俺の数値って、サキュバスの感覚だと高いのか？　低いのか？」

「高いわ。ビックリするぐらい」

やっぱりそうなのか。

改めてビックリさせられる。

「トータルの評価でS階級になっているだけだから、あらゆる能力がずば抜けてるってわけではないけど、それでも並みのサキュバス以上に強くなっているわ」

「まあ、みんなの連携があったおかげとはいえ、巨大魔獣相手に一撃だったからな」

あの思い切り振り上げた一撃で魔獣を両断できた瞬間は……気持ち良かったなぁ。

「そうね、その証拠に特に腕力が高いわ。反面、脚力はだいたいC階級の……並みのサキュバス達の中で一番高いだろうって数値ね」

「人の体としては充分すぎるだろ」

実際、その脚力のおかげで、昨日はリリーティアを地面との衝突から守れたわけだしな。

ちなみに能力値は【腕力】【脚力】のほかに、本人のスタミナを示す【体力】と、個人が使う魔法の威力に関わる【魔力精製力】、そして【魔力量】とがあるそうだ。

特性が【絶倫】だからか体力と魔力量の数値も大きく、それらを総合してS階級という評価のようだ。

「この魔力量の数値って、具体的にどれぐらい高いんだ？」

「サキュバスの平均値の三倍ぐらいはあるかしら。魔力量だけで見ればB階級に匹敵するわね」

「それに加えて魔力精製力もそこそこあるってことは……俺、魔法が使えるようになったのか？」

ここ数日で一番気になっていたのはそれだった。

リリーティアとの初体験を経てサキュバスの魔力が体内に流れ、作用したことで、俺は普通の人間と違って【特性】を持つこととなり、魔力まで体内に宿せるようになった。

なら、やり方を学べばその魔力を魔法として放つこともできるのではないか？

「……多分、理論上は可能なはずよ」

「ほ、ほんとか⁉」

「ええ……。もちろん、『人間が魔法を使う』なんて前例がないから、確証はないんだけど」

「構わない。理論上可能なら、それは紛れもなく可能性だ。チャレンジしてみたい」

まるで夢のような話じゃないか。

人間にはどう頑張ったって扱えないはずだった魔法を、使えるようになれるかもしれない。

「あと、できれば改めて剣技を学びたいんだ。詳しい人っていないか？」

「え？　けれどラシュアン、剣技は充分のように見えたけど……」

「この前の魔獣戦のことを言ってるなら、正直あれは運が良かっただけだ。たまたまだ。上がった能力値の分をフルに活かすためにも、改めて剣技を叩き込みたい」

するとリリーティアはちょっとだけ悩む時間を作り、傍に控えていたシェリルへ向き直る。

「ウィンディーを呼んできてくれないかしら？　あの子とシェリルに頼みたいことがあるの」

「そんな流れになると思いましたわ」

肩をすくめたシェリルがクルリと身を翻す。

なぜシェリルと、ここにいないウィンディーの名前が出たのか、俺にはよくわからなかった。

◆　◆　◆　◆

「お、お待たせしました……」

三つ編みお下げのサキュバス・ウィンディーは、怖ず怖ずとお辞儀をした。

たまたま彼女も鍛錬場に向かっていたところだったようで、言うほど待っていないのだが、メルとは違った意味で律儀な子だと思った。

「……で、これから何をするんだ？」

なにはともあれ気になるのはそれだ。

俺がリリーティアに訊ねると、リリーティアはちょっと自慢げに笑った。

「何をするも何も……ここに集まってもらったふたりはそれぞれ、フィルビア・コロニーにおける剣技の達人と魔法の達人！　そのふたりに付きっ切りで特別訓練を受けてもらうわ」

なるほど。強くなりたいって俺のために、わざわざ講師としてふたりを呼んでくれたのか！

これは正直ありがたい。物は試しで言ってみるもんだなぁ。

こんな美人でかわいらしい女の子ふたりに囲まれての特訓なんて……。

きっとあーんなラッキースケベやこんな誘惑が……。

想像しただけでクラッときた。

「ふたりとも助かる。ありがとう！　にしても意外だな。ウィンディーが魔法の達人なのはイメージあるが、シェリルが剣技の達人だなんてな」

……すると、たちまち辺りの空気がポカン？　となった。

三人の反応に明らかなラグが生じ、何か地雷でも踏んだか？　と不安になっていると。

「ああ、そういうことね？　違うわラシュアン」

「……ん？」

リリーティアは何がおかしいのか、小さく笑いながら訂正する。

「シェリルは魔法の達人。剣技の達人は、ウィンディーのほうなのよ」


「……………………ええええええええぇぇぇ⁉」


思いがけない事実にすっとんきょうな声を上げてしまった俺。

当のウィンディーは驚いて一瞬たじろいだが、たちまちペコリとお辞儀した。

「あの、その……よろしくお願いします……」

「ほ、本当にウィンディーが剣の達人なのか？」

「わ、私は自覚ないんですけど……なんだか、周りからはそんな風に呼ばれているみたいです」

謙遜気味にウィンディーが言うと、リリーティアは首を振った。

「きっとラシュアンも驚くわよ？　今でこそこうして控え目だけど、剣を手にしたときのウィンディーは……まさに【剣姫《けんき》】と呼ぶにふさわしいんだから」

「けん……き？」

正直、意外だった。

こんなにも控え目で、三つ編みで、そもそもがサキュバスとも思えないぐらい大人しそうなメガネっ娘のウィンディーが、剣の達人——剣姫だなんて。

今の立ち振る舞いだって、剣の達人っぽくはない。

両手を体の前でギュッと握り、ちょっと前屈み気味に背中を丸めている。

謙虚……というよりは、自信なさ気だ。

なんで私なんかがこんなところにいるんだろう……みたいなこと、考えていそう。

「いや、でも……なんで私なんかが、ここにいるんだろうって感じ……ですよね」

マジで思ってたのかよ。

う～ん。やっぱりにわかには信じがたいが……。

なんであれ、リリーティアの言うことが本当かどうか、確かめてみるしかないだろうな。

実際に、ウィンディーに剣を振るってもらおう。

「リリーティアがウソをついているようには思えないし、とりあえず今ウィンディーができる剣の技を見せてみてくれよ」

「ふえぇっ⁉　い、今からですか⁉」

なんだよ、そのかわいい驚き方は。

ぴくんっ！　と跳びはねん勢いで顔を上げたウィンディーをまっすぐ見つめ、俺は自分の剣を差し出す。

「難しいこと考えたり、やろうとしないで良いからさ」

「はぁ……」

ウィンディーは俺の剣を怖ず怖ずと受け取る。

たちまち、ウィンディーは剣の重さに慣れてなかったのか、「うわっとと」と体を傾かせた。

確かに俺の剣は男物で無骨な分、そこそこの重量はあるけど……。

剣姫というわりには重さには慣れていないのか？　と不思議に思いつつ、深呼吸して目を瞑《つぶ》るウィンディーを見つめていた――

そのときだ。

――シンッ

ウィンディーの目が、細く開かれた。

そこに、さっきまでのオドオドした雰囲気はなかった。

ひたすらに冷たく。

ひたすらに静かで。

ひたすらに、恐ろしい。

ゾクリ。俺の背中が確かに震えた。

殺意しかこもっていないその瞳の恐ろしさは、昨日の魔獣の比じゃない。

俺は慌ててリリーティアやシェリルに目をやる。俺も気が動転していたのだ。

だがふたりは、今のウィンディーの状態がいつも通りだと示しているかのように、優しく眺めているだけ。

やがて。

ウィンディーは大型魔獣の模型へゆっくり歩み寄り、切っ先を向けた。

さっきは両手で持っても、不慣れな重さに体を持っていかれていたのに。

今は片手で持っていても、切っ先がまったく微動だにしていなかった。

持ち主の俺だって、片手持ちで完全に静止させることは無理だぞ……。

正直その時点で、ウィンディーがすごい剣の腕の持ち主、剣技の達人、剣姫たるゆえんは理解できていた。

でもそれは単なる片鱗でしかなかったと、俺は直後に思い知る。


「――【八双牙《はっそうが》】」


静かに呟き、繰り出された突きの一閃《いっせん》。

だが次の瞬間には、模型に複数の突きの痕が穿《うが》たれていた。

「……え？」

思わず声を漏らしてしまった。

見えていた範囲だと、ウィンディーはたった一回、模型に対して突きを繰り出しただけだった。

にも拘わらず、攻撃の痕は円を描くように八つも残っていたのだ。

「……速すぎるだろ」

たった一回の突きに見えて、実は八回も突いていたことになる。

そんなの、物理的に可能なのかどうかすらわからなくて、俺は混乱してしまった。

「ね？　ウィンディーは剣技の達人っていうの、間違いないでしょ？」

達人なんてもんじゃないだろ。

まぁ、だからこそ剣姫なんて呼ばれているんだろうけど……。

「ウィンディーは、剣を持つことで自分の【特性】が発揮されて、少なくともフィルビア・コロニー内では随一の剣技を使うことができるようになるのよ」

【特性】の発揮って言うより、人格さえ変わっているような……ん？」

今、リリーティアは妙なことを言わなかったか？

少なくともフィルビア・コロニー内では随一……？

「待て。余所《よそ》のコロニーにはウィンディー以上の剣の使い手がいるってのか？」

「それはそうよ。それに、今の技だってウィンディーの使う技の中では一番簡単な部類よ。ねえ、ウィンディー？」

ウィンディーは相変わらず静かな目でこちらを見ながら、コクリと頷いた。

いやいやいやいやいや!!

感覚おかしいから!!

今のが簡単な部類で、今のよりも上には上がいるだって!?

とんでもないカルチャーショックを受けている俺に、リリーティアはさらにおかしなことを言ってきた。

「せっかくだから、あの技、ウィンディーに習ってみたら？」

「無理に決まってるだろ!!」

思わず全力でツッコミを入れてしまったが、無理もない。

剣の腕なんてお飾りでしかなかった俺に、あんな技が打てるわけがない。

でもリリーティアはまったくそうは思っていないようで、

「うーん……数値上の能力はウィンディーよりラシュアンのほうが軒並み上なんだけどね」

「マジでか!?」

こりゃまたぶったまげた。

ウィンディーの能力値ってそんなもんだったのか……。

「ていうことは、理論的には不可能なんてことはないわよね？　むしろ、上位互換的な能力が発揮できちゃうかも」

「んな都合よくいくかよ」

いくなら努力の意味が崩壊する。

「まあまあまあ！　ダメ元でちょっとやり方を聞いてみたらどうかしら？」

「遊びを教わるわけじゃないんだぞ!?」

などと言いつつ流れに押され、俺はあれよあれよという間にウィンディーから剣技【八双牙】を習うのだった。

◆◆◆◆

剣を持ち、【特性】が発揮されている状態のウィンディーは、なぜか一言も喋らない子になっていた。

それこそ、口を開くときというのは技名を口にするときだけだ。

じゃあ、それ以外の交流はどうしてきたのかというと……。

『――以上が【八双牙】の撃ち方です！　多分、今のラシュアンさんなら私より上手に撃てちゃうと思いますので、ファイトですよ♪』

筆談だった。

しかもキャラ付けがめちゃくちゃかわいいな!!

表情は相変わらず、冷たく鋭利な感じなのに……ギャップがいろんな意味で酷い。

ちなみにウィンディーの持っている【特性】は【武具適性補強】という物らしい。

手にした武器を扱うのに適した肉体や精神状態へ自動で強化してくれる【特性】らしく、ウィンディーは特に剣との相性が良かったらしい。

ともあれ、そんなウィンディーから教わった剣技【八双牙】をいよいよ試す段階なわけで。

「えっと……技を繰りだすぞ！　って瞬間に、腕の関節と筋肉を魔力で補強する感じ……だな」

教わったことを口にしてみたけど、いまいちどういう理屈なのか呑み込めない。

けれどその通りにやってみるほかないだろう。

だいたい一発で成功できるわけがない。もとより、何度も挑戦するつもりでいたんだ。

肩の力を抜いて、まずは教わったことをしっかり真似ることに全力を注ごう。

「それじゃあ……やってみるか」

剣を構え、俺はゆっくり深呼吸する。

魔力を体内で練り込んで、自在に動かしていくイメージで、腕の関節と筋肉に馴染ませていく。

もっとも、今の今まで魔力を体内で練るなんてことやったことないから、うまくいってるのかどうかはわからんが……。

イメージが出来上がったところで、俺はカッと目を見開き――、

「【八双牙】!!」


剣を突き出す。

たちまち、自分の意思を無視して体が勝手に動く。

初期動作に対し、目に見えないなにかが――あるいは魔力が、体を操っているかのようだった。

そして、次の瞬間。

標的にしていた魔獣の模型に、複数の穴が穿たれた。

端からは一撃にしか見えなかった突きが、瞬きひとつの間に神速の剣技によって、複数の攻撃に変わった。

「うそ……だろ？　できたってのか？」

自分でもビックリだ。

教わったとおりにやってみただけで、一発で成功するなんて。

だが、俺はもうひとつの恐ろしい事実に気づいた。

「……あれ？　でも……ウィンディーが打ったとき、穴は八つだったよな？」

ウィンディーの攻撃時を思い出しながら、俺は自分が穿った攻撃の痕を数えてみる。

「ひとつ、ふたつ、三つ………あれ？」

何度数えても数は変わらない。

何度数えても間違いは見つからない。

要は、俺が穿った穴の数は——

「………十個？」

ウィンディーに教えてもらった技名は【八双牙】だ。突きの数が八つだからだろう。

つまり俺の場合はさしずめ【十双牙《じっそうが》】ってところか。

「ま、マジでウィンディーの上位互換になってた……でも、なんでだ？　俺、教わったとおりにやってみただけなんだが……」

訳がわからず振り返ると、リリーティア達も驚いているようだった。

だが俺の視線に気づき、ハッと我に返ったような反応を見せた。

「間違いなく、ラシュアンの能力値が関係しているわね。私達サキュバスと【儀式】する度に魔力が蓄積しているから、その量も関係していると思うけど……」

あくまで憶測でしかない、といった様子だった。

無理もないだろうな。前にリリーティアも、前例のないことだって言ってたわけだし。

サキュバスと【吸引の儀《セックス》】をして人間が生き残っていることも、人間はおろか並みのサキュバス以上に能力値が高いことも、なにもかも。

だからこうして、覚えたばかりの初めて打った技がベテランのそれの上位互換になっていることだって、前例がなさ過ぎて断言はできないのだろう。

「でも、結果は紛れもなくウィンディーよりも強力な剣技でしたわ」

『さすがです、ラシュアンさん♪　ただ、ちょっぴり悔しいなぁ……』

シェリルとウィンディーも呆気にとられながら言った。

「そして結果から逆算していけば、ラシュアンがちゃんと魔力を操れていることも明白ですわ」

自分で言うのもなんだが、シェリルの分析はもっともだと思う。

そもそもこんな人間離れした剣技を扱うのなんて、ただの人間には不可能だ。

サキュバスであるウィンディーでさえ、魔力による補助補強があってはじめて打てる技なんだ。

俺だって当然、魔力による補強がなければ打てない。

自分のイメージ通りに魔力を練って、【八双牙】を打つための補強に使うことができた。

それはすなわち、魔力がちゃんと扱えていると言うことだ。

「なんであれ、他にも教わって鍛えれば、俺はいろんな剣技を使えるようになるってわけか」

確かな手応えを感じながら、俺は嬉しくて思わず笑みを零してしまった。

今までできなかったことができるようになる。

それがこんなに嬉しかったなんてな。まるで童心に返った気分だ。

ぶっちゃけ、楽しいな！

「なあ、この調子で今日は魔法も習ってみたいんだが！」

もちろん、最初からそのつもりではいたんだけど。

できなかったことができるようになると、従来の努力癖が俺をうずうずさせた。

ついつい楽しくって前向き、かつ前のめりになる。

「そうですわね。魔法も、物は試しで習ってみるのもありかもしれませんわ」

シャッ！　と扇子を畳んだシェリルが、得意気に言った。

「お望み通り、わたくしが手取り足取り指導して差し上げますわ！」

「よろしく頼む！」

こうして、次は魔法の訓練を始めることとなった。

◆　◆　◆　◆

「さて。魔法を打つのに大切なことはなにか……ラシュアンにはわかりまして？」

ずびしっ、と扇子の先を俺に向けて、シェリルは問う。

大切なことはなにかって……。

今まで魔法の『ま』の字にも関わったことがないのに、わかるわけがない。

「すまん。まったく見当もつかない」

「では考えてみてくださいまし」

おおう、そう来たか。

きっとそうして考えさせることで、ちゃんと俺自身の力となるように、って配慮なんだろう。

なら適当にやるわけにはいかないな。

魔法を打つのに大切なこと、か。

結局魔法ってのは、魔獣相手に放つ以上、もの凄く危険な力なんだと思う。

昨日、リリーティアが倒れてくる模型に魔法を放ったとき、もろに喰らったら魔獣はもちろん、俺達みたいな生物だって消し炭にさせられるって思った。

それだけ危険な力をサキュバス達は、身を守るためや仲間を守るために使っている。

使い方を誤らないよう、細心の注意を払いながら。

つまり、大切なこと……それは！

「大いなる力には、大いなる責任が伴うって言う『考え方』だな⁉」


「なに当たり前のことを仰ってるんですの？」


シェリルは真顔で突っ込んできた。

………マジか。

かっこつけた分、超かっこ悪いな……。

「そういう余計なことをこねくり回さずとも、もっともっと当たり前で自然なことが重要なんですの。すなわち――『理論の把握』と『正確無比なイメージ』ですわ」

ああ、うん。確かに。

そういう初歩っぽいことじゃなく、もっと踏み込んだこと考えていた気は、しないでもない。

シェリルは得意気になって続ける。

「魔法とは、体内の魔力《マナ》を体の外へ放出し、具象化する技ですわ。さきほどの剣技のような『補助』『補強』という使い方ではなく、魔力そのものがすべての中心となる……けれど体と違って、本来魔力は不可視の存在。だからこそ明確なイメージと、魔法理論の把握が不可欠なんですわ」

再びずびしっ、と扇子を俺に向ける。

だが俺は扇子よりも彼女の胸元にチラチラ目が行ってしまう……。

いや、だってさ。動くたびにぶるんぶるん弾むんだよ？

ただでさえ布面積の少ないサキュバスの正装なんだよ？

いつポロリを拝めるか……わかったもんじゃないんだよ？

「ラシュアン？　わたくしの胸に興味があるのは当然でしょうけど、今は魔法の授業の時間でしてよ？」

「うぉわっ!!　す、すまん……」

半眼で俺を睨んでくるシェリルに勢いで謝罪すると、彼女はコホンと咳払い。

「理論の把握と正確・明確なイメージの重要性……それは、魔獣と戦っているときにこそ思い知りますわ」

「……？　というと？」

「こうして落ち着いた場所で行えば、誰だって理論を導きだしイメージを固めることなど容易い。けれど本来は縦横無尽に駆け回り、攻撃を避けたり周囲との連携を気にする戦場で使われる物。ただ立っているだけ、という状況とは比べものにならないほど、イメージを固め理論を思い出すのは困難でしてよ」

……なるほどな。シェリルの言うことはまったくもって道理だ。

魔法は実戦で使えなきゃ意味がない。

もちろん、練習するだけなら鍛錬場なんかでじっくり試すこともできるだろう。

でも実戦ではそんな悠長なことをしてはいられない。

「魔法を使いこなすこと。それにはしっかり論理を勉強し、どんな状況でも崩れないイメージ力が必要でしてよ。さらに言えば、それらを可能にする集中力と冷静さもですわね」

正直、驚いていた。

ただのおっぱいお化けなお嬢様口調のサキュバス……としか思っていなかったシェリルが、こんなに魔法について真剣だったなんて。

なんだか感心しきりだった。

今のシェリルは、魔法について語らせたら他の追随を許さない逸材だろう。

「とまあ、お堅い話はこの辺にしておきましょうか」

ふと、シェリルは場の空気を変えるように言った。

「理論うんぬんは、より高度な魔法を使う上で必須。ですが、本当に初歩の初歩を発動する上ではなくても大丈夫ですわ。音を奏でるために楽器を弾くのは技術と知識が必要ですが、奏でるために手を叩くことは誰にでもできるのと同じ。ですから、これから『手を叩いて』みましょう♪」

手を、叩く？　それは、本当に物理的に？　それとも単なる喩《たと》え？

疑問に思っていると、シェリルはニッコリと笑って言った。

「まずは軽ーく、魔法で指先に火を灯してみていただけます？」

どうやら、その程度の魔法はサキュバスにとって軽ーい作業らしい。

そして、それを人間である俺にやれ、と？

………本当にできんのか？

剣の技は『魔力で打つ』というより、剣技を『魔力で補強する』って意味合いのほうが強い。だからこそ俺も技を打てた。

でも魔法は完全に、純粋に、魔力百パーセント。なんせ体内の魔力を放出するわけだし。

果たして、たかだか指先に火を起こすだけとはいえ、俺に魔法が使えるのかどうか……。

「手を叩いて音を鳴らすことに、難しい理屈はいりませんわ。『火を起こす』ってイメージを強く持つことが最優先でしてよ」

「火を起こす、イメージ……か」

俺は人差し指をピンと立てて、指先をジッと見つめる。

マッチか、ろうそくか……なんでもいい、小さな火が指先で燃えているイメージを強く抱く。

「んん……っ！」

と、力んではみたものの、結局火は起こらず。

三度四度繰り返してみても、結果は同じだった。

「だめだ。全然発動できる気がしない」

「うーん……体内に魔力があるのは間違いありませんし、理論上は魔法が使えるはずなんですけど……」

シェリルは腕組みしながら首を傾げた。豊満すぎる爆乳が、組んだ腕でタユンと押し上げられる。

「例えばですが、ラシュアンは手で音を鳴らすならどうなさいますか？」

「どうって……こう、普通に手を叩けば鳴るだろ？」

「そうですわね。難しい理屈はいりませんわよね？　指先に火を灯す魔法も同じでしてよ」

それは確かにわかる。

というか、そのつもりで指先に火が灯るイメージを思い描いてて……。

「………そうか。そもそもが間違っていたのか？」

俺は最初から『火が灯る』＝『火が起こっている』って結果をイメージしていた。

でもそれじゃあ『火を灯す』＝『火が起こる過程』をすっ飛ばしてしまっている。

「手を動かして叩いて、初めて音は鳴る。火だって、起こそうとしてなにか行動して初めて起きる……ってことか！」

結果じゃない。結果に至る過程をもっと強くイメージすれば……。

マッチを擦《す》って、その頭へ火が起こるように……。

「もう一度……ふん！」

――ぽっ！

灯った！　指先に火が起こった！

「おお、やった！　できたぞシェリル！」

「ええ！　上出来ですわ、ラシュアン！」

嬉しくて振り返ると、満足そうに、どこかホッとしたように、シェリルが微笑んでくれた。

「なんとなく、コツみたいなものが摑《つか》めた気がする」

「人間にしては素晴らしいことでしてよ。では、その調子で五本指すべてに火を灯せるかしら？」

「やってみる！」

ふとなにかができるようになると、人間、どんどん試してみたくなるもの。

魔法が使えた嬉しさに、俺は楽しさすら覚えて、片手を開いて前方にかざした。

親指、中指、薬指に小指……そのすべてに、マッチを擦るようなイメージを流し込んで火を起こしてみる。

たちまち、五本指すべての先端に火が起こった。

「おお……すごい。なんか、うまく言葉にできないが……楽しいな、これ！　あははっ！」

いい歳こいて、子供のようなテンションで笑いが零れた。

でも無理もない。人間の間じゃあ、話には聞いていたが使えるはずもない魔法を、俺は今、こうして使えているんだから。

「にしても、指先に火があるってのに、全然熱くないんだな」

「そんなの当然でしてよ。今ラシュアンが起こしている火は、あなたの体内の魔力を使って具象化している物。つまり、あなたの一部とも言えますわ。その火の魔法に限らず、自分の繰りだした魔法で自分が傷つくことはあり得ませんわ」

なるほどな。それじゃあ、大きな火の玉とかを放り投げつつ、その中に身を投げて特攻する……みたいな戦い方もできるのか。便利だな、魔法って。

「そうしましたら、ラシュアン。そのまま、火を灯した手で宙を引っ掻いてみなさい？」

「引っ掻く？」

聞き返すと、シェリルがネコの引っ掻きを真似たようなジェスチャーをした。胸がぶるんと揺れたのにはもちろんドキッとさせられたが、それ以上に仕草がかわいかったな……。

まあ、とりあえずだ。この状態で宙を引っ掻く……よし。

「——それ！」

思い切って手を動かし、引っ掻いてみる。

すると瞬間的に勢いを増した火が、宙に火の爪痕を刻んだ。

「今のが【フレイムクロー】という魔法の一つ。近接戦闘向けの技でしてよ。慣れた人なら、広がった炎を勢いで前方へ飛ばすこともできますが……まあ、初めて魔法を使ったラシュアンでは、このあたりが関の山ですわね」

「……ちょっとまて、シェリル。てことは俺、今、火を起こす以外の魔法も使えたってのか？」

「わざわざ確認しませんと、そんなこともわかりませんの？　現に使えているではありませんか」

そう呆れたようにシェリルは言う。

が、俺はもうその確認が取れただけで、有頂天になっていた。

俺にも魔法が使える。今はまだこの程度だが、磨けばもっとちゃんと実践向きのものが使えるようになる……はず！

そうとわかれば……あとは俺が昔からバカ正直に続けてきた、みんなから非効率だってバカにされもした……『真面目にコツコツ繰り返し』だ！

「シェリル、頼む！」

俺は思わずシェリルの手を取って握った。それだけなのに、サキュバスの【美容強化《バフ》】の効果で脳みそがトロトロになるほど気持ち良かったが、堪える。

「もっともっと、俺に魔法を教えてくれ！」

「え……ええ。も、も、もとより、そのつもりでしたし……」

なぜか顔を赤くし、面食らっているようなシェリル。

俺があまりにも一生懸命すぎたせいか。ちょっと大人げなかったな……と反省するのだった。

◆◆◆◆

「も……もう、出ない……無理……」

あたりはすっかり夕暮れの色に染まっていた。

地面で仰向けになり、俺はゼェゼェと荒い呼吸を繰り返す。

「なにを言ってるんですの？　まだまだ出せますわよね？　ふふ……その程度でへばっているようでは、サキュバスの相手なんて務まりませんわよ？」

その傍で、シェリルが妖艶な笑みを浮かべていた。

「せ、せめて休憩を……」

「情けないこと……ほぅら、すっごい熱くって濃いーのを、もっとたーっぷり、出・し・て？」

「う、んん……うああっ」

「もっともっと……出せるでしょ？　空になるまで、びゅーびゅーって……」

その言葉に誘い出されるように、俺の中でなにかが暴れる。

それをどうにかこうにか、イメージを固めて放出する。

「う、ああ！　で、出るっ！」

――ゴウッ!!

たちまち、俺のかざした掌から巨大な火柱が噴出した。

「ほら～。出るじゃありませんの！　熱くて濃ゆい火柱が、こーんなにたくさん……って、あら？　ラシュアン？」

嬉しそうなシェリルだが、その隣の俺はもうガス欠状態だ。

【絶倫】の特性持ちで魔力は無尽蔵、と思って調子に乗っていたらこの状態だった。

「お、おかしい……精気は無尽蔵でも、魔力はその限りじゃない……ってことか？」

「そうね、おそらくだけど……」

一連の特訓を眺めていたリリーティアが、間に入る。

「確かにラシュアンは、精気が無尽蔵で尽きない【絶倫】を持っている。けど人間である以上、その精気を自分自身の力で魔力に変換はできない。だから魔力切れが起きている、って可能性はあり得るわね」

なるほど、納得だ。人間は元々魔力を宿しておらず、それを自然に取り入れることはできないし、サキュバスのように精気を魔力に変換する能力もない。

俺の体内に魔力が存在したのは、リリーティアやビアンカと【儀式】をしたことでサキュバス側の魔力が体に流れて作用し、オセロのように魔力へ変換したから。

「自分で生成できない以上、今朝ビアンカと【儀式】したときに変換された魔力で頭打ち。それを使い果たした……ってことか」

「あとは、まだ魔力の効率的な使い方や調整ができていないのも原因のひとつね。一回一回に全力を出しすぎてて、無駄が多いっていうか……。魔法の内容にもよるけど、全力で最大限に燃料を投下すればいい、ってわけでもないのよ」

「……なるほど。難しいな。そのへんはもう感覚的な話の気がする」

「そうね。技術でどうこうするには限界があると思うわ」

「……そうか」

俺は、さっきまで何度も何度も火柱を吹き出していた自分の手を見つめる。

最初は、俺にも魔法が使えた！　と有頂天になって、いろいろ試し打ちをしてみた。

でもすればするほど、魔法ってのは簡単に打って制圧できるように見えて、いろいろと制御が難しいと思い知った。

リリーティアの言うとおり、技術でなんとかなる部分と感覚でどうにかする部分のバランスが絶妙だ。ある一定以上は、もう、ひたすら慣らしていくしかなさそうだ。

「……ま、気長に慣らしていくさ」

「あら。ずいぶん呑気ですこと」

「けど、焦ってどうこうできることじゃないんだろ？　だったら毎日コツコツ、使い慣らしていけばいい」

少なくとも俺はこれまで、冒険者になると志してからの二十年近く、ずっと毎日コツコツ素振りを続けてきた。

もちろん、その成果が活かされたかはわからない。笑われるだけに終わったような気もする。

けど、自分が信じて頑張ってきたこの時間と作業を、自分で否定するのは違う気がした。

「……そうですわね。毎日コツコツ。わたくし、そういう考え方は好きでしてよ？」

「――え？」

思わず俺は、シェリルのほうを振り向く。高圧的な今までの表情と違い、シェリルは優しい笑顔を作っていた。

「てっきり、笑われるかと思った」

「あなた、わたくしのことをなんだと思っていますの？」

と思ったら、急に険しい顔つきになって扇子を俺に向ける。

「今回、あなたは幸運にも、【絶倫】に目覚め【儀式】に耐え抜き、サキュバスと同等かそれ以上の力を授かるに至った。正直に申し上げて、わたくしはそれにあぐらをかいて真剣さを見失うんじゃないかと思ってましたの」

シェリルの言うことはもっともだと思う。こんなチートな力が手に入れば誰だって楽しようと思うし、俺だって考えればもっと楽な選択はあっただろう。

「ですが、あなたは違った。コツコツ使い慣らしていくと仰いました」

俺は、楽な選択は選ばなかった。

これまでの俺の癖みたいなものが、選ばせてくれなかっただけなんだけど。

「わたくしはそれに、その……えっと……」

「……ん？」

言い淀むシェリルに、俺は首を傾げた。

「ちょ、ちょっとだけ…………見直してあげてもいい、と思ってますわ」

最後のほうはごにょごにょと聞き取りにくかったが、概ね彼女の言いたいことは理解できた。

そんなに恥ずかしがらなくってもいいのに。強情なところが却ってかわいいな、シェリルは。

「さて。それじゃあどのみち今日の魔法の訓練はいったん終了ね。宮殿に帰って食事にしましょ」

リリーティアが仕切り直しと言わんばかりに手を叩く。

鍛錬場の片付けを済ませ、リリーティアとシェリル、ウィンディーと一緒に宮殿へ向かう。

「そういえば、俺の場合は結局、魔力は誰かと【儀式】をすればある程度回復するって解釈でいいんだよな？」

「ええ。おそらくは。私とビアンカとで【儀式】をしたときに魔力量の数値が変動したことを考えれば、【儀式】のたびに回復するんだと思うわ。良かったわね。気持ち良くって魔力も回復して一石二鳥じゃない」

リリーティアが楽しそうに笑う。まあ、本来なら人間は死んでしまう行為なだけに、そこまで素直に喜べはしないんだけど……。

「それで、その……今日は誰が相手になるんだ？」

「わたくしでしてよ、ラシュアン」

シャッと扇子を広げ、口元を隠す。妖艶に笑う目でシェリルは俺を見つめた。

「ちょっと魔法が使えるようになって、【絶倫】で【儀式】のあとも生きながらえるとは言え……所詮《しょせん》はサキュバスに搾取される人間。調子に乗ったら搾り尽くされて痛い目を見るっていうことを、身をもって教えて差し上げますわ」

やっぱりシェリルは他のサキュバスと違って、自分の種族に並々ならぬ誇りと気高さを抱いているみたいだ。

言葉の端々からそれが如実に伝わり、あまりの迫力に俺はゴクリと唾を飲む。
搾り尽くされる、か。
…………体力持つかな。

七回戦目　快楽に堕ちた者

食事をすませたあと、俺はいつも通りメルルの準備してくれた風呂で汗を流し、バスローブに着替えてシェリルの到着を待っていた。

今日の夜の相手はシェリル……正直、風呂に入っている間もソワソワと勃起が止まらず、痛いぐらいにギンギンだった。

特に精力増強的ななにかを摂取したわけじゃない。

単純に、あのウソみたいな爆乳のエロい姉ちゃんと、これから【儀式《エッチ》】をする……それを想像しただけで、興奮が収まらなかったんだ。

「それではラシュアン様。わたくしはこれにて」

「あ、ああ。いつも風呂の準備とか、ありがとな」

「いえ。これもメイド長としての務めでございますので」

ペコリとお辞儀をしたメルル。けど、顔を上げ、

「ときに先ほどから、とても下半身が苦しそうにお見受けします。宥《なだ》め鎮めるのもメイドの務め。シェリル様がいらっしゃる前に一度――」

「い、いやいいって！　大丈夫だ！　ていうか抜け駆けは怒られるんじゃないのか⁉」

「バレなければどうと言うことはありません。それとも、わたくしではご満足いただけませんか？」

表情は相変わらずの無表情だが、シュンとなったのは声から伝わってきた。

頭ごなしに拒否したのは、さすがに言い過ぎたかな……。

「そんなことはないって。その……俺からしたらメルルだって充分魅力的だし、そうやって誘ってくれるのは嬉しい」

少なくとも、女っ気のまったくなかった俺の人生を思えば、こんなに嬉しいことはない。

「けど、一応は順番みたいなものもあるらしいからな。最初のうちは、ちゃんとそれに従っておかないと。もしかしたらメルルがリリーティア達に叱られるかもしれないし」

「……お心遣い、痛み入ります」

再びペコリとお辞儀するメルル。納得してくれた……のだろうか。

「そうやって徹底的に焦らすプレイがお好きなのですね。メモしなければ」

「違う、そうじゃない」

うーん。やっぱりこの子は不思議な子だな。

「ともあれ、ラシュアン様のお考えは承知しました。本日はいつも通り、お暇《いとま》いたします。それはそれとして、こちらをシェリル様からお預かりしております」

メルルは、入り口付近の棚に置いていたグラスに、小瓶に入ったなにかを注いだ。

見た感じ、葡萄酒のようにも見えるけど……。

「どうしたんだ、それ」

「シェリル様がラシュアン様へプレゼントしたいとのことでした。特製の葡萄酒とのことです」

「……へ、へえ。特製の……ね」

思いっきり怪しい気がするんだけど……。

まあ、いただいたものは粗末にできないしな。単なる考えすぎで、今日の一夜を盛り上げるための一杯かもしれない。

俺はメルルからグラスを受け取ると、クイッと煽った。芳醇な葡萄の香りが鼻から抜ける。確かにうまい葡萄酒だった。

部屋をあとにするメルルを見送ると、俺はグラスを持ったまま窓の傍へ向かう。

青白い月明かりが、すっかり灯の消えた集落を染め上げている。

「……こういう景色もキレイなもんだな」

などと浸りながら葡萄酒を口に含んだとき、視界の隅でなにかがキラリと瞬いた。

目を向けると、さらにまたキラリ、キラリと月明かりを跳ね返すなにかがあった。

そこはちょうど、以前案内された宮殿のバルコニーだ。光とは別に、人もいる。もとより暗い色の服だからわかりにくいが、間違いなく、宮殿に住んでいるサキュバスの誰かだろう。

やがて人影は身を翻す。その顔が月明かりに照らされた。

「…………リリーティア」

だいぶ夜も更けているってのに、リリーティアはひとりバルコニーで剣を振っていた。素振りだけではなく、なんらかの型の練習だろうか。動くたびに切っ先で月光が踊り、まるで神聖な踊りでも見ているかのような、幻想的な光景だった。

——いや、それ以前に。

リリーティアは長として、なにかとやることが多い。本当に雑務と呼べるような物こそメルル達に任せることもあるが、大概は自らこなそうとしている。

集落のサキュバス達の様子を見たり、問題点を聞いて改善策を講じたり、見回りへ向かったサキュバス達のケアをしたり……。

そんな忙しいリリーティアが、夜更けにバルコニーで剣技を磨こうとがんばっていたのだ。

本来ならゆっくり体を休めればいいのに。

その時間を多少削ってでも、時間を最大限に使おうとして……。

「……マジメ、なんだな」

小さい笑みが自然とこぼれた。

誰に認められるわけでもなく、ただ日々の習慣として、コツコツと積み重ねていく作業。それを一生懸命こなそうとしているリリーティアに、かつての俺の姿が重なった。

なにが彼女をそこまで一生懸命にさせるのか、今の俺にはまだよくわかっていない。

長としてフィルビア・コロニーを守りたいからなのかもしれない。

前回の魔獣との戦いを経て、もっと鍛えなくちゃと思っているからなのかもしれない。

ただ長としての職務をすべて終えたあと、寝る間を惜しんであぁして鍛錬をしているリリーティアの姿に、心打たれるものがあったのは確かだ。

「……がんばれ、リリーティア」

俺は、自分の陰の努力を、日々の努力を、誰にも認めてもらえなかった。

だからこそ——リリーティアのがんばりを、俺が全部受け止めて、肯定してあげよう。

そして、できる範囲で支えてあげよう……そう、改めて誓った。

「………ん、あれ？」

突然視界がぼやけたのは、そのときだった。

くら～っとなって、頭が重たくなる。俺は一度、ベッドへ腰掛けた。

「一気に煽ったのが……マズかったか？」

泥酔したような感覚で、意識が朦朧とし始める。

「……違う、酒の酔い方、じゃない……。これは、盛られた……か？」

やっぱりこの葡萄酒、特製だったらしい。

意識がはっきりしていたのはそこまでだった。

座ったままでいることもままならず、俺はベッドへ倒れ込み——意識を失った。

◆◆◆◆

ぼんやりとした夢を見ていた。

夢の中で俺は、ベッドに寝転がって誰かを見上げていた。

ブロンドの髪がキレイな、どこかで見たことのある女だ。少なくとも、フィルビア・コロニーで出会った誰かではない。たぶん、というか間違いなく、人間。

ベッドの縁に腰掛けながらこちらを見ていたその女は、顔がぼやけていて誰だか思い出せない。

でもそっと笑いかけてくれたのはわかった。徐々に、俺の体へ倒れかかって重なるのも。

女の胸が俺の腹に当たたって形がわかる。柔らかくて温かい。

女の顔はちょうど、俺の胸のあたりにあった。何度かキスをしてくる。くすぐったくて、けれど気持ちいい。

キスをしたり、舌を這わせながら、徐々に女の顔は俺の下半身へ降りていく。夢の中なのにバキバキにいきり立った俺の一物を、そっと手で包み込む。それだけで、パンパンに溜まったものが爆発しそうなほど気持ち良く、腰が浮いた。

焦らすように何度かしごかれると、トロトロとカウパーが溢れてきて、それがさらに潤滑油となってさらなる快楽を与える。

やがて女は、ドロドロになった俺の一物を味わうつもりなのか、優しく咥え込んで――


「――う、くうぅっ!!」

どびゅうっ！　びゅるるっ!!　びゅるっ、びゅっ……どぷ、どぷ……。

イッた。激しい射精感が脳天を突き抜けた。

一物はただ反射的に、容赦なく、精液を吐き出すだけの器官に成り下がる。

真っ白になって飛びそうな意識の中、俺は快楽の元になっている場所を見る。

「んく……んく……ん、ふぅ……………ふふっ。咥えた途端にイッてしまうだなんて、節操なしなおち○ちんですのね……」

シェリルだった。淫靡《いんび》に笑う彼女が、咥えていた俺の一物から口を離す。

コクッと精液を飲み、「はぁ……」と恍惚とした表情になるシェリル。その様子だけで、射精したばかりの俺の一物は復活してしまった。

「……て、あれ？」

俺は違和感に気付いた。手足の自由が利かない。不思議に思って目を向けると、俺の手首足首にはツタのようなものが絡まっていて、ベッドに固定されていた。

「シェリル。これはどういうことだ？」

「どうもこうも、見ての通り拘束プレイですわ。わたくし、【儀式】は主導権を握りたいタイプですの」

なるほど。身動きを取れなくして搾り尽くそうってわけか。

いままで何人もの人間を、そうやって一方的に搾取してきたんだろう。

ここ数日一緒にいてなんとなくわかってきたことだが、シェリルは高飛車な性格だ。その口調や振る舞いが何よりの証拠。根っからのS気質なんだろう。

「さっきの葡萄酒に何か盛ったのも、こうやって簡単に拘束できるようになんだな？」

「ご明察。といっても、薬の類《たぐ》いではありませんから、心配ご無用。ちょっと魔法で性質を変えただけですの」

「魔法はそんなこともできるのか……便利なもんだ」

「いずれ教えて差し上げますわ。そんなことより……」

シェリルは再び、俺の一物に手を添えた。

「葡萄酒で酩酊《めいてい》して、変な倒れ方をしていたあなたを、わざわざ今の姿勢になるよう移動させて拘束した……その苦労した分は、しっかり吸引させていただきますからね……ふふっ」

「…………」

俺が気を失っている間に、シェリルはせっせと俺の体を動かし拘束の魔法までかけて【儀式】の準備をしていた……ってことか。

なんか……お茶目だな。

そう感じたものの。次の瞬間には、シェリルの圧倒的な手○キテクとフ○ラテクで骨抜きにされてしまったわけで。

やっぱりサキュバスって容赦がないな。男の感じるポイントを的確に、それでいて達してしまわないギリギリの力加減で攻め、焦らしながら盛り上げてくる。めちゃくちゃ気持ち良かった。

その快感を思い出したからだろうか。精液を吐き出したばかりの一物は、早々に賢者タイムを抜け出して再び反り立ち始めた。

「どうやら、まだまだ余裕みたいですわね……搾取のしがいがありますわ」

いきり立った肉棒の裏筋を、指先、爪の先で優しく上下に撫でていくシェリル。こそばゆい感覚が背筋を駆け上っていく。

先端からは、先ほどのフ○ラで吸い切れていなかった僅かな精液と先走りの混ざり汁が溢れ出ていた。シェリルはそれを指先ですくい、舐めとる。

「これほどの量が溢れてくるんでしたら、オイルもなしにあれができそうですわね」

「……あれ？」

「そう。わたくしを前にすると、すべての人間が無意識に望む……あれですわ」

シェリルはその超大な乳房を惜しげも無く鷲摑みにし、妖艶に笑う。

「パ・イ・○・リっ♪　あなただって期待してたのではありませんこと？」

左右の乳房をギュッと中央に押しつける。シェリルの指が埋もれる様子は、パン生地をこねているかのような柔らかさを表現していた。それでも手ひとつでは到底掴みきれないほどの肉感。これに挟んでもらえる……その快感と興奮は、想像しただけで射精感を催してしまうレベルだ。

ゴクリ、と唾を飲んだのがシェリルにもわかったのか、クスリと笑う。

「これまで相手にしてきた人間の中には、わたくしのパイ○リだけで快楽死した者もいますわ。それぐらい自信がありますの。あなたにもとくと味わわせて差し上げますわ」

シェリルは俺の足と足の間に体を入れ、腰を浮かせると俺の尻を膝の上に乗せた。ビキビキに勃っている肉棒が、ちょうど胸のあたりに近づいている姿勢だ。

口をすぼめて唾を垂らし、先走りと混ぜ合わせて肉棒に擦り付ける。手に付着したままのぬめりを胸の谷間にも塗りたくって、焦らすように準備を進める。その光景を眺めているだけで、頭の中が沸騰してのぼせてきた。

「それじゃあ……イきますわよ」

一度押し広げた胸の谷間に肉棒を捉え、乳房で挟む。

「んんっ、うう……っ」

柔らかく温かな感触が肉棒を包み込む。指のような繊細さでも、舌のような刺激でも、膣内のような温かさとも違う……。柔らかく抱きしめられているような心地よさと安心感。当然、今まで俺の一物が感じたことのない快楽がそこにあった。

「あら、もうびくびくしてますわよ？　まだなにもしてませんのに、イクには早すぎますわ」

シェリルは両手でグッと乳房を押しつぶし、一物をホールドすると、ゆっくり上下に動かし始める。

「う、ああっ、んんっ！　こ、コレは……た、確かに、やば……んんっ！」

　情けないことに声が出てしまうが、それだけシェリルのパイ○リは圧巻だった。

　みちみちの肉感に包まれた一物は、膣内とは違う、柔らかさのうねりに終始襲われた。にゅちにゅちと粘着性の水音がリズミカルに響き、そのたびに睾丸から精液が昇り始めているのがわかる。

「はあ、はあ……ん、ふふっ……気持ちよさそうな、情けないお顔ですわね……はあ、はあ」

　そう言いつつ、シェリルの愛撫は容赦が無い。単純な上下動から、左右の乳房を交互に動かして搾り取ろうとする。不規則な柔らかさのうねりが、単純な手技や膣内でのピストンでは得られない快感を与え、我慢の余地を与えてくれない。

「ん、はあ、はあ……どれだけ私のパイ○リで我慢できるか見物ですが……これはどうでしょうか……ん、れろ、ちゅぼっ」

「う、くうううっ！」

　シェリルはパイ○リをしながら、胸の谷間に収まりきっていない俺の亀頭を、舌先で舐めたり咥えたりという愛撫を付け加えた。腰が浮くほどの快感だった。

「ん、れろれろ……ちゅちゅっ、あむ、んむんぐ……ちゅろっ、ぢゅる……」

「ま、マズいって……んんっ！　そ、それは、が、我慢が……くぁああっ！」

　俺の様子から射精が近いことを察したのだろうか。乳房の上下動が一気に激しくなる。唾液と溢れ出した先走りが、ぢゅぶぢゅぶと卑猥な音を奏で始める。

「あ、あ、気持ち、良すぎて……もう……んんっ！　で、出るっ、くうううっ！」

バチッと目の前に火花が散った、瞬間。

どびゅぷっ！　びゅぷぷっ！　ぶりゅりゅるっ！　びゅるるっ！

「ひゃあっ！　ん、はあぁっ！」

肉林の奥に覆い被さっている亀頭から、噴火のごとく精液が吐き出される。

それは谷間から飛び出すほどの勢いでシェリルの乳房を白く染め上げていく。最初の一発目は彼女の顔を直撃したほどだ。

どぴゅっ、どぴゅっ！　どぷ、どぷぷ……とぷ、とぷ……。

「はあ、はあ……ふ、うふふっ。すごい量……わたくしのおっぱいが犯されてるみたいですわ」

白濁の池を作っていた胸を左右に開くと、どろりと決壊した。胸の中に留まっていた分の精液の量も考えると、毎度毎度、どこにこれほどの精液を溜め込んでいたのかと不思議だ。

だがシェリルの艶美な肉体に白濁のそれがかかっている様子は、さらに俺を興奮させた。二度も射精したってのに、肉棒は大人しくなる気配がまったくない。

「さすがは絶倫ですわね。普通の人間なら魔法で促さない限り、必ずインターバルが必要になりますのに……」

精液が掃除されていない肉棒を掴むシェリル。そのまま上下にしごき出す。にゅち、にゅちと音が鳴った。

彼女は空いている手で自分の秘所に手を伸ばす。同じようにくちゅ、くちゅと水音が鳴り響く。

どうやらシェリルのほうも準備ができていたらしい。

「あ、はあっ、んん……わたくしも疼いている……ということでしょうね。このまま何発連続で続けられるか、さっそく試してみますわ」

シェリルは俺に背を向ける形で騎乗位の姿勢になり、肉棒を濡れそぼったスリットへ宛がう。亀頭の先がほんのり硬い場所を擦り、シェリルはぴくんと体を揺らした。

「あんっ！　……ふふっ、それにしても、大きいおち○ぽですこと。今まで搾取したどの人間よりも大きいですわ」

「そいつはどうも……けど、実感はないな」

「あら、そうですの？」

「比べるような友人もいなかったし、リリーティアと最初の儀式をするまで女の中に入れたこともないんだ。自分で大きいかどうかなんてわかるわけがないだろ？」

「それもそうですわね……けれどわたくし、ウソはつきませんわ。これは、本当に……大きいですわ。………怖いぐらい」

「ん？」

最後になにかを言ったように思ったが、よく聞こえなかった。

「なんでもありませんわ。それじゃあ、参りますわよ」

シェリルが腰を下ろしていく。肉の壁をかき分け、つぷぷと埋まっていく一物。

「あ、んあ……く、ふうぅ……んんんっ、ふ、といぃ……うあ……おっ、きい……んんんっ！」

肉棒はあっという間に八割ほどがシェリルの中に埋まる。ジッとしているだけなのに、膣内の肉ひだが執拗に愛撫してくるような、ぞわぞわとした感覚が襲ってくる。

「ほん、とに、大っきいですわ……このおち○ぽ。ふう、ふう……わたくしのお腹、満たされて……ふふっ、こんなにぱんぱんなの、初めて」

「俺も、ジッとしてるだけで気持ち良い……でも正直もどかしい。なんで奥まで入れないんだ？」

「焦らしているからですわ。でもお望みとあれば……奥まで入れて……んんっ、差し上げますわ」

そう、シェリルが残り二割をずぷっと差し込んだ――瞬間。

「――んんっ！　あああああっ！　く、う、あああああっ！　はあああああ……あっ、あっ」

びくびくびくっ！　シェリルの体が、突然大きく痙攣したのだ。

膣内が波打って、奥へ奥へと吸い付くかのように肉棒を愛撫する。亀頭の先が膣の最奥にぶつかった衝撃も合わさって、俺も思わず射精してしまいそうになった。

だがどうにかそれを堪え、シェリルの様子を見る。後ろ姿だけなので様子はわからないが、まだ微かに痙攣しているようだった。

「……どうした、シェリル。大丈夫か？」

「はあああぁ、はあああぁ……だ、大丈夫、ですわ。こ、このぐらいの、ことで……んんっ」

明らかに彼女の様子がおかしい。一度奥に差し込んでから呼吸も荒くなり、動こうともしないのだ。

「……動かない、のか？　調子でも崩したか？」

「そ、そんなこと……んくぅ……ありませんわ。今、動きますの……ふ、んんっ」

ゆっくりと腰を持ち上げ、そして、ゆっくり下ろす。

再び肉棒が膣の奥、子宮口を突いた――

「うあっ！　くううううっ、んんんっ！」

びくびくっ！　再度シェリルの体は痙攣し、動かなくなってしまった。

……もしかして、今、二回ともイッたのか？

子宮口をちょっと突かれただけで、いとも容易く？

だがシェリルの様子を見るかぎり、そうとしか考えられない。あれだけ主導権を握りたがっていたくせに、彼女は、自分で差し込んだ肉棒に子宮口を愛撫され、簡単にイッてしまった。

……はっはーん。なるほどな。そういうことか。俺の嗜虐心《しぎゃくしん》がメラメラと燃え始めた。

「なあシェリル。もしかして今、イッたんじゃないか？」

「ち、違い、ますわっ。わたくしに限って、そのようなこと……んんっ」

「ならもっと動けばいいだろ？　でも、動けないんじゃないか？　動くたびに奥にち○こが当たって、それだけで簡単にイって、力が抜けてしまう……おかわいいやつだな」

「くっ！　そ、そんなことは……あ、あなたを焦らしているだけに過ぎませんわ！」

「そうか、それなら――」

俺は両手両足を拘束されたままでも、辛うじて動かせる筋肉を総動員して――腰を思い切り浮かせた。

「――あひっ！　ひあぁぁぁっ！　んあああぁっ！」

肉棒が子宮口を突き刺す。たちまち大声を上げて絶頂するシェリル。

これでもう、言い逃れなんてできないだろう。

「ああっ、ふああっ……い、今のは……違いますの。というか、ひ、卑怯……です――」

ばすっ！

「んぎいぃっ！　ふっ、おおおおっ！」

再び突き上げると、シェリルはガクガクと腰を震わせて海老反りになる。

「おいおい、さっきまでの威勢はどうしたよ。主導権握って人のこと散々いたぶっておいて、そっちは奥を突くだけでイキ乱れるのか？」

「はあ、はあ……こ、こんな、違い、ますわ……んんんっ！　わたくしが、こんな」

「まだ自分が中イきしやすいってわかってないみたいだな。それじゃあ……教えてやろうか」

俺は思いきり力を込めて、両腕両足を引っ張る。

能力値《ステータス》が人間離れしていたこともあって、思いのほか拘束は簡単に外すことができた。そしてそのままシェリルを前方に押し倒し、四つん這いにさせる。

「ちょっ、こらラシュアン！　大人しく寝ていなさい！　今日はわたくしがあなたを――」

ぱんっ！

「んひぃぃっ！　ん、くうう……で、ですから今日は、わたくしがあなたを搾取する――」

ぱんっ！

「く、ふあああああっ。あ、んあああっ……わ、わたくしが主導権を、握――」

ぱぁんっ！

「んおおおぉぉっ！　おほっ、んぐうああっ！　にぎ、に、握って、てえぇ――」

ずぱぁんっ！

「んんんんっ、あああああああっ!!　んおおおおおっ！」

ガクガク、ビクビクと全身を痙攣させるシェリルは、獣のような声を上げて絶頂する。

「獣……か。そうだよな。こんな大層なもん、つけてるんだもんな」

俺はバックの姿勢のまま体を倒し、シェリルの豊満なバストを鷲掴みにする。それだけでシェリルの体は痙攣を繰り返した。

バックで突けば簡単にイキ乱れるシェリルを、俺は何度も何度も背後から犯し続ける。

「お前はもう、ただの雌ブタだな。だらしない胸をただ垂らして、奥を突かれるたびにイってばかりな、快楽堕ちの雌ブタだよ！」

「んあっ！　くああっ！　ふ、んんんっ！　あっ、あっ、あっ、ふあああああっ！」

ぱん、ぱん、ぱん、ぱん！　激しく打ち付けるたびにシェリルは体を震わせ、足をバタ足のごとくジタバタさせる。

「んぎいっ！　イぐ、イぐっ！　ま、またイ――ぐううううっ！　んおおおおっ！」

シェリルがイクたびに膣内がうごめき、というか暴れ、激しい快感が全身に走った。けどそれ以上に、シェリルを支配しているという事実に感情が高ぶり、夢中になっていて、射精はいくらでも我慢できた。

「なあ、そうなんだろシェリル。お前は俺のち○こで簡単にイキ乱れるようになった、快楽堕ちの雌ブタ……そうだろ？」

「んあっ、ふああっ、んひっ！　はあ、はあ、ち、違い、ますわ、わ、わたくし、はぁ……」

ぱん、ぱん、ぱん、ぱんっ!!

「あっ、あっ、あああっ！　だめ、だめ、んぐううっ！　ま、またイク、イぐううっ！」

シェリルの体が、見ていて引くぐらい痙攣しようとも、俺は腰を打ち付け続ける。

「だ、だめ、だめ！　ま、待って！　おね、がひ……んあああっ！　待ってくら、は――んひいいっ！　い、イってりゅ、のぉ！　い、イきっぱなし、で、あああっ！　あ、頭、お、おかしくなりゅぅっ！　んあああああっ！」

シェリルの膣からはボタボタと愛液が溢れ、俺の肉棒を白濁に染め上げている。それどころか、突くたびに肉壁と一物の隙間から体液まで噴射している。これが潮吹きってやつか。

「待って欲しいなら、ちゃんと認めろよ。自分が快楽堕ちした雌ブタだってなぁ」

「んぐっ！　ふぎっ！　んんんっ！　そ、そうれ、すぅ……っ！　わ、わたくし、は、ラシュアンの、大っきな――んんんっ！　おおお、おち○ぽで、ふう、ふう、快楽に堕ち、堕ちた……んほおおっ！　め、雌ブタ、で、ですわ……んぎいいっ！」

とんだ変態だったんだな、シェリルは。Sと見せかけての単なるドM。

雌ブタと罵られ乱暴に攻められているにも拘わらず、快楽に溺れて恍惚な表情一色だ。

そいつを、こうして後ろから激しく犯しまくっているのは、快感以外の何ものでも無かった。

「そうだな。ちゃんと自分を認められたじゃないか、シェリル」

「あへ、はあっ……ん、く……えへ……へえ、へえ……も、もう……だめぇ……。気持ち、良すぎて……も、もうイって、ラシュアンもぉ……イってぇ……わたくし、む、無理ですのぉ……」

「ったく。雌ブタのくせにご主人様におねだりとは……仕方ないやつだな」

ピストンを再開する俺。シェリルの腕を取り体を仰け反らせ、問答無用に突き上げていく。

ぱん、ぱん、ぱん！　ぱん、ぱん、ぱんっ!!

「んあああああっ！　あ、あ、あっ！　ああああっ！　ふああああああっ!!　だめ、だめだめ、んんんんっ！　お、おま、おま○こぉおおっ、こわ、壊れちゃううううっ！　ふあああっ！」

もはやイきっぱなしのシェリルの膣内は、肉棒を飲み込もうとでもしているかのようだった。うごめく肉ひだの執拗な愛撫に、俺はとうに腰の感覚を失っていた。ただ機械的に腰を打ち付け、シェリルをイキ乱れさせるため、そして俺自身が快楽に溺れるためだけの自動人形と化していた。

それでも、尿道を駆け上ってくる精液の感覚は冷静に判断できた。

もう数秒と経たずに爆発するだろう。

「はあ、はあっ！　シェリル、出すぞ！　お前の欲しかったやつ、中にたっぷりな！」

「ふああっ！　んぐううっ！　ら、らひて、んひいっ！　ら、ラシュアンの、熱い、のおおっ！　た、たくさんんんっ！　ふ、んなあああっ！　らひ、らひてぇぇえ！」

ラストスパートで腰を振り、全身が震えるほどの快感が頭の中でスパークした――瞬間。

びゅるるるるっ！　びゅううううっ！　ぶぴゅううううっ！

「んあああああああっ！　お、ほおおおおっ、んおおおおおおっ！」

ガクガクと体を震わせ、全身で精液を搾り取ろうとするシェリル。それに促され、俺の肉棒はひたすらに白濁液を吐き出し続けた。

びゅるるるっ！　ぶびゅぷっ！　びゅくびゅくっ！　どぷ、どぷっ！

三度目の射精なのに、まったく止まる気配のない節操なしな肉棒。容赦なくシェリルの中を白く染め上げていく。

「んぐううっ……あ、はあああっ……あ、熱、い――んんんっ!!」

どうやら射精の勢いを子宮の奥で感じて、再びシェリルはイッたらしい。この一回の【儀式】で何度イッたのか……もはや数えるのも面倒な回数だろう。

がっちり摑んでいた腕を放すと、シェリルはそのままボスッとベッドへ俯せに倒れ込む。尻は突き出したままだが、もう四つん這いになる気力も無いかのようだ。イキ果てた横顔は焦点も曖昧で、唾液と荒い呼吸を口から漏らしているだけだった。

……さすがにやり過ぎた……かな。

「だ、大丈夫か、シェリル？」

念のため確認してみる。自分でも興に入りすぎたってわかる。

だがシェリルは、視線こそ合わせられなかったみたいだが、微かに笑みを浮かべた。といっても、もはやアヘ顔だ。完全に堕ちきった女の顔。

それに図らずも俺はゾクッと興奮してしまった。落ち目だった俺が、こうして女を悦ばせ、堕とすことができた……その支配欲を満たせたことが嬉しかった。

と、シェリルの秘所から、どぷっと白濁液が溢れて落ちた。本当に容赦なく中出ししたのだとわかり、それがさらに支配欲を満たさせた。

一方でそのスリットは、未だにヒクヒクと小刻みに動いている。まるで、もっと欲しい、まだ足りないと言っているかのように……。

「大丈夫そうなら……まだ、次もいけるよな」

俺は自然とほくそ笑んでいた。

俺の言葉にピクッと跳ねたシェリルの尻を鷲摑みにすると、すでにバキバキに勃っていた一物をスリットへ宛がい――一気に奥へとぶっ刺した。

その後、シェリルはほとんど喘ぎ声も出せない、けれど体は明らかに絶頂を繰り返して、俺の射精を受け止めるだけの肉便器同然となった。

最終的にはお互い半分気を失いつつ、快楽を貪るようにひたすら行為を続け、気付けば朝。

疲れ果て、ほんの二時間ほど眠りこけたあと。

「………………やってしまいましたわ」

シェリルは起きて早々、秘所からボタボタ溢れ出す精液を拭こうともせず、部屋の隅っこでうずくまった。

「わたくしがあんなに、正気を失うほど乱れてしまうだなんて……不覚ですわ……ううっ」

「な、泣くなよシェリル。ていうか、俺もちょっと調子に乗りすぎたわけだし……」

どうやらプライドの高いシェリルは、快楽に堕ちてしまった昨晩のことを酷く気にしているらしい。宥めようとするけど、ぶっちゃけ俺に宥められても、ってところなんだろうなぁ。

「な、なんであれさ。シェリルがあんな風に気持ち良くなってくれたのは男冥利に尽きるって言うか……俺は気にしてないし、むしろ嬉しいから、お前も気にするなよ……な?」

「うう……元はと言えば、あなたのおち○ちんが大っきすぎるのがいけないんですわ！」

「いやそこに文句を言われても!!」

ふぎゃーとわけのわからない理屈で俺のことをぽかぽか殴ってくるシェリル。

高飛車だと思ったら実はドM、そして冷静になるとこの対応……。

彼女のことがより深く理解でき、そして、かわいいと思えた瞬間だった。

八回戦目　譲れないプライド

「いててて……完全に筋肉痛だ、これ」

シェリルを宥め終えた、昼も目前。振る舞われた朝食兼昼食を食べ終え鍛錬場へ向かっている途中、俺はときどき内ももをさすりながら歩いていた。

足の付け根や太もものあたりが、どうにも重くて凝っている感じだった。

「まあ、あんだけの時間をずっと腰振ってたわけだし……。体に異常ないほうが異常だよな」

リリーティアやビアンカを相手に少しぐらいは慣れたつもりでいたけど、シェリルの乱れっぷりはまったくの予想外だった。

「こんな体力すっからかんで、今日は剣の稽古か……。持つかな」

不安は過《よぎ》るものの、考えてもしかたがない。自分でやると言ったからには、やり通さなくちゃな。

鍛錬場へ到着すると、すでにリリーティアとウィンディーが待っていた。

「おはよう、ラシュアン。……昨晩はず・い・ぶ・ん・と、お楽しみだったみたいね」

「か、からかわないでくれよ。おかげでヘトヘトなんだ」

「ふ～ん……私とのときは、そこまでがんばってくれてなかったように思うけど？」

リリーティアがいつものようにおちょぼ口で拗ねる。

「いや、そんなことないって。ただ、リリーティアのときはもっとこう……優しくしてたんだ。シェリルはそんな余裕もなかったってだけ」

「……そっか。優しく……か」

まんざらでもなさそうに言って、リリーティアは何度か頷いた。

すると、意外にもウィンディーが間に入ってくる。

「で、でも……シェリルさんが、あんなに本気の……き、き……気持ちよさそうな声、出してたの……初めて、かもしれません」

気持ちいい声……つまり、本気の喘ぎ声。そう口にすることすら恥ずかしいのか、ウィンディーは消えそうな声で言った。

にしても、あれがシェリルなりの『本気で気持ちいいときに出る声』なのか……。それを引き出せたっていうのは、ちょっと男として鼻高々だな。

「……ら、ラシュアンさん……やっぱりその……す、すごいんですね」

「え？　あ、いや……そそそ、そんなことないと思うけど……」

顔を真っ赤にしながらウィンディーに言われ、こっちまで顔が赤くなる。

こういう真面目そうな女の子の口から、ちょっとエロを匂わすような言葉が急に飛び出してくると、ギャップでビックリするな。

「ウィンディーも早く経験して処女を棄てたらいいのに。一度ヤってみたら、病みつきなのよ」

「わ、わわわ、私はその！　ま、まだ……心の準備が……」

茶化す経験者と、慌てる初心《うぶ》な乙女。まあ、そんなリリーティアだって経験したのは最近のはずなんだがな……。

それにしても、そっか。ウィンディーは、まだ一度もないのか……。

そりゃ、奥手にもなるわな。俺がそうだったからよくわかるが、こういうのは早めに経験すれば自信に繋がるけど、遅れれば遅れるほどコンプレックスになる。

まさにウィンディーは、後者みたいなタイプなんだろう。見るからにそんな感じだしな。

「ま、そのへんは追い追いだとして！　今日はラシュアンに剣の稽古をつける日、だったっけ」

リリーティアが仕切り直す。

「ああ。ウィンディー。よろしく頼む」

「は、はいっ！　よろしくお願い……します。ところで今日は……どんな内容にします、か？」

「技を覚えたいところだけど、まずは魔力で肉体をアシストしながら戦う方法に慣らしていきたいかな」

剣技の基本は体配《たいくば》りだが、今までと違い今の俺は魔力を操り、肉体をアシストすることができる。

それは昨日【十双牙《じっそうが》】を試し打ちしたとき、初期動作を合図に体が見えないなにかに動かされたような感覚を覚えたことからも、間違いないんだと思う。

素の能力値《ステータス》も充分に高いとは言え、それを上手に使いこなしつつ魔力でアシストすることで、より体配を強化できるんじゃないか？　と考えたってわけだ。

要は基礎の強化。技はそのあとでいいと思っていた。

「わ、わかりました。それじゃあ、今日は木刀を使っての、その、模擬戦中心ということにして……おきましょうか？」

「わかった。というかウィンディー、そんな恐る恐るじゃなくていいぞ？」

「……え？」

「剣技に関しては明らかにウィンディーのほうが上なんだ。熟練度も経験値も。だから俺は今日、ウィンディーから学ぼうとしている。ウィンディーの剣技は本当にすごいんだから、もっと自信持って、胸張ってくれていいんだぞ」

一瞬、ポカンとなっていたウィンディー。自分がなにを言われたのか、よくわかっていない様子だった。

けど、気付いたようにハッとなって――優しく顔を綻《ほころ》ばせた。

「は、はい……。それでは、よろしくお願いしますね」

サキュバスといえど、その嫋《たお》やかな美貌に、俺は思わず面食らってしまったのだった。

◆◆◆◆

がつっ！　がっ、がっ！

木刀同士のぶつかり合う鈍い音が、鍛錬場に響く。

「――くっ！」

木刀を構えたウィンディーは、昨日と同じように【特性《スキル》】が発動した真剣モードだ。

その一撃一撃は重く、何合《なんごう》も受け止めていると手が痺れて感覚がなくなってくる。

けど稽古のために手加減してくれているのはわかった。数値上は俺の能力値のほうが上だとしても、使いこなせていない以上ウィンディーのほうが強者《つわもの》だ。俺を慣らすためにあえて手を抜いてくれているのだろう。それでも、太刀筋を読んだり回避するのは容易じゃないが……。

「せぇい！」

隙をついて攻撃を入れていく。けど悉《ことごと》く避けられる。ウィンディーの動きが俊敏すぎた。

次は魔力の出力をもう少し上げるイメージでやってみよう。ウィンディーの動きを追いかけている目にも魔力を通してみる。神経を魔力でアシストし、動体視力を上げられないか試してみよう。

そんな感じで、戦いながら試行錯誤を繰り返し、魔力の使い方に慣れていく。

視神経に通した魔力のおかげか、さっきよりもウィンディーの動きがはっきり捉えられるようになった。体の動きもさっきより早くなって、思考とのラグが極限まで減った気がする。

今なら——

「当てられる！」

ウィンディー目がけて木刀を振る。当然彼女も避けようと動いた。けれど少しだけタイミングがズレたのか、木刀がウィンディーの体に当たる。

浅いが、攻撃が届いたのは間違いない。あとちょっとだ、もう少しだけ——

「……え？」

自分の目を疑った。ウィンディーの動きが、さっきまでより数段素早くなっていたからだ。

ようやく追えるようになったと思ったのに、また俺の目では捉えきれず——

カツッ、タァン！

「うわっ！」

何が起こったのか……気付けば俺の持っていた木刀は弾かれ、手から離れ宙を舞っていた。

その様子を視認できたときには、すでに俺の首元にウィンディーの木刀が当たっていた。

「……参った。俺の負けだ」

降参のポーズを取ると、ウィンディーは木刀を引いた。

完敗だ。ウィンディーはやっぱり魔力での肉体強化をし慣れているし、手強い相手だった。

でも不思議と、負けたことに対して悔しさや惨めさは感じなかった。

これが稽古だから、というのはあるのだろうけど、それ以上に俺は、自分への実りがたくさんあったと自覚できたからかもしれない。

するとウィンディーは、例によって筆談でサササッと何かを書き殴った。

『す、すみません！　私も大人げなく本気を出しちゃいました……ショボン。だってラシュアンさん、急に動きがよくなったから、驚いちゃって……』

そして、ちょっと頬を赤くした無表情のウィンディーが、紙の陰からこちらを覗く。

「いや、気にすることない。けど……そうか。俺、ウィンディーに本気を出させるぐらいの動きができてたってことか」

そう言われると、やっぱり嬉しいな。今まで俺のへっぽこな腕じゃ誰も本気になってくれなかったし、まともに取りあってくれなかった。

それがこうして、フィルビア・コロニー随一の剣士であるウィンディーすら、本気にさせたんだからな。

『おそらくラシュアンさんの中で、魔力の使い方がわかってきたからだと思います！　頭で考えるのではなく、感覚的なことでしょうけど。この短い期間の中でこの成果は、すごいと思います！』

「そ、そうかな……そう言われるとなんだか照れ臭い」

そう言いつつ、まんざらでもないって態度を見せたからだろうか。

「あらら？　ずいぶんデレデレしちゃって。楽しそうね」

「いたたた！　し、尻を摘まむなリリーティア！」

拗ねたリリーティアがギリギリと尻の肉を摘まんで捻る。

「あら、じゃあ二の腕のほうがいいかしら？」

「待ってそこはもっと痛……いだだだだっ！」

それから十分ぐらいは休憩の時間……となったわけだが。

嫉妬に燃えるリリーティアのせいで、結局俺は体を休めるヒマが取れなかった。

まあ、リリーティアの反応がかわいかったから、よしとしますか。

◆　◆　◆　◆

「明日から数日、集落を留守にする？」

夕食をみんなで食べているときのことだった。

リリーティアが突然言いだしたことに、俺は驚いてそう聞き返していた。

「ええ。この前、ナディカの廃墟で工芸品とか集めたでしょ？　あれのおかげで、回収した人間達の遺物がそこそこ溜まったから、必要物資との交換に行こうかなって」

「そういえば、そういう遺物と物々交換で、装備品とかいろいろ揃えてるんだっけな」

武器を作るノウハウがないサキュバス達にとって、その物々交換の成果はひとつの生命線と言ってもいいんだろう。

「その物々交換って、どこでやってるんだ？」

「ここからだと、荷馬車を引いて二日ぐらいのところにあるB階級の集落よ。フィルビア・コロニーも含めた周辺の集落を束ねてる集落なの」

「ああ、なるほど。サキュバスの集落にも行政区分みたいなものがあるのか。てっきり、各集落で独立しているのかと思ってた」

「確かに独立している色は強いですわね。ただ独立しすぎると孤立もしてしまいます。有事の際に協力しあったり、人間界との物資のやり取りを効率化する意味でも、代表となる集落はあったほうがいい。という考えから、周辺で一番階級の高い集落が統治しているに過ぎませんわね」

「なるほど。階級の高い集落が周辺集落をまとめて地方自治を行ってる……ってことか」

リリーティアの説明、そしてシェリルの補足でなんとなく、サキュバス社会の構図は見えた気がする。

「で、そのB階級集落に、明日から数日かけて行って帰ってくる……と」

剣や魔法の稽古をみっちりがんばっておきたいところだけど、今後サキュバス社会で生活する以上、見識は広めておきたいような気もする。そのせっかくのチャンスを前に留守番ってのもなぁ。

「そのキャラバンに俺も入れてくれないか？」

「ふふっ。そう言うと思ったわ」

完全に俺の行動を読まれていたらしく、リリーティアは小さく笑った。

「本当はお客様だから……って言って止めても、どうせ聞かないんでしょ？」

「ああ。せっかくの機会だから、いろいろ見て勉強しておきたいんだ」

「もちろん、反対はしないわ。それじゃあ、明朝八時には出発するから、それまでに宮殿の外に集合ね」

朝八時か……。最近は立て続けに明け方まで【儀式《エッチ》】に燃え上がってばかりだったから、ちゃんと起きられるかな……。というか、ヘタしたら今日の【儀式】を終えた後、寝ずに参加か？

「あ、それと。朝も早いし、道中は色々慣れなくて疲れちゃうだろうから、今日の【儀式】はお預けね♪」

「………………え？」

「え？　じゃないわよ。【儀式】なんてしてたら、朝起きれないでしょ？」

呆れたような顔でリリーティアは続けた。

「それを抜きにしたって、最近はラシュアンも立て続けで、見るからに疲れも取り切れてなさそうなんだもの。今日はゆっくり休んでちょうだい」

「い、いや俺は平気だって！　そ、それにみんなだって、パワーアップできるならそれに越したことは――」

「ゆっくりっ。休んでちょうだいっ。ねっ」

「…………はいっ」

リリーティアって、意外とお母さん気質なところ、あるよな……。

そんなこんなで翌朝八時。

身支度を整えて宮殿の外へ向かうと、すでに幌馬車が数台と同行するサキュバス達が揃っていた。

陣頭指揮を執っていたリリーティアの元へ向かう。軽く朝の挨拶を交わして状況を確認する。

「ちょうど荷物を詰め終わったところで、いつでも出発できるわ」

「そうか。手伝ってやれなくてすまない」

「いいのよ。あとでたーっぷり働いてもらうから」

リリーティアは意地悪そうに笑った。

「同行するのはこれだけか？」

「あとシェリルが向こうにいるわ」

少し離れた荷馬車のあたりで、シェリルは積み荷のチェックをしたり、御者を務めるサキュバスと進路について確認をしているようだった。

「先頭がシェリルの乗る馬車。その後ろに数台続いて、しんがりが私達の馬車。大型魔獣の生息圏外を進むことになるから大丈夫だと思うんだけど、一応見張りは立てておこうかなって」

まあ、当然の処置だろう。それで、戦闘能力の高いシェリルとリリーティアがそれぞれ前後で挟む並びなのか。

「いざってときは頼りにしてるわね、ラシュアン」

「はは。できる限りがんばるよ」

◆　◆　◆　◆

とは言ったものの。

結局何ごともなく、フィルビア・コロニーを後にしてから二日が過ぎた。

馬車はのどかな平地を、ひたすらまっすぐ目的地目指して進んでいる。

聞けばもうじき、目的の集落『パルナス・コロニー』に到着するらしい。

何ごともないのはいいことだが、拍子抜けしたのは正直なところ。

だからだろうか。俺はなんだかずっと手持ち無沙汰だった。

せっかくのいい陽気だから、俺は幌を取っ払って寝転がってみる。きれいな青空が広がっていて、心まで澄み渡るようだ。

ぴゅーひょろろろ～ってトンビの鳴き声に馬車の軋み、馬の蹄《ひづめ》の音が合わさると、これまた牧歌的で極上の癒やしだった。

「…………な～んにもしない、ってこんなに気持ちいいことだったんだな」

これまでは体を動かしていないと落ち着かないぐらいだった。それはフィルビア・コロニーに連れてこられてからも変わらなかった。

けど不思議な話、今だけはこののんびりとした時間を延々過ごしていたいと思った。

「そろそろ到着よ、ラシュアン。起きてちょうだい」

……と思ったのにさっそく起こされてしまう。

起き上がって御者台のほうを向く。街道の続く先に、ぐるりとなにかを囲うような壁が展開していた。目算だから正確な高さはわからないが十メートル以上はあると思う。

街道と壁が交差するところには門が作られていて、そこが出入り口になっているようだ。

「なんの壁なんだ、あれ？」

「このあたりは魔獣の出現率が余所より少し高いのよ。特に小型の種が。だからああして壁を作って集落を守ってるの」

なるほど。どうやらパルナス・コロニーはフィルビア・コロニーより、対魔獣における前線に展開している集落のようだ。

壁の検問で簡単な手続きをすませ、内側へ入る。遠くに集落は見えるものの、壁からそこそこ距離があるのがわかった。これも、少しでも集落を守るためだろう。

ようやく訪れたパルナス・コロニーはB階級ということもあり、フィルビア・コロニーよりも町として整っているように思えた。

大通りは一応石造りだし、周囲の家屋も整備がきちんとなされている。

フィルビア・コロニーにもあった【美容強化《バフ》】を施してくれる店はもちろんだが、市場や飲食店まである。

「パルナス・コロニーは、B階級の集落の中では平均的な規模ね。このレベルでようやく、人間で言うところの『街』って感じかしら？」

「そう、だな。主要都市レベルと比べたら少し劣るけど、『栄えてる街』って感じだ」

周囲を見回すリリーティアにならって、俺もあたりを観察する。

フィルビア・コロニーに比べたらずいぶんと裕福に見える。

FとBの階級差で、これほどまで生活水準が変わってしまうのか……。

リリーティアがフィルビア・コロニーの階級を憂いてる理由がなんとなく理解できた。生活が潤えば個々人の気持ちに余裕が生まれ、余裕が生まれれば他のことへ力を注ぐことができ、なにかしらの変化を促すことができる。

俺自身がそうだったからよくわかる。困窮ってのは、負のスパイラルの入り口なんだよな。

そんなことを思いながら、俺は改めてあたりを見回してみる。

「そういや、サキュバスの生活にお金……通貨って使われてないよな。飲食店とか、どうやって採算取ってるんだ？」

「採算もなにも、そもそも商売をしてないわ。自分の特性を活かしてるだけよ」

特性を？　どういうことだ？

そう疑問に思って訊こうとしたら、先にリリーティアが答えてくれた。

「特性っていっても、戦闘向けのものばかりとは限らないもの。たとえば調理に特化した特性持ちもいる。そういうサキュバスは、戦闘力を磨いて前に出るより、特性を活かしてサポートに徹することを選ぶこともあるの。あの飲食店のスタッフは、そういうサキュバス達だと思うわ」

「じゃあ、商売をしてないってのは……」

「この集落のトップがみんなと相談した上で、店の体裁を整えて管理して、使わせているだけなの。お客さんも、自分が譲った食材の一部を調理してもらってるだけで、実質物々交換なのよ」

なるほど。もともと経済という概念もなく、通貨の必要性もないのなら、採算を求めないこういった形の飲食店もあり得るのか……。

なんて妙な感動を覚えながら眺めていると、周囲の目が俺に向いていることが気になった。

まるで珍しい動物を見るような目だが……こうしてサキュバスのキャラバンに、当然のように人間が混ざっているのは、不思議に見えるんだろうな。

それにしても、どの子もスタイルバツグンだしかわいいし……選《よ》り取り見取りってこういうことを言うんだなぁ……。

「……ラシュアン？　顔がにやけてるわよ」

「マジか」

「フィルビア・コロニーの皆に手を出すのは構わないけど、余所のコロニーは浮気扱いだからね」

「……も、もちろん。浮気はダメ、絶対！」

まさか俺が浮気しないよう釘を刺されることになろうとは……ちょっと嬉しいな。

もちろん、最初から浮気なんてするはずがないんだけど。

やがて荷馬車は、パルナス・コロニーの宮殿傍までやって来た。

宮殿もそれなりに豪奢な造りで、やっぱり階級差を見せつけられているかのように感じる。

取り引きは宮殿外の一角で行われるらしい。すでに他のキャラバンも集まっていて、せっせとサキュバス達が働いている。

馬車を所定の場所に寄せ、俺達は降りる。

「さーて。積み荷の精査が終わるまでちょっとヒマね……」

リリーティアはぐぅっと体を伸ばす。ただでさえパツパツな衣装に収まりきってない胸が、ギュッと潰れて揺れる。

「荷下ろしとか、任せちゃっていいのか？」

フィルビア・コロニーとパルナス・コロニー、それぞれのサキュバス達が手分けして作業しているが、リリーティアはそちらを手伝う素振りは見せない。

「ええ。みんな慣れてるし問題ないわ。それより……」

と、あからさまにため息をつくリリーティア。

「私は私で、相手をしなきゃいけない面倒な相手がいるのよ……」

「面倒な相手？」

そう、俺が聞き返したときだった。

「あらあらあら？　どこの小汚いキャラバンかと思えば、あんたん所だったのね、リリーティア」

宮殿前に設けられた門から、ひとりのサキュバスがこちらへやってきた。

サキュバスらしく露出が多めな衣服だが、リリーティア達と比べると装飾がよりしっかり施されていて、ものが良いことは見ただけでわかる。

その布に包まれている妖艶な肉体美も、締まるところは締まり出るところは出ているメリハリ感バッチリだ。

とはいえ、やたら上から目線な物言いには眉をひそめる俺。

名指しにされたリリーティアを見ると、彼女からは笑顔が消えていた。

「F階級の長がこんなところでなにしてるのかしら？　もしかして、ここでの生活ぶりがあまりにも充実してそうだからって、いよいよフィルビア・コロニーを棄ててきたの？」

「そんなわけないでしょ。物資の交換よ。そういうセシリアもヒマそうね」

「当たり前じゃない。私はここの長なんだから」

セシリアと呼ばれたこのサキュバスは、フンと見下すように鼻を鳴らした。

「むしろ長たる者、ヒマを持て余すぐらいの余裕を見せなくてどうするの？　のこのこ二日三日もかけて自ら雑用をこなしに来るなんて、どうかしてるわ」

……ああ、ダメだ。

こいつ、俺のすごく嫌いなタイプだ。

そこはかとなく、かつての若手パーティーのリーダーを思い出させる。

「あら、フィルビア・コロニーを心配してくれてるの？　ありがと」

リリーティアが嫌みで返すと、セシリアはさらに不機嫌そうになった。

「誰も心配なんてしてないわ。長が留守になった集落で帰りを待ってる民がかわいそうって思っただけよ」

「みんなしっかり訓練も積んでるし、留守を任せるに充分な素質だって持ってる。だから信じて残してきたの。配給を滞りなく済ませることのほうがみんなのためになるもの。それに――」

リリーティアは真剣な目でセシリアを見つめる。

「フィルビア・コロニーのみんなは、民じゃない――仲間よ。あなたの価値観で語らないで」

……リリーティアがここまで本気の意思をぶつけるところ、初めて見たな。

凛々しくてカッコいいと思うし……なにより、彼女が長としてどれほどの覚悟と責任を背負っているのかが、はっきり見えた気がする。

見つめ合うこと数十秒ほどで、セシリアが呆れたように息を吐いた。

「まあいいわ。どうせ聞く耳持たない頑固者だってわかってるもの。せめて留守中に魔獣に蹂躙《じゅうりん》されないよう、しっかり鍛えておくことね。――それより」

セシリアが不意に、俺のほうへ目を向けた。

「なんでこんなところに人間の男がいるのかしら？　リリーティアってば、人間を飼う趣味に目覚めたの？」

「違うわ。彼も私達フィルビア・コロニーの仲間よ」

リリーティアが言い切ると、セシリアはポカンと硬直する。

……が、直後。声高々に笑い出した。

「あははっ！　人間が、仲間？　くふふっ……なかなかおもしろい冗談ね！」

ひとしきり笑い終えるのを待って、リリーティアは口を開く。

「彼は私との【儀式】のあと、【絶倫】の【特性《スキル》】に目覚めたの」

「…………へぇ」

突然、セシリアの目の色が変わる。

「だから【儀式】のあとも生きていて、協力を頼んだの。フィルビア・コロニーのために、今後も集落に住んで私達と【儀式】してくれないかって。人間の世界へ帰る選択もあったのに、彼は私達といることを選んでくれた…………だから」

リリーティアは、セシリアへまっすぐ叩きつける。

「ラシュアンは、誰がなんて言おうと——私達の仲間なの」

……仲間、か。

正直、これまでそんな言葉に良いイメージなんてなかった。

利害関係だけの希薄な仲、そう言っておけば気持ち良くなれるだけの呪文、振りかざして周囲を屈服させる圧力みたいな思想……心から仲間と思えたやつなんて、今までいない。

いや、いたと思っていたのに――結局、良いように扱われていただけ。

俺にとって『仲間』ってのは、そんな価値のない言葉だった。

――でも、今リリーティアが断言してくれたことで、俺はなんだかあらゆる呪縛から解き放たれたような気がした。

初めて、『仲間』って言葉を素直に受け止め、嬉しいと感じた。

「……ああ、そうだ。俺はラシュアン・デリオローラ、三十五歳、人間」

だから、リリーティアの――皆の意思をちゃんと肯定してあげるためにも、俺は言わなくちゃいけない。

「リリーティアの……フィルビア・コロニーの、仲間だ」

俺の宣言に、セシリアは眉をひそめた。

「本当に【絶倫】持ちなら、ペット……失礼、仲間にする理由もわからなくはないけど。それ、事実なの？」

「ええ、本当よ。彼、すっごいんだから」

勝ち誇ったように笑みを浮かべるリリーティア。

「一度【儀式】が始まれば、夜が明けるまで止まらないし寝させてくれないの。何度も何度も何度も、私の中に出して吸引させてくれた……彼は本物の【絶倫】持ちの人間よ」

褒められるのは嬉しいんだけど、褒めてくれてる内容が内容だからちょっと恥ずかしい……。

「ふ～ん……て言うことは、さぞかしあなた自身の階級も上がったんでしょうね？」

「もちろん。Aまで上がったわ」

「――っ！」

どうやらさしものセシリアも、リリーティアの階級や能力値の急増には驚きを隠せないらしい。

「……ふん。だからといって、フィルビア・コロニーの階級が低いままなのは事実じゃない。あなたひとりがいくら強くなったところで、集落階級戦で勝たない限り大した意味を持たないわ」

……集落階級戦？　なんだ、それ？

俺が疑問に思っていると、それが顔に出ていたらしくリリーティアが説明してくれた。

「集落の階級を決めるための決闘のことよ。セシリアの言うとおり、どんなに個人が能力値を上げても、集落の代表三人対三人の決闘に勝利しない限り、集落の階級は上がらないの」

なるほど、そういう決まり事があったのか。

「……なら、戦ってみればいいんじゃないか？」

特に考えもなしに言ってしまった俺へ、皆の視線が集まる。

……ちょっと軽率すぎたか、俺？

「ラシュアン、とか言ったわね。あなた……私達のことを侮辱しているの？」

鋭くはないものの、セシリアは睨みを利かせた。

「確かにリリーティアの階級がAまで上がってて、それが事実なら、すごいことだと認めてもいいわ。けど、それだけでB階級の集落であるパルナス・コロニーと対等に戦えるだなんて考え、無謀にも程があるわ」

あくまで自分らが格上であることは譲らないらしい。

きっと、そういう自信があるから『カリスマ性』みたいな物が生まれ、人がついてくるんだろう。俺はそういう連中を嫌というほど見てきたし、どうしてそんな自信が持てるのか不思議でならなかった。

ああ、そうだ。所詮は嫉妬だ。わかってる。

でも今の俺は、以前よりも遙かに自信も実力も身についている。その鼻をへし折ってやろうって勢いぐらいは、持てるようになったつもりだ。

「無謀かどうかはやってみなくちゃわからないだろ。大体、侮辱云々《うんぬん》を言うなら、そっちだって散々リリーティアやフィルビア・コロニーを侮辱している。違うか？」

「格の話をしているだけよ」

「格で話をするのが侮辱だって言ってるんだ」

セシリアが僅かに怯んだ。

「リリーティアがどれほど自分の集落を憂いて、頭を悩ませ、がんばってきてると思う？　フィルビア・コロニーに連れてこられて、【儀式】をして生き延びてから、俺は自分なりにいろんな物を見て知って考えてきたつもりだ。だからこそ、リリーティアも他の皆も立派だと思っている。侮辱されるいわれなんてない」

「……なによ。人間のくせに――性奴隷として搾取されるだけのくせに。結局は結果よ。現時点での結果が、私達がB階級、そっちがF階級だと証明している。それがすべてよ」

「その結果を覆せるだけの実力が、今のリリーティア達にあるんだとしたら？」

人生でここまで堂々と啖呵《たんか》を切ったのは初めてだ。

でも不思議と、内側からわき起こってくるのだ。

「なんてったって、【絶倫】持ちの俺が何度も【儀式】して魔力を注ぎこんだんだ。強くなってるに決まってるだろ。もっと強くもできるしな」

そのための【絶倫】だ。

快楽とか、昂揚感とか、そんな俗で邪な感情じゃない。

それが、俺がリリーティアやフィルビア・コロニーへしてあげられることであり。

俺が【絶倫】特性を持って人生をリスタートさせた、意義だと思うから。

「……待って。ラシュアン、落ち着いて」

いつの間にか高ぶっていたらしい俺を、リリーティアが宥める。

「あなたの気持ちは嬉しいけど……決闘をするかどうかは私に決めさせて」

「……それは、遠回しに、戦わないってことか？」

俺の問いに、リリーティアはコクッと頷いた。

「あんな風に侮辱されて、悔しくないのか」

「もちろん悔しいわ。でも紛れもない事実でもある。ここはいったん退いて」

そう懇願するリリーティアの表情は、複雑そうだった。

いろんな感情が混ざっているように見える。どれが本心なんだろう。

……わからん。わからんから……いっそ聞くしかない。

「リリーティアはどうしたいんだ？」

「……え？」

「リリーティアの本心を知りたい」

「知りたいもなにも、さっきも言ったでしょう？　悔しいけど事実だから、いったん退いて――」

「それは本当に、長としての立場から来る言葉じゃなく、本心なんだな？」

リリーティアは、即答しなかった。

なんとなく予想はしていたし、実際その通りだった。

長としての立場と、リリーティア個人の感情が矛盾している。だからあんな複雑な表情で俺を止めたんだ。

「私は……」

こうやって問い質《ただ》そうとするのは卑怯な手段かもしれない。

啖呵を切っておいて、もし人間である俺が出られないというのなら、すごく無責任なことをしている。

でも俺は、周囲に虐《しいた》げられたまま『しかたがない』で生きることを、生きている人を、そのまま見過ごしたくない。自分がそうやって苦しい思いを何度もしてきたから、『しかたがない』を受け入れることの辛さと苦しさは良くわかっている。

そして、今の俺には、その苦しみを解放してあげられるだけの【特性】を持っている。

「……集落の階級を上げたい。仲間達の生活のためにも、なにより長である自分自身のためにも」

まっすぐな瞳で俺を見つめ、リリーティアは言った。

本心を語ってくれた。

「もう、格下だって侮辱を受けるのは……私だって嫌よ。そんなの当たり前じゃない。それが私の

「……本心だから……」

「ならもう、虐げられて黙っている必要、ないだろ」

リリーティアが俺にくれた強さを、今度は俺からリリーティアに差し出す。

しばらく俺の目を見つめたあと、リリーティアはセシリアのほうへ向き直った。

「……セシリア。私達フィルビア・コロニーは、パルナス・コロニーへ正式に、集落階級戦を申し込むわ」

「……正気なの？　勝てる算段があるって、本気で思ってるの？」

リリーティアを訝しげに見つめるセシリア。

けれどリリーティアは、力強く頷いた。

セシリアは妙に警戒しているようだった。無理もないだろう。格下で言われ放題だったリリーティアが、ここにきて牙を剝いたんだから。

だがセシリアは不敵に笑う。

「ずいぶんと舐めてくれるわね。でも、おもしろいから乗ってあげる。細かい日程はおってすり合わせましょう」

「……ええ。それで問題ないわ」

リリーティアがセシリアの目をまっすぐ見つめる。

決闘の申し込みが互いに承諾された……そのとき。

「……それと、ひとつ条件を設けましょ？」

「条件……？」

リリーティアが聞き返すと、セシリアはさらに口角をつり上げた。

「負けたコロニーの長は――即刻、コロニーを立ち去るの」

「な……追放ってこと？　そしたらフィルビア・コロニーが……」

ただでさえ困窮していて、統率が必要なコロニーなんだ。急遽その長が追放されたとなると混乱は免れない。

「そうね。でも、勝てばいいじゃない。その自信はあるんでしょう？　それに追放の条件は私だって同じよ。こちらが負ければ私がこのコロニーを出て行くわ」

「出て行くことになったコロニーの長はどうなるんだ？」

俺が訊ねると、セシリアは少しだけ考え込む。どうやらこの条件の後付けそのものが、今さっき思いついたことのようだ。

「そうね。相手のコロニーに奴隷とか労働力として置いておく……でいいんじゃないかしら？」

簡単に言ってくれるよな……。それだけ自信があるってことなんだろうか。

「まさか、その程度の条件で今さら決闘を取り下げるだなんて言わないわよね？　申し込んできたのはそっちなのに……」

セシリアの挑発的な笑みに少しだけイラッとしてしまった。

でもそんな俺よりも先に、リリーティアが口を開いた。

「もちろんよ。望むところだわ。勝って階級を上げて、あんたをフィルビア・コロニーでこき使ってあげるんだからっ」

刃向かうような視線にセシリアは少し顔を歪ませた。

「……ふんっ。後悔しないよう、精々がんばりなさい」

揺るぎない闘志をぶつけ合ったかのような時間が終わると、セシリアは鼻を鳴らして宮殿へと帰っていった。

◆　◆　◆　◆

「…………やっちゃったわ……」

夜。フィルビア・コロニーへの帰路の途中で野営している最中、リリーティアは頭を抱えて落ち込んでいた。

まさに『ずーん』とか『どよ〜ん』という擬音語が似合いそうな雰囲気だ。

「頃合いを見て申し込もうと思っていたのに、つい我慢できなくって勢いに押されちゃった……」

長い息を吐くリリーティア。

その様子を隣で見ながら、俺はどうしたもんかとオロオロしていた。

だって、リリーティアがこんなに落ち込んでいる原因の一端は――

「ほんと、軽率すぎますわよ！　特にラシュアン!?」

「は、はい！　すみませんでした！」

俺にあるんだから。

プリプリ怒っているシェリルは、身動きするたびに揺れる爆乳なんて気にせず、俺やリリーティアを説教する係だった。

「決闘には準備という物もありますし、集落の命運もかかっている一大行事ですのよ？　ましてや負けたらリリーティアがコロニーから追放……？　そんな大事な決めごとを『喧嘩を売られた、だから買った！』みたいな勢いで成立させてしまうだなんて……」

「いや、正確にはこっちから売ったような」

「なおさら軽率ですわ!!」

そりゃごもっとも。

まあシェリルが怒る理由はよーくわかる。俺だって、沸々とわき起こってきた怒りにまかせ過ぎたと反省している。

「……けど。やっぱり許せなかったんだ」

ポツリと零れたのは、俺の本当の想いだった。

「人間界で蔑《さげす》まれて、居場所をなくした俺が、運が良かったとは言えこうしてリリーティアやシェリル……フィルビア・コロニーのみんなに受け入れてもらって……そうして見つけた居場所をあんな風に侮辱されて、許せなかったんだ」

「……ラシュアン……」

隣のリリーティアが呟く。嬉しそうな、切なそうな……そんな声に聞こえた。

「……あなたの心境は理解できますわ。けれど、決闘は基本的にわたくし達サキュバス同士が戦うのであって、ラシュアン自身が舞台に立つわけじゃありませんわ」

一方でシェリルは、少し呆れたように言う。

「にもかかわらず、ラシュアンに乗せられる形で決闘を申し込んだリリーティアもリリーティアですが、煽ったラシュアンも大概でしてよ？」

「ああ。それは本当にすまないと思ってる……すまなかった」

深く頭を下げて、その後、持ち上げてまっすぐシェリルを見つめた。

「だからこそ、決闘までに俺にできることは何でもする。【儀式】だって一日中……は、さすがに体力持たないかもだが、何度だってしてあげられる。鍛錬に集中している間の雑用だって俺が率先してやる」

それが、責任の取り方という物だろう。

しばらく見つめていると、不意にシェリルは頬を赤くして目をそらした。

「も、もちろん最初から、そのぐらいは要求するつもりでいましたわ。わかってるなら話が早くて助かりますわね……」

そして、少しだけ表情を柔らかくした。

「それに、今回のことは、ラシュアンがどれほどフィルビア・コロニーやわたくし達を思ってくれているのかがわかった分、大目に見るのもありかもしれませんわね」

「ほ、本当か!?」

「か、勘違いしないでくださいまし!!　大目に見るだけですわよ！　許したわけではありませんからね！」

そうおちょぼ口を作ってそっぽを向くシェリル。きっとそれは許してくれているってことなんだろう……根拠はないけど。

「……そういうわけですから、今後は勝手な行動は控えるように。リリーティアもですわ。せめてわたくし達にひと言相談してくださいまし。……仲間でしょう？」

「うん。そうよね。ごめんなさい……ありがとう、シェリル」

すると、シェリルは再び顔を赤くする。

わかりやすい子だなぁ、ほんと。

「も、もう過ぎたことですからしかたありませんわ！　むしろ、これから決闘に向けて鍛錬に励まなくては……ああ忙しい忙しい！」

さして忙しいわけでもないのに、そそくさとその場をあとにするシェリル。

そんな彼女の様子を見て、俺とリリーティアはクスッと笑った。

「でも、本当にすまなかった。俺が変に熱くなりすぎなければ……」

「いいのよ、気にしないで。乗っかった私も私だし……それに、きっとキッカケも欲しかったんだと思うの」

「……長としての責務があったから、今までキッカケを掴み損ねていた……って感じか？」

「さすが、ラシュアンは大人ね。見透かされちゃった」

ペロッと舌を出して恥ずかしそうに笑う。

「シェリルの言うとおり、勝負の行方によって集落の命運が分かれる。集落に暮らす仲間達のこともある。下手な博打は絶対に打てない。だから私はいつもタイミングをうかがっていた。タイミングを見計らって、少しでも勝ち目が見えてからにしないとって……」

リリーティアの判断は正しいんだろう。特に集落だなんて大きな組織を任されている身としては、攻め時と耐え時を見極める力は必要になってくるはず。

「でも、そんなときにラシュアンが集落に来て、【儀式】を重ねてくれて、私達は強くなった。もしかしたら、今ならいけるかもしれない……勝てるかもしれない。そんな風に逸る気持ちもあったの。ただ……まだ確実とは言えない。上がった能力を使いこなせてもいない。だから、まだそのときじゃないって我慢してた……けど」

「…………それを、今日俺は変に掘り起こしちゃったってわけか……ほんと、すまん」

「ち、違うの！　そういうことが言いたいんじゃなくって！　なんか、長なのに勢いに飲まれちゃうなぁって自制心のない自分が、まだまだだなって話で……」

なるほど。リリーティアが落ち込んでいたのは、そういう理由だったのか。

「ラシュアンには、感謝してる。キッカケをくれたし、なにより――私達のことを、大事に思ってくれているんだもの」

普段のサキュバスらしい妖艶な笑みじゃない。

優しく嫋やかな少女の笑顔で、リリーティアは言った。

「……ありがとう、ラシュアン」

その笑顔に、俺はドキドキが止まらなかった。

サキュバスが相手だからわき起こってくる欲情……なんかじゃない。

ただひたすら、ひとりの少女を相手に、胸の内が熱くなるのを感じていた。

「ひとまず集落に戻ったら、みんなにわけを説明して、チームを募って、鍛練を積んで……忙しくなるわね」

「そうだな。まあでも、実力的にはリリーティアとシェリル、ウィンディーあたりになるんじゃないか？」

「そうね。ただ補欠要員も必要だから、そこはビアンカにも来てもらうかも」

ここ最近で俺と【儀式】をして、強くなった者からの選出か。

でも実際、それがベストだろう。

「忙しくなるのはラシュアンもよ？　決闘までにまた【儀式】をお願いすることになるんだから」

「もちろん。俺の体力が持つ限りは、いくらだってしてやるさ」

そう胸を張って答えると、リリーティアは再び笑った。

「うん……。頼りにしてるわね」

やっぱり、リリーティアの笑顔にドキドキしっぱなしだった。

その理由を確かめたくて、俺は少しだけリリーティアに近づく。

彼女もなにかを察したのか、同じく俺に身を寄せてくる。

互いの手を重ね、指を絡めて、どちらからともなく顔を近づけ——口づけを交わす。

いつものような扇情的なキスではなく、優しいだけのかわいらしいキス。

なのに俺の心は、今まで以上に満たされていくのがわかった。

顔を離すと、リリーティアのはにかんだ表情が月明かりに照らされていた。

今の気持ちを、俺は的確な単語に表すことができない。

でも——この笑顔をまた見たいから、守りたいから、俺はこれからもリリーティアの傍に居てあげたいって思った。

九回戦目　長としての在り方

「パルナス・コロニーと決闘!?　なんでなんで？　どうしてそんな話になってるの？」

翌日。フィルビア・コロニーへ無事に帰ってきた俺達は、ひとまず決闘の話をビアンカ、ウィンディーとも共有することにした。

いつも通り宮殿の食卓で夕飯を食いながら説明すると、俺の隣に座っていたビアンカが身を乗り出す勢いでそう言ってきた。

「どうしてって……説明、聞いてましたの？　先ほどリリーティアが説明したではありませんか」

「聞いてたよー。でもよくわかんなくって」

ぷくーと頬を膨らませて反抗するビアンカは、相変わらず子供っぽくてかわいいな……。

「掻い摘まんで説明すれば、パルナス・コロニーのセシリアが売ってきたケンカを買ってやった……ってことだ」

「なるほどなるほどー。わかった！　えへへ、パパの説明のほうがわかりやすかったかもー」

じゃれてくるネコのように、ビアンカは俺のところへ身を寄せてくる。

ちくしょー、かわいいなぁ。思わずなでなでしてしまった。

……ふと皆の視線が俺に一点集中しているのに気づき、ハッと手を離す。

「……はあ。まあいいわ。一応理解はしてくれたようだし。それで、そのチームにはここにいる皆が参加する……というのが戦力的にも妥当だと思うのだけど、どうかしら？」

「ラシュアンと【儀式《エッチ》】を経験している者が中心になったほうが、戦力としては安定してますものね。もっとも、この中ですとウィンディーだけまだですが」

「わ、私は……まだその、【儀式】は……早いかなって……。それに、まだ急いでしなくても大丈夫……かなって……」

顔を真っ赤に染めて俯くウィンディー。やっぱり、サキュバスの中にも【儀式】を恥ずかしいと思う者はいるみたいだ。

もっともサキュバスにとっての【儀式】は生きる上で必須かつ前提の行為であることを考えれば、人間の女性がセックスに抱く羞恥心とは別のものなんだろうけど……。

「……ところで、急がなくてもってどういうことだ？」

「ウィンディーは生まれつき魔力量が高かったのよ。今の年齢まで精気を搾取しなくても生存できるぐらいには。とはいえもうそろそろ限界だから、覚悟は決めてもらわないとね……」

俺の問いにリリーティアが答えてくれた。なるほどな。

「なんであれ、ウィンディーはそのままでも充分剣技で戦えるから、無理する必要はないと思うわ。もちろん、【儀式】を済ませておくに越したことはないけれど……」

「は、はい……なるべく、がんばり……ます」

チラリと俺を見るウィンディー。そんな目で見られるとどう対応していいか困るんだが……。

気を紛らわすように、俺はリリーティアへ訊ねる。

「状況がみんなで共有できたところで……俺になにか、できることはないか？」

「そうね……。まずは、決闘へ向けての鍛錬に付き合ってもらうことかしら。できる限り能力値《ステータス》の高い相手と戦ったほうが稽古になるから……」

「わかった。俺にとっても、自分の能力を使いこなせるようになる上で都合がいい。喜んで引き受ける」

「ありがとう。それと、やっぱり能力値に不安があるメンバーとの【儀式】をすませておくこと……かしら」

「だからこその【絶倫】だからな。異論はない」

しかし、そうなってくると、本当に俺はサポートぐらいしかできないんだな。

「もう一回確認するけど、その集落階級戦には人間の俺は出場できないんだよな」

「……ええ。前例がないからっていうことも関係してるんだけど、少なくとも今回は認められないと思う」

これればかりはサキュバス側の文化というか、これまでのしきたりと言った部分が強いんだろう。

しかたがないことだって諦め、サポートに徹するしかないみたいだ。

……悔しいと言えば悔しいけど。

「わかった。なら俺は、決闘に向けてみんなを精一杯サポートする。手伝えることは何でもするから、遠慮なく言ってくれ」

昔から、俺は自分に言い聞かせてきたじゃないか。

できることからコツコツと。それを、これからも徹底すればいい。

「だから——その決闘、勝ちに行こう」

グッと拳《こぶし》を掲げた俺。特に意味もないことだけど、自然と気持ちが高ぶって取った行動だった。

でも、それを不思議がったりすることもなく。

「「「おーっ！」」」

この場にいる皆が同調し、拳を掲げてくれた。

その一体感に、俺はなぜか、涙が零れそうになってしまった。

◆　◆　◆　◆

翌日からさっそく鍛錬が始まった。鍛錬場を使って一対一での模擬戦を繰り返す。

参加するのはリリーティアとシェリル、ウィンディー。そして補欠要員としてビアンカも、魔力が増強された体を慣らすために鍛錬に励んだ。

もちろん俺も、自分の鍛錬も兼ねて模擬戦に付き合った。だがやっぱりリリーティア達はそもそも戦い慣れていることもあって、強い。

俺なんかが模擬戦の相手になるのか？　ってぐらい。むしろ、俺の鍛錬に付き合ってくれているぐらいの気持ちで打ち込んだ。

そして階級戦の情報がいよいよ集落全体へ行き渡ると、みなが勝利へ向けて動きだしてくれた。

少しでも多くの時間を鍛錬に費やせるよう雑務を代わってくれる者や、見回りの任を引き受けてくれる者など……集落が一丸となって、リリーティア達出場者のサポートに回ってくれたのだ。

だけど、その次の日の朝。

「今日は私、鍛錬場のほうには顔を出せないと思うの」

朝食の席でリリーティアがシェリル達に報告する。

「ああ、そういえばそういう時期でしたわね。わかりましたわ、鍛錬場の監督はわたくしが務めますので」

「ありがとう、シェリル」

そんなやり取りが交わされるも、俺にはなんのことだか、だ。ビアンカやウィンディーがなにも言わないところを見ると、理由を知らないのは俺だけらしい。

「なにか急用があるのか？　なんなら俺が代わるけど。それなら、鍛錬に時間割けるだろ？」

「あ〜、う〜ん……それも考えたんだけどね？　でも、私がやりたいことなの」

「鍛錬よりも優先して？」

「そうね……鍛錬よりも、ちょっと優先」

コロニーの今後がかかっている決闘、その準備よりも大事なことってなんだろう？

まあ、武具の調整だったりいろいろあるんだろうけど、それって長であるリリーティアが出向くほどのことなんだろうか？

「……あ、せっかくならラシュアンも見学してみる？　フィルビア・コロニーに住んでるんだから、見ておくのもいいと思うの」

「そう言うんなら、見に行ってみたいが……結局なにするんだ？」

俺が首を傾げると、リリーティアはちょっと楽しげに言った。

「ラシュアンは——葡萄って好き？」

集落から少し離れた平原に葡萄畑はあった。

青々とした葡萄の木がまっすぐ並び、それが見渡す限り何列も続いている。その木々の間では、すでに十人程度のサキュバスがなにやら作業をしている。

「まさか葡萄の収穫が控えてたとはな」

リリーティアと並んで畑に向かう。最初、葡萄が好きかどうか聞かれたときは、どういうことなのかすぐには把握できなかったけど……そういえば、この辺りは元々葡萄の名産地だったな。

「でも、なんでリリーティアがわざわざ？」

「そりゃ今年の葡萄の具合とか、収穫量とか、長としては気になるじゃない。貴重な物資なんだもの。ちゃんとこの目で確かめなくちゃ」

「うーん、言わんとすることはもちろんわかるんだけど……」

それって、長であるリリーティアの時間を割いてまで、優先的にやることなんだろうか？　そんなモヤッとした疑問が絶えないまま、気づけば畑の入り口に来ていた。

「みんなー、お疲れさまっ。手分けしてパッパとすませちゃいましょ？」

リリーティアの呼びかけにみなが返事をする。

「じゃあ、ラシュアンは適当に見学してて大丈夫よ？」

「え？　あ、そうか……」

適当にって言われてもなぁ。なんか、ただ眺めてるだけなのって、それはそれで寂しいよなぁ。

それにこの規模の畑をこの少人数で収穫するっていうのも、大変すぎるというか。

全部を一日で済ませるわけじゃなくとも、骨が折れるだろう。

「……いや、俺にも収穫手伝わせてくれ」

あまりリリーティアに負担もかけたくないしな。

「……もしかして、あまり私に負担かけたくない、とか思ってくれてたりする？」

なんでわかるんだ！　心読めるのか？　そんな【特性《スキル》】持ってたか？

まあでも、見透かされているならかっこ付ける必要もないか。

「ああ。ただでさえ自分の時間を削るなら、せめて負担は軽減させてやりたい。それに」

「それに……？」

「葡萄の収穫って初めてで……ちょっとやってみたいんだ」

そう、素直な興味を口にすると、リリーティアは小さく笑った。

「うん、わかった。それじゃあ、一緒に収穫しましょ♪」

俺はリリーティアの傍について、収穫の仕方を教わる。といっても、落ちないように房を支えてからハサミで切り取っていくだけなんだが。

今の時期に実っているものは大体が収穫可能で、取ってもいいかを確認しながら一房一房大事に籠へ詰めていく。

深い紫色に輝く丸々とした粒はとてもおいしそうに見えた。聞けば葡萄は実がなるまでに一年も手間暇をかけて育てるらしい。

この実りがリリーティア達の努力の賜物だと思うと、粒ひとつひとつが宝石のように思えた。

それに、実ったものを自分の手で収穫するって気持ちも新鮮だった。まあ、俺が育てたわけじゃないんだけど。ただ、採取系の作業は野に咲く薬草をむしるぐらいしか経験がないから、やっぱり楽しいんだよな。

「ねえ、ラシュアン。ちょっとこっち向いて？」

「ん？　どうしたリリーティ——あむっ？」

振り向いた瞬間、僅かに弾力のあるなにかを口に押し込まれた。

鼻を抜ける香りと舌に広がる甘みと仄かな酸味で、それが葡萄だってすぐにわかった。

「どう？　採れたてもおいしいでしょ」

楽しげに笑うリリーティアだが、こんなお茶目なイタズラをされた俺は、嬉しさと気恥ずかしさで心臓がバクバクしていた。

「あ、ああ。すごくうまいよ。こんなにうまい葡萄……食べたことない」

「あら、そうなの？　それなら好きなだけ……とまではいかないけど、せっかくだしたくさん味わってね、私達の自慢の葡萄♪」

ルンルンと鼻歌すら聞こえてきそうなほど上機嫌のリリーティア。

たぶん葡萄がうまかった理由は、ものが良いからってだけじゃないんだろうな……。

楽しそうに収穫しているリリーティアを見ていると、そんなふうに思った。

でもそれも、しばらく作業を続けていると結構、体に堪えることがわかってきた。

葡萄を詰めた籠を畑の外へ運んで、また収穫して詰めて、また運んで……を繰り返すのはなかなかの重労働だ。おまけに今日は晴天。気温こそ高くないけど、直射日光を浴び続けるのはやっぱりキツい。汗が止まらなかった。

「……葡萄の収穫って結構大変なんだなぁ」

空の籠を持って、リリーティアが収穫しているそばへ向かう。

重労働なのはリリーティア達も同様だった。汗を拭いながら収穫し、籠を運んでまた収穫。玉のような汗が曲線の美しい肌を流れ、胸の谷間へ吸い込まれていく……ちょっとエロい。

そんな様子を見れば見るほど、考えれば考えるほど、俺は不思議だった。

セシリアを例に出すのもどうかと思うが、組織の代表ってのはあいつみたいにふんぞり返っているものというか、少なくとも自分の時間をこういった作業には当てていないものだと思う。

長としての職務でもっと重要なことってあるだろうし、なんなら今は階級戦に向けた鍛錬が最優先でもあるはず。

「……リリーティアは、なんでわざわざ長である自分からこういう仕事を引き受けるんだ？」

房を切り取りながら、俺は率直に彼女へ訊ねた。

畑仕事だけじゃない。リリーティアはそれ以外の雑務だって引き受けるし、自ら危険な場所へ赴くことも辞さない。

それはやっぱり人手が足らないからとか、長としての責務だって考えているんだろうか。

「なんでって言われても……」

少しだけ考え込んでから、リリーティアは思いがけないことを言った。

「楽しいし、好きだからよ」

「……え？　それだけ？」

「ええ。他に理由があるかしら」

そうやって聞き返されちゃうと、こっちとしてはなにも言えないんだが……。

「そりゃあ、長としての職務は他にもいっぱいあるから、あっちこっちに顔を出して手伝うのは大変よ？　でもそれが楽しいんだから、引き受けるのは自然なことじゃない？」

……そうか。俺が勝手にリリーティアの境遇を『苦労している』って思ってただけなのか。

ただ、彼女本人はそんなふうに考えていない。純粋にこうした作業ひとつひとつを楽しんでいる。

「先代のフィルビア・コロニーの長もそうだったわ。このコロニーを治めてみんなと生活することを、すごく楽しんでいる人だった。魔獣との戦いで傷つくこともちろんあったし、やっぱり生活は貧しかったんだけど」

照れ臭そうにリリーティアは笑う。

「だから、先代から長を引き継いだときに、私も同じようにコロニーを治めようって決めたの。上下関係なしに、みんなと協力し合って、楽しく過ごそうって……」

「リリーティアは……ここでの生活もみんなのことも、本当に好きなんだな」

素直な思いを口にした。なんか、リリーティアが羨ましかった。

自分の過ごす世界や環境、そばにいる人達を、こんなふうに純粋に好きになれるなんて……恵まれているな、と思ってしまったのだ。

「ええ、好きよ。大好き……。だからこそ私はみんなと一緒にランクを上げたいし、これからもフィルビア・コロニーの長としてみんなと一緒にいたい」

どこか力強くリリーティアは言う。

今度の階級戦で万が一負ければ、リリーティアはフィルビア・コロニーを去らないといけない。

そのことを思って、語気が強くなってしまったんだろう。

——でも、

「そしたらまた来年も、こうして葡萄の収穫ができるじゃない？」

最後は笑って振り向いた。

「……ああ。そうだな」

やっぱり、俺のやるべきことは変わらないか。

この笑顔を守るために。この笑顔が守ろうとしているものを守るために。

俺だからできることを、みんなにしてあげる。

この前はサポートしかできなくて悔しいなんて思ったものの。リリーティアがどれだけこのコロニーを大事に思い、がんばってきているのかが知れて、逆に吹っ切れた気がした。

やがて収穫の作業はお昼を回り、休憩を取ることになった。

集落のほうからサキュバスのひとりが手紙を届けに来たのは、ちょうどそのときだった。

「リリーティア様宛ての文のようです。パルナス・コロニーで飼育されている伝書鳩でした」

「……あ、サキュバス達って伝書鳩使う文化があったんだな。魔法が使えるんだから、てっきり遠距離の術者同士で意思疎通をとるような術でもあるのかと思ってた」

「そんな便利な魔法があったら、サキュバスの生活はもっと変わってるわよ」

……それは確かにそうなんだろうな。

リリーティアはさっそく手紙を開いた。

「……あ、階級戦の日時と場所についてか…………ん？」

よーく内容を読んでから——リリーティアは首を傾げた。

「開催日……二日後？」

◆◆◆◆

パルナス・コロニーからの文を確認して、俺とリリーティアは収穫を任せて鍛錬場へ向かった。シェリル達とも情報を共有するためだ。

「……いくらなんでも、こんな無茶なスケジュールを組んでくるなんて……」

やっぱり、普通のことじゃないらしい。

そもそも決闘会場となる場所がここからどれほど離れているのかはわからないが、フィルビア・コロニーとパルナス・コロニーの中間あたりを指定しているのだとしても、そろそろ出発の準備を始めなくてはならないだろう。

パルナス・コロニーから帰ってきて三日しか経っていない。セシリアへ決闘を申し込んだ日から数えれば、移動時間を合わせて五日ほど。

「こっちの準備期間を徹底的に削ってきている……って感じだな」

「ええ。決闘を申し込んだこちらに決定権はないからってね。それでも、こちらの到着が確実に間に合う最低限の猶予を得られるよう、考えて日時を指定してくれてる」

「それが余計小癪《こしゃく》といいますか……狡《こす》い連中ですこと」

シェリルのひと言に、その場の皆が揃ってため息をつく。

もしかしたらセシリアのずる賢い手段っていうのは、今に始まったことじゃないのかもな。

「今回の会場まではどのぐらいの距離なんだ？」

「ここからだと、幸い荷馬車で半日ってところかしら。ただ、決闘の始まる時間を考えると前日の夜には現地入りしていたほうがいいかもしれないわね」

となると、フィルビア・コロニー内で準備を進められる時間は実質一日程度ということか……。

「でも、文句を言ったたってしょうがないわ。この日程を提示された以上、私達は承諾するしかない。むしろ時間は惜しいぐらいよ。切り替えて最終調整と移動の準備を進めましょ」

リリーティアが仕切り直す。

確かに彼女の言うとおりだ。残された時間はわずか。無駄にはできない。

「……リリーティア達は、決闘に向けての最終調整に励んでくれ」

散り散りになろうとしていたリリーティア達を止め、俺は言った。

「それ以外の雑用は、俺が完璧にすませるから。まあ、メルルにも協力してもらうことにはなると思うが」

一瞬リリーティアは、躊躇ったような表情を作った。

「気にするな。昔から雑用ばっかしてきたせいか、こういう仕事には慣れてる」

むしろ、俺が彼女らの調整の手伝いをしても、邪魔になりかねない。リリーティア達の行っている決闘に向けての最終調整は、つい最近力を得た俺みたいなやつが相手をしたところで、経験値として溜まらない。それぐらいハイレベルなことをやっている。素人目にもそれぐらいわかる。

だったら、わざわざそこへ入るより雑務を徹底的にこなしたほうが効率は良い。適材適所。別に気にすることも、気にされることもない。

「……なにからなにまで、ありがとう、ラシュアン」

リリーティアも俺の意図に気付き、納得してくれたようだ。

微笑みで応えてくれた。

◆　◆　◆　◆

その夜のこと。

「さすがにあれこれ荷物を運ぶのは堪えたな……」

自室のベッドへ横たわり、痛む肩を揉む。

――と。

コンコン――

『ラシュアン……ちょっと入ってもいいかしら？』

リリーティアだ。もうずいぶん夜更けだけど、どうしたんだろう？

俺が彼女を部屋へ招こうと、ドアまで歩いて開ける。

ドアの前に立っていたリリーティアは、先日のやたらエロいネグリジェじゃなく、薄ピンクに清楚なフリルがかわいらしいワンピース姿だった。

「あ、ご、ごめんね……。今日はそのつもりじゃなかったから、普段通りの寝間着だったの」

「え、ああ……そういうもん……なのか」

確かに、こちらの欲情をかき立てるような直接的なエロさは控え目だ。やっぱり【儀式】するかしないかで変えているんだな。それも【美容強化《バフ》】の一種なんだろう。

でも……とはいえ……だ。

いくら清楚なワンピースだとしても、リリーティアの豊かな双丘はワンピースの胸のあたりをグッとつき出していて、隠しきれていなかった。うっすら突起のようなものさえ浮き出ていて、間接的にエロさが際立っていた。

さらに、そんなドエロい体つきをしているのにだ。

今目の前にいるリリーティアは、どこか恥ずかしそうにモジモジとしていた。その様子が無性に想像力をかき立て、押し倒したくなる欲求に駆られた。

……が、それをいったんグッと堪え、リリーティアを部屋へ招く。

「ベッドでもどこでも、適当に座ってくれ……。ああ、なにももてなすものがないな。今メルルを呼んで――」

と、部屋を出ようと振り返った瞬間――

ふにっ。

背中で、なにかが柔らかく潰れた。

そっと俺の腰のあたりに、細い腕が回ってくる。

「……リ、リリーティア？」

振り返って確かめるまでもなく、リリーティアが背後から俺に抱きついてきたのだ。

「いいの、ラシュアン……。ちょっと、このままで……」

十回戦目　認めてくれた人

部屋へリリーティアを招き入れた途端、抱きつかれた俺。

急な出来事にドギマギしていると、抱きしめてくるリリーティアの腕へさらに力がこもった。

「……どうしたんだ、リリーティア？」

訊ねても返事はない。【儀式《エッチ》】への誘い……のようにも思ったが、いつもと様子が違う。

とはいえ、このまま抱きつかれていてはこっちの理性が持たない。今でさえ、リリーティアの体温や淫靡な肉体の柔らかさに興奮が抑えきれず、イチモツは痛いぐらいに勃っている。

ひとまず、状況を整理しよう。

「大丈夫、リリーティア。だからいったん、手を離してくれ」

返事はなかったが、俺が彼女の手を優しく取って離そうとすると、抵抗せずに解いてくれた。

そのまま彼女のほうへ向き直る。

「ひとまず、ゆっくり話をしよう。な？」

不安に濡れた目で俺を見つめていたリリーティアが、控え目に頷いたのを確認し、ベッドの縁へ座らせる。俺もその隣に腰掛け、そっと手を取った。

正直、ここに座っているだけで発作を起こしそうなほど、心臓はばくんばくんと脈打っていた。

サキュバスの催淫効果だけじゃなく、普段とは違ったフェティシズムをかき立てるリリーティアの姿に興奮しているからだろう。

「……明後日《あさって》の、決闘のこと」

ポツリと、リリーティアは口を開いた。

「実は、ちょっと不安なの」

「勝てるかどうか？」

リリーティアからの反応はない。でも、それが肯定の意味なんだろう。

「ラシュアンとの【儀式】のおかげで、私達の基礎能力は充分高まっている。けど、それを使いこなすための鍛錬が充分にできたかなって思うと……」

確かに、能力の向上が確認できてからまだ二週間も経っていない。さらにその間、どれだけ鍛錬に時間を割けたかってことも考えると……リリーティアが不安に思うのもうなずけた。

「でも、リリーティア達はやれるだけのことはやってきただろ？　それを信じればいい」

「そうかもしれないけど……もしそれで負けたりしたらって思うと、みんなに合わせる顔がない」

ポテッと俺の肩に頭を乗せるリリーティア。

「今回の決闘のこと、前にシェリルに怒られたとおり、売り言葉に買い言葉だった私の軽率さが招いたこと……だからこそ結果を残さなくっちゃってプレッシャーがすごいの」

「いや、それに関しては、流すべきところを食ってかかっちゃった俺にも責任はあるし、ひとりで背負い込まなくっても……」

「でも、それをきちんと止められなかったのも、長である私の責任よ」

………マジメか！　俺が言えた口じゃないけども……。

ただ、だからこそリリーティアは長たり得ているんだろう。

誰もが信じ、頼り、任せてもいいと思ってもらえている素敵な長なんだろう。

「それに、万が一負けたら私は、フィルビア・コロニーを去らないといけない。もちろん、次の代の長がしっかり導いてくれるって信じてるけど……。私がパルナス・コロニーへ隷属することにかこつけて、きっと風当たりも強くなる。そうなれば集落全体に迷惑がかかっちゃう。私達は、それを覚悟で決闘に臨まなきゃいけない……だから、不安なの」

リリーティアは俺の手をキュッと握り返した。

……なんて声をかけてあげたら良いものやら。

リリーティアはきっと、長としての立場からくる責任感と、これまで低階級だったことによる自信喪失、その両方に苛《さいな》まれているんだろう。

そんな彼女に、「考えすぎるのは良くないから気楽に行こう」なんて間違っても言えない。そんなこと本人が一番よくわかってるはずだし、できないからこうして頼ってきているんだ。

かといって頭ごなしに「大丈夫だ、リリーティア達は強い、絶対勝てる！」なんて励ましたところで、上っ面な言葉にしか聞こえない。ちゃんと心には響かない。

……全部、実体験なんだがな！　事前に体験しておいて良かった、って喜ぶべきか……。

ともあれ、そんな俺だったら、なんて言ってほしいかを考えてみる。

「俺は、リリーティアのことを信じてるぞ。みんなの元へ勝利を持って帰ってきてくれる、すごい長なんだって」

「……ラシュアン……」

「この前も言っただろ？　リリーティアがどれだけがんばってきているかを、俺は俺なりに見てきた。リリーティアがしてきた努力は、まだ効果が発揮されていないだけで、ちゃんとリリーティアの中に蓄積してる。見てきたんだから間違いない」

俺はリリーティアをクッと抱き寄せる。サキュバスの催淫効果がより強くなって、興奮を超えて快楽を感じるにまでなっているが、堪えて続ける。

「そんなリリーティアなら、きっと決闘で勝てるって俺は信じてる。リリーティアだけじゃない。シェリルやウィンディー、ビアンカのことも……。でもリリーティアは、リリーティアを信じる俺の言うこと……信じられないか？」

ちょっとズルい訊き方だったかもしれない。ある種、ノーとは言わせない訊き方だ。

「そんなこと……ないわ」

だからこそ、イエスと言わせる。

自分で自分を肯定することで、自然と自分に自信をわき起こさせる。

「ラシュアンが言ってくれるなら……私は信じられるわ」

「なら、自分自身のことも信じられるだろ？」

「…………ふふっ。そうね。確かに」

小さく笑って、リリーティアは俺と目を合わせた。

少しだけ気恥ずかしそうに、上目遣いで笑いかけるリリーティア。その意図がわからず笑顔を返すことしかできなかった俺に——

「——ちゅっ」

突然、唇を重ねてきた。

「……びっくりした」

「びっくりさせたかったもの」

イタズラっぽく笑ったリリーティア。いつの間にか、俺が握ってあげていた手は、いわゆる恋人繋ぎに変わっていた。

俺とリリーティアは、再び見つめ合う。

そこにはもう、言葉とか合図とか、そういうものはいっさい必要なかった。

引き合うかのように再びキスをして、味わうように唇をなぶりあい、ねっとりと舌を絡ませる。

どちらからともなく、というかふたり同時に、キスをしたままベッドへと倒れ込み——あとはただ、ひたすら愛し合うだけだった。

精気がどうとか魔力がどうとか、【儀式】がなんだとか【絶倫】がなんだとか……。

関係ない。

ふたりきりのベッドの上にあったのは、精根尽きるまで愛し合ったという事実だけだった。


翌朝、目を覚ますと体が軽かった。

「……ん、眩しい……」

カーテンの隙間から差し込む朝日を避けるように腕を動かす。

そのときになって、隣で腕枕をしてあげていたはずのリリーティアがいないことに気付いた。

「あ、起こしちゃった？」

ふと名前を呼ばれて振り向く。

一糸まとわぬリリーティアが、こちらに背を向けてワンピースを着ようとしているところだった。

「おはよう、ラシュアン」

振り返りざまに、リリーティアは笑顔で言った。

「おはよう、リリーティア」

「ふふ、まだ寝ぼけてるって感じね」

「そりゃ……起き抜けですらないからな……」

俺の答えに再度小さく笑ったリリーティアは、そっと俺に顔を近づけて目覚めのキスをしてきた。

「ん……。なんかスッキリしたって顔してるな」

「ラシュアンこそ」

まあ、昨晩はたくさんスッキリしましたし？

「……もう大丈夫そうか？」

「うんっ。いっぱい魔力と元気と勇気、分けてもらえたから」

両手をグッと構えたリリーティアの笑顔は、とても晴れ晴れとしていた。

◆　◆　◆　◆

そしてその日、夕方にさしかかろうという頃に。

集落の出入り口には一台の幌馬車が止まっていて、リリーティアとシェリル、ウィンディーとビアンカが集合していた。

ほかにも俺やメルルを含め、見送りの時間を取れる集落の仲間も集まっている。

みな、彼女らのことを心配していたり、あるいは励ましたいという気持ちが強いのだろう。それがよく伝わってくる光景だった。

「それじゃあ、行ってきますわね」

シェリルが代表して、見送りにきているみんなへ声をかけた。口々に「がんばって！」「負けないでね！」「おいしい物作って待ってるから！」と鼓舞する声が返ってくる。

四人が戻ってくるまでの集落のことは、他のサキュバス達やメルルに一任していた。長がいなくてもそれが成立するっていうのは、信頼の表れなんだろう。

……と、そのメルルが俺の隣に並んだ。

「本当に、見送るだけでよろしいのですか？」

「……え？」

メルルの視線が、俺の手に落ちる。

「そんなに堅く拳を握って、なにを我慢されているのやら……」

言われて初めて、俺はギュッと拳を作っていたことに気付いた。

「リリーティア様達のことが気になっているのでしょう？」

「……メルルは意外と察しがいいよな」

「褒められました。メイド冥利に尽きます。今すぐここで喜びのご奉仕をして差し上げたくなりました」

「それはときと場所を考えてもらいたいが……でも、メルルの言うとおりだ」

見送るだけしかできない。もちろん、これまでにできるサポートはたくさんしてきた。

でもそれで充分なんだろうか。今朝、リリーティアが見せた笑顔は、明日の決闘まで変わらず抱き続けることができるのだろうか。

もっと俺に、してあげられることはないだろうか……。

「悪い、メルル」

「構いませんラシュアン様。もとよりラシュアン様はお客様です――あなたのお気に召すままに」

「ありがとう！」

俺は一歩踏み出し、幌馬車に乗り込もうとしていたリリーティア達のほうへ向かった。

「……え？　ラシュアン？」

リリーティアは目を丸くした。

「俺も行くよ。みんなのことをそばで見守って、応援してやりたいんだ」

俺には、そんなことをしてくれる友も仲間もいなかった。

だからこそ、心強い存在であることを知っている。

リリーティアはひとりで決闘の場へ向かうわけではないけれど、でも、支える仲間は多いに越したことはない。

「それが、俺が皆にしてあげられることだと思うから」

しばらく呆気にとられていたリリーティアだったが……。

「ほんと、あなたって変わってる人ね」

そう笑顔を浮かべたリリーティアは、とても嬉しそうだった。

十二回戦目　運命の決闘

フィルビア・コロニーを出立した日から一夜明け。

俺達はパルナス・コロニーとの集落階級戦の準備をするため、決闘場の中で待機していた。

「しっかし、何十年もほったらかしにされてた建物とは思えないぐらい、しっかり形が残ってるんだな……」

控えの間として使われている空間も含め、建物はレンガやコンクリートで造られていた。今の人間界ではよほどのことがない限り使われないセメントを、ふんだんに使って建てられている。

なんで人間界では使われないかというと、セメントの原材料がなかなか入手できないからだ。それこそ、生産量の多い地域で生活しているサキュバス頼みで量が取れない。

だから、こんなにも贅沢にモルタルやコンクリートで固められている建物は珍しかった。

「ずいぶん昔に、人間達が娯楽のために建てた決闘場……って訊いてるわ。このあたりの集落同士の決闘はここで行われるから、月ごとに当番制で整備もしてるのよ」

ウォーミングアップをしながらリリーティアが教えてくれた。体が動くたびに、巨大な乳房がぶるんと揺れたりふにゅっと潰れたりして、慣れてきたとはいえ目のやり場には困ってしまう。

しかし、なるほど。かつての人類が使っていた決闘場……か。それなら造りが頑丈で、人類が生活圏を追いやられても、こうして現存している理由も納得だ。

さっきチラリと決闘場の舞台も見てきたが、こちらもかなり状態がよく、整備が行き届いているのがよくわかった。

一方で気になることもあるのだが……これはもう、決闘を『申し込んだ側』として受け入れるべき不利でしかないのだろう。

……と、廊下のほうからこちらへ向かってくる足音が聞こえた。

「そろそろ時間だぞ。一回戦目の出場者は舞台に向かえ」

現在、決闘場の整備を担当している集落のサキュバスだろうか、係員らしき者が高圧的に言う。

それに反応して立ち上がったのは——シェリルだった。

「では、まずはわたくしから……ですわね」

壁に立てかけていた武器を取り、深呼吸ひとつ。

「決闘だなんて久しぶりで、少々緊張しているみたいですわね……ラシュアン？　ちょっとよろしくて？」

「お、俺？」

なんだろうと思って彼女のそばへ向かう——と、

「——ん、む！」

突然唇を重ねてきたシェリル。そのままねっとりとなぶるように舌を絡ませる。

ディープなキスで、軽くだが精気を抜き取られてしまった。

「……ちょっとした気休め程度かもしれませんが、しないよりは何倍も力が出ますから」

少し照れ臭そうにシェリルは言った。なるほど、緊張を解《ほぐ》すついでに魔力の補塡……いや、逆か？　なんであれ、かわいいやつじゃないか。

「大丈夫だって。行ってこい。舞台のわきで応援してるから――なっ！」

気合いを入れるつもりでシェリルの尻をパンと叩いた……のがマズかっただろうか。

「ひゃあっ――んんんっ!!」

まるで感じたかのような濡れた声を発し、少しだけ足を震わせた。

「も、もう！　するならするとひと言言ってくださいまし！　びっくりしたじゃない……」

文句を言いつつ、係員と共に控えの間をあとにするシェリル。

……大丈夫、かな？

少し心配ではあるが、ひとまず俺達も試合を見届けるため、控えの間をあとにした。

◆　◆　◆　◆

廊下を抜けて舞台のわきに出ると、眩しい日差しが襲いかかってきた。

天井はなく完全に解放された空間で、舞台を囲うように客席が設けられている。もっともこちらは、室内と違って雨ざらしになっていたためか所々崩れており、本来の半分程度しか客席は確保できていないようだ。

しかし――それでも。

「……やっぱ、それなりに見に来てるサキュバスもいるんだな」

黄色い声援が三百六十度あちこちから飛んでくる。その誰もがパルナス・コロニーの住民だ。ちらほら空席は目立つし、圧巻と言うほどではないが……。

「パルナス・コロニーはそれなりに住民も多くて、こうして呼んでこれる人員に余裕があるのよ」

確かに、フィルビア・コロニーからも同数の観客を揃えようと思ったら、キツいだろうな。

「とはいえ完全にアウェー……、精神的には結構キツいな」

「仕方ないわ。申し込んだ側の宿命だもの」

リリーティアが諦め半分に呟く。これこそがさっきの『申し込んだ側』の不利ってやつだ。

不安を感じながら、すでに舞台の上に立っているシェリルを見やる。

シェリルは長槍を武器に戦うスタイルだ。けれどその真価は槍術ではなく魔法。槍は、魔法を放つ上で必要になる間合いを確保するための牽制に使う……のだと本人は言っていた。

もっとも槍はお飾りなのかと言えばそんなことはなく、彼女の槍捌《さば》きは見事なもの。

充分に強力な槍術と、持ち前の魔法。そのふたつを掛け合わせたシェリルは、充分な強者。

「……がんばれ、シェリル……っ」

やがて舞台に立つ係員がスッと手を上げた。

両者、構える。

にらみ合いがしばらく続いた中、係員がシュッと手を振り下ろした——瞬間。

集落階級戦の第一回戦が、幕を開けた——。


戦いは激戦を極めた。

当初シェリルは、手の内を明かさないよう得意の魔法は抑え、槍主体で戦っていた。一方で相手は片手剣。リーチ的に利はシェリルにあり、主導権は彼女が握っていたようなものだった。

だが相手は基礎的な動きが圧倒的に素早く、かつ直線的にならざるを得ない槍の攻撃を巧みにかわしていた。防戦一方に見えてその実、シェリルの体力を消耗させる作戦に打ってでていたのだ。

それに気付いたらしいシェリルは、いよいよ魔法を駆使して対抗する。虚を突かれた相手サキュバスは苛烈な魔法攻撃を避けきれず、対抗しきれず、どんどんダメージを負っていく。

それに調子づいたシェリルはがんがん魔法を叩きつけ、勝負を決めようとしていた。

——だが、足が完全に止まっていることに、本人は気付いていなかったらしい。

そしてそれを、相手は見逃さなかった。

ほぼ捨て身の覚悟だったのか、搦め手を使うより突破口を開けると思ったのか。相手はシェリルの攻撃のまっただ中を強引に突き進み、一気に間合いを詰めたのだ。

慌てて避けたり槍を構えようとするシェリルだったが、懐に入られた途端、長槍は圧倒的不利になってしまう。

結果、相手選手のゴリ押し戦法により、シェリルはダウンを取られ切っ先を喉元へ突きつけられてしまい……、

「ま、参りました……わ」

苦渋を滲ませながら敗北を認めた。

◆　◆　◆　◆

「う、うう……わ、わたくしとしたことが……」

控えの間に戻った途端、シェリルは備え付けのテーブルに突っ伏しておいおいと泣き出した。

彼女も彼女なりに、集落階級戦への勝利にこだわっていたのだ。決闘が決まるまでの流れに不服こそあれど、やるからには勝って集落のみなへ還元したいと。

だがその一番手がまさかの敗北。悔しい気持ちは、俺にだって痛いほど理解できた。

「大丈夫よ、シェリル。あと二勝すればいいだけなんだから」

リリーティアがシェリルの背にソッと手を添える。

そうだ、まだ一敗しただけ。ひとまず次さえ勝てれば、チャンスは広がる。

「そ、そうかもしれませんけどぉ……」

振り返ったシェリル。顔がぐしゃぐしゃだ。どれだけ泣き崩れてるんだか……。

でもそんな彼女のことが、なんだか微笑ましく感じた。

「だいじょぶだいじょーぶ！　シェリルはめちゃがんばったよー。うちはシェリルみたいに上手に魔法使えないから、すごいなーって思って見てたよ？」

ビアンカが無邪気に笑って励まそうとする。

「……ビアンカ……あなた……」

「あ、でも試合前にこっそり相手を【鑑定】したとき、あ、これ負——ふぐっ！」

「よーしビアンカ、いい子だぞぉ。余計なことは言わなくていいんだぞぉ……」

ビアンカの口を押さえてその場から引き離す。確かに数値上は相手のほうが若干高かったが、それを今ここで言うべきじゃないし、聞かせるべきでもない。

即座に言葉を遮ったおかげで、シェリルには聞こえていないみたいだ。ホッとする。

「……でもこうなると、問題は次の対戦相手が誰で、私達は誰が出場するか……よね」

その時々でルールは若干変更が加わるそうだが、今回は出場者三人が誰なのか通達されている。だが誰がどの順で出るのかは決められていない。舞台に上がるまで、誰と当たるのかわからないようになっていた。

相手のカードを予測し優位な者を当てる、という戦略もこの決闘に含まれているのだ。

「……確実に勝利を掴みにいくなら、ウィンディーを当てたほうがいい。けど……もしセシリアが次の試合の勝利を私達に譲ってでも、三回戦目で確実に勝とうって考えているなら……」

うーんと唸るリリーティア。ちなみに相手のカードにはセシリアも含まれている。

「相手チームで一番強いのは、誰なんだ？」

「間違いなくセシリアよ。A階級で、階級的には今の私と同じ。でも彼女は、Sにこそなれていないけど A階級を二年間一度も下げていないの」

完全に自分の能力を把握し手懐けてもいる……ってわけか。それは確かに強敵かもしれない。

「それじゃあ、セシリアが二回戦目に出るか出ないか……ってところか」

ここまでくると、あとはセシリアの性格的な問題になってきそうだが……。

「セシリアに勝てるとしたら……ウィンディーか？」

「そうね。彼女の剣技なら充分勝てると思うわ。だからこそ、セシリアにはウィンディーを当てたいところなんだけど……」

「もうわっけわかんなくなってきちゃったねー。ジャンケンじゃダメなの？」

ビアンカがヒョコッと現れ、能天気に言った。

思わずその場の皆が呆れたように笑い、おかげで少し、空気が解れたような気がする。

「……確かに、わけがわからなくなるぐらい考え込んでも、仕方ないわね。セシリアの性格上、たぶん勝利を盤石にしてくると思うの。だとすれば、セシリア自身が出場するのは三回戦目。ウィンディーはそこに当て込むわ」

「つ、つまり二回戦目は……リリーティアさんが出る……ってことですか？」

ウィンディーが怖ず怖ずと訊ねると、リリーティアは頷いた。

「もう、一種の賭けみたいなものだけど。勝ち目のない賭けはしてないつもりよ。心配しないで」

そう笑いかけた直後だった。タイミングを見計らっていたかのように、次の対戦者が呼ばれた。

リリーティアが剣を取り、係員の元へ向かう前に俺の元へやってきた。

「……がんばれ、リリーティア」

「うん……ありがと」

そっと俺の胸に手を添えたリリーティア。緊張からか、恐怖からか……震えていた。

俺は包み込むように手を握ると、そっとキスをした。

「──んっ」

周囲の誰もが驚くこともなく、もはや当たり前の光景のように眺める中、俺はリリーティアの緊張を解すように優しく唇を重ね続けた。

やがて顔を離すと、たちまちリリーティアは、凛々しい顔立ちになった。

「……行ってくるわね」

そう言い残し、控えの間をあとにしたリリーティア。

俺達もしばらくしてから、舞台わきへと向かった。


——しかし。


「……最悪の展開じゃないか？」

舞台に立つ対戦者を見て、俺はついそう漏らしてしまった。

リリーティアの正面に立っている対戦者は——

「素敵な舞台でお手合わせ願えるなんて……最高じゃない？　リリーティア」

「……セシリア……」

相手チーム最強と言われる、パルナス・コロニーの長・セシリア本人だったからだ。

リリーティアが打ってでた賭けは、見事に外れてしまった。

「……とっとと勝負を決めるつもりだった……ってことかよ」

観客席からも、セシリアの登場を待ちわびていたかのような歓声が響いてくる。

歓声へ応えるように手を振ったあと、セシリアはリリーティアへ向き直る。

「私が出てくるのは三回戦目で、二回戦目は本命をぶつけてこない……と、踏んだみたいだけど。残念だったわねぇ」

ニタッと笑う。こちらの思考が読まれていたんだ。

「確かに普段の私ならそうしていたわね。そして、あんたはそれを見越して、フィルビア・コロニー最強のウィンディーを三回戦に残す……そう容易に予測できたから、私達はその裏を掻いた」

セシリアの使う武器も、リリーティアと同じ片手剣。ここまで来ると、武器すらあえてこちらに合わせてきたんじゃないかと邪推してしまう。

「一回戦目があの品のない駄肉娘だった時点で、残る手札はふたつにひとつ。ちんちくりんをひとり補欠に連れてきたみたいだけど、正直、戦力としては乏しいものね。なら裏を掻き、二回戦目にあんたが出てくることはほぼ確定。そしてビンゴ……どう？　B階級ともなればこれぐらいの戦略も簡単に立てられちゃうのよ」

これ見よがしに自慢するセシリア。

一方のリリーティアは、表情こそ平静を装っているが剣を握る指は堅く、震えていた。

「品のない駄肉娘って……わたくしのこと⁉」

「ちんちくりんって……うちのこと⁉」

挑発、というか小馬鹿にされたふたりは揃ってふぎゃーっと怒っていた。

まあそりゃそうだろう。あんな言い方されて平気でいられるやつなんて普通じゃない。

言うほうもまともじゃない。

……つくづく、嫌いなタイプだ。

と、そのときだった。

「とかなんとか言って、あなたがウィンディーと戦うのを怖がってるだけじゃなくて？」

「――っ⁉」

リリーティアが皮肉を返したことで、一瞬、あたりが凍り付いた。

「そこまで予測した上で、ウィンディーと戦うのを避けるため二回戦目に出場して、私と戦いたかったから的な言い訳を用意しただけ……でしょ？」

リリーティアがニヤッと挑発的に笑うと、セシリアは顔をひくつかせた。客席からのブーイングも酷い。

でも俺達フィルビア・コロニー側は、誰もがきっと内心で「もっと言ったれ！」と思ってるに違いなかった。というか俺はその何倍も思ってる。

「へ、へえ……なかなか挑発的なことを言ってくれるじゃない。い、いいわよ？ そこまで言うなら、ここであんたを完膚《かんぷ》なきまでに叩きのめして、ついでにエキシビションでウィンディーとも戦ってあげるから」

セシリアは明らかに怒りを滲ませていた。腰を落とし剣を構える。

「エキシビション？ 笑わせないで。次は正当な三回戦よ。ここで私があなたに勝って、次の試合にコマを進めるの」

対するリリーティアも構えた。その様子を確認し、舞台上の係員がスッと手を上げる。

「第一、あなたに次はない。ここで私が完膚なきまでに叩きのめすんだもの」

リリーティアが挑発するようにほくそ笑んだ——直後。

係員が腕を振り下ろし、合図を出す。

運命の第二回戦が幕を開けた——。

◆　◆　◆　◆

リリーティアの挑発は、明らかにセシリアの冷静さを失わせていた。

「はあああぁぁっ！」

開幕早々、容赦の無い剣閃がリリーティアを襲う。

だがそのどれもが力任せで隙が大きかったり直線的で単調だったりで、避けたり受け流したりは容易らしく、リリーティアは落ち着いて対処していた。

「す、すごいですわ、リリーティア……。あそこまで捌けるなんて」

感心したように試合を眺めるシェリル。

「セシリアが逆上しやすいことを逆手に取ったんだろうな。ああいう手合いは、意外と煽りを真に受けやすいんだ。特に格下と思ってる相手からのは、な」

それこそ、会場全体が凍り付くレベルの煽りだったんだ。侮辱されたと感じているだろうセシリアは、冷静でいられるはずがない。

事実、それが太刀筋に現れている。これに関してはリリーティアの作戦勝ちだろう。

「でもでも、さっきから守ったり避けたりばっかりじゃない？」

ビアンカの言うことはもっともだ。なまじ力任せな分、食らったときのダメージは相当だ。隙が大きいとは言え、ここぞというタイミングを狙わないと反撃を食らい、その時点で勝敗が決まってもおかしくはない。だからこそ、隙をつくため今は防戦一方にならざるを得ないんだろう。

……堪えろ、リリーティア。焦らなくっていいぞ。確実に隙をつけ。

俺は念じるようにリリーティアの動きを注視する。

その念が届いたのかどうか、定かではないが。

「さっきから……ちょこまかと！」

怒りにまかせて振るっていたセシリアの剣をリリーティアがかわした直後。剣は勢い余って石造りの床に直撃してしまった。

「——くぅ！」

その衝撃がセシリアの手全体を襲い、一瞬だけ麻痺を引き起こしたようだ。

セシリアの動きが完全に止まった、瞬間——

行け、リリーティア！

「せぃやあああっ！」

俺の気持ちとリリーティアの行動がシンクロした。

一気に間合いを詰め、渾身の一撃を振るう！


「——【ダイヤモンド・ダスト】」


不意に静かな詠唱が聞こえた。

何ごとかと不思議に思った次の瞬間には、決闘場の舞台上で新たな動きが生じていた。

「え……」

リリーティアの振るった剣は、確かにセシリアを捉えていた。もちろん、傷を負わせないよう防具で守られている箇所を狙ってはいたが、確実に通っていたはずだ。

なのに——そこには傷を負ったセシリアどころか、セシリア本人がいなくなっていた。

「【アイス・バーン】っ！」

続いて聞こえた詠唱は、さっきよりもはっきりとした声量だった。

たちまちリリーティア周辺の床が氷で覆われ、リリーティアの足をも氷漬けにしていた。

完全に拘束された格好だ。

そして、あの詠唱時の声……。

「ふぅ……。なかなかに迫真の演技だったわね、我ながら」

術者であるセシリアは、少し離れた場所でとらわれのリリーティアを眺めていた。

「煽って私の平常心を奪うつもりだった……のかどうかはわからないからさておいて。こうも簡単に誘いに乗っかってくれるなんて、あんた、とってもチョロいのね」

「く……んんっ！」

リリーティアはなんとか抜け出そうともがく。

だが膝下までを完全に氷で覆われてしまっていて、身動きが取れないらしい。

……それに、氷漬けの状態にもよるけど……下手したら、足そのものが砕けるんじゃないか？

「逆上したフリをしてあえて大ぶりの攻撃を繰り返していれば、いずれ誘いに乗ってくれると思ってたの。あとは隙をついてきたタイミングで、小さな氷の粒を煌《きら》めかせて距離感を麻痺させる【ダイヤモンド・ダスト】を放って距離を取り、【アイス・バーン】で拘束……って、解説しなくったってわかるわよね？　だってまさに痛感してるんですものね！」

身動きの取れないリリーティア相手に、セシリアは完全に舐めプ状態だ。

ジリジリとにじり寄り、剣を構える。

「それでも、あんたの身のこなしは評価してあげる。わりと早めに隙を見せるつもりだったけど……こっちも下手な動きをしていたら反撃を食らいかねなかったもの。それぐらい、あんたに隙を見せるのを躊躇っていた。それは事実」

ふたりの距離は、もう剣一本分もないほどに接近していた。

「確かにA階級なのは間違いないでしょうし、この短期間でよく体に馴染ませたわね。……でも」

悲しげに、リリーティアへ同情するように、セシリアが言葉を紡ぎ――剣を振り上げる。

「……所詮はF階級の落ちこぼれ集落の長だった、ってことね！　あははははっ！」

これまでの嫌みと煽りを何倍にも膨らませ、ぶつけているかのような高笑い、そして嘲笑。

その最中――無情にも剣は、

「リリーティアァっ!!」

振り下ろされてしまった。


……だが。


その剣がリリーティアを切り裂くか、というすんでの所で。

がぎっ！

鈍い金属音が響く。リリーティアは、どうにかセシリアの剣を防いでいた。

「往生際が悪いわね。ここまできたら、もうどう足掻いたって勝ち目なんかないのに」

「そんなの……くっ――わ、わからないじゃない。動けないのは足だけ、なんだから」

リリーティアは腕の力だけでセシリアの剣を押し返していた。おそらく腕力の能力値《ステータス》はリリーティアのほうが上なんだろう。その僅差が、土壇場のここに来ていい方向に向いていた。

だが当然、セシリアだって退こうとはしない。

「だったら、完全に氷漬けにするまでよ……っ！」

リリーティアの膝下までだった氷は、徐々に彼女の体を上っていく。膝を、そして太ももを少しずつ氷漬けにしていく。

「ふふっ、徐々に氷漬けにされる恐怖はどう？　心まで凍えそうでしょ？」

「確かにこれは……かじかんで来ちゃうわね」

氷はもうリリーティアの下腹部にまで上ってきていた。体温も奪われているらしく力が入らないようだ。セシリアとの鍔《つば》迫《ぜ》り合いは押し戻されつつあった。

「……けどあなた、私が火属性使いだって忘れてない？」

ふと、リリーティアの足元から蒸気が昇っているのに気がつく。

耳を澄ませば、水が蒸発しているかのようなシューという音まで。

「な、なにしてんだ、リリーティアのやつ……」

舞台のわきから観ているだけではよくわからない。

だがリリーティアの目の前にいるセシリアには理解できたようだ。

「氷が溶け出している……そんな。以前のあんたは、魔力不足でそんな芸当……」

「そりゃあ、たくさん【儀式《エッチ》】はしてきたもの。それぐらいは、ね」

「だとしても、あなた自滅する気？」

驚愕した様子でリリーティアを見やるセシリアだが、帰ってきたのは不敵な笑みだけ。

「そういうこと……リリーティア、大胆なことをしますわね」

「わかったのか、シェリル。なにが起こってる？」

「リリーティアは特に火属性……火そのものや熱を操る魔法に長《た》けていますの。魔力を練って火という現象を具象化するのはもちろん、体内の魔力を操って自身の体温を上げることも可能。リリーティアはまさに、体温を上げて氷を溶かそうとしているんですの」

……いやいや、無謀すぎる。

サキュバスが人間と同じとは限らないから一緒には語れないだろうけど、一節によれば、人間の体温の限界は四十二度前後らしい。それ以上の高温状態が続くと、体のタンパク質が変質して取り返しのつかないことになり、最悪死ぬ。

氷を瞬時に溶かそうと思ったらそれぐらいの高温状態に体温を上げるか、体の周囲だけでも高温に保って溶かしていくほかない。体への負担は無視できない。

だからこそ、セシリアは『自滅』という言葉を使ったんだ。このまま高温状態で氷を溶かそうとすれば、体が持たない。よしんば拘束を逃れたとしても、まともに戦える状態じゃなくなる。

「……心配しなくったって、やる以上は自滅しない方法だって考えてるわよ」

リリーティアは強気の姿勢を崩さない。単なるやせ我慢か、本当に策があるのか……。

「……ふん。ここで自滅されても目覚めが悪いだけよ。とっとと氷漬けにして終わらせてあげる」

止まっていた氷の動きが再開される。リリーティアの体温の上昇量を上回るスピードになるよう、魔力を調整したんだろう。

——だが。

「ありがとう、セシリア。だいぶ涼しくなったわ」

瞬間、氷の溶ける音と蒸気がさらに増した。リリーティアとセシリアの間を水蒸気が遮断する。

「しまった……そういうこと！」

セシリアは一気に間合いを取ろうと飛び退《の》く。

だが不運にも、着地した場所が悪かった。

あたりに広がる蒸気の影響で、セシリアが足をついた場所は——僅かに濡れていた。

その僅かが仇となった。

「あ——くっ！」

ツルッと滑り、体勢を崩しかける。どうにか踏ん張るものの、万全の体勢とは言い難《がた》い。

その隙を——リリーティアは逃さなかった。

「せえええいっ！」

水蒸気の中から飛び出したリリーティアは、氷の上を滑りつつ間合いを詰め、剣を横に払う。

「くううっ！」

セシリアが咄嗟に防ごうと剣を持ち上げた。

ここで剣を弾くことができたら良かったのかもしれない。だが氷の上で踏ん張りが利かないことがリリーティアの勢いを削ぎ、セシリアに受け止められてしまった。

「なかなか利口な奇襲だったけど、残念だったわね。どうせこれ以上はないんでしょ、打つ手なんて！」

にやりと笑い、いざ反撃……とセシリアが動こうとしたとき。

「……あるのよねぇ、これが」

とんっ。

リリーティアの手が、セシリアの胸を覆う防具へ添えられた。

「――【ファイアー・ブレス】」

ゴオオウッ！

突然巨大な炎と爆発が起こり、リリーティアとセシリアを包み込む。

至近距離から打たれた、吐息《ブレス》のレベルを超える強力な【ファイアー・ブレス】は、セシリアの防具に返され炎を四方八方へまき散らしたのだ。

だが威力と衝撃までは防ぎきれなかったらしい。

巨大な炎がすべて消え去ったとき、さっきまでリリーティアとセシリアのいた場所には、クレーターのように氷の溶けた跡が残っているだけ。

「リ、リリーティアは？　どこまで飛ばされたんだ⁉」

慌てて舞台の上を見渡し……見つけた。

リリーティアは舞台の端っこで倒れていた。舞台からずり落ちるか否かのギリギリで、どうにか堪えていた。

一方のセシリアは、リリーティアとは反対側の――舞台の外。

「………勝った、んだよな」

目の前の光景が信じられず、俺はポツリと口にして、

「ええ……誰が見ても間違いなく——リリーティアの勝ちですわ！」

俺の隣でシェリルが涙ながらに叫び、ビアンカが喜びで騒ぎ立てながらウィンディーと踊る。

その様子に、ジワリジワリと俺の中でも喜びが沸き起こってきて。

「二回戦目、勝者——リリーティア！」

審査員の宣言を受けてようやく、大きく喜びの声を上げた。

◆◆◆◆

試合後、気絶しているリリーティアをすぐ控えの間へ連れて帰った。

係りの者に見てもらいつつ治癒を施してもらう。命に別状はないそうだ。

「きっと、セシリアの氷がリリーティアの体温の急上昇を和らげたんですわね」

係りの者がいなくなったあと、リリーティアを心配そうに見つめながらシェリルが言った。

「体温上昇による症状が足や膝に集中していたとはいえ、ピンポイントでの体温上昇は今のリリーティアでは不可能。どうしても上半身への負担は免れませんわ。けれどそのタイミングで、セシリアはリリーティアの全身を氷漬けにしようとした。そこで、僅かでも体温が下がったのを見計らって瞬間的に体温を上げた……ってところだと思いますわ」

「……なんであれ、無茶が過ぎる」

「それだけ勝ちたかったたってことですわ。さすが、フィルビア・コロニーの長であるリリーティアでしてよ。なのに、わたくしときたら……」

未だに自分が負けたことを悔いているようだ。無理もないとは思う。

でも、せっかくリリーティアが勝ちを取ってくれたのだから、目を覚ましたときに笑って迎えてあげたほうがいい。

俺はそっとシェリルの肩に手を置いた。その意図に気付いたのか、彼女も優しく笑って応えた。

「……う、んんっ」

ふと、リリーティアが声を唸らせた。

うっすらと目が開かれる。

「大丈夫か、リリーティア」

「…………試合、の……結果は？」

開口一番にそれか。それほど、決死の覚悟で勝ちに行ったんだな。

「大丈夫。リリーティアの勝ちだ。ギリギリだったけどな」

「……そう…………よかったわ」

力なく笑顔を浮かべるリリーティア。

体調が回復したら、もっと労ってあげないと。

とはいえ、もう一戦残っている。相手も必死だろう。或いはセシリアがまさかの敗戦ということもあり、焦っているかもしれない。

「次が決め所……だな。むしろ相手のペースを崩せたようなもんだ。このまま押し切りたいな」

「そこは大丈夫でしてよ。なにせウィンディーですもの。ね」

「は、はいっ！　ががが、がんばり……ます」

怖ず怖ずと答えるウィンディー。だが、彼女が剣を握ったときにとてつもない力を発揮することは知っている。勝機は充分にあるはずだ。

……と、そのときだった。

廊下の奥がやけに騒がしく、こちらへ近づいてくる足音が聞こえてきた。

「……どうしたのかな～？　なにか始まるの？」

ビアンカが心なしか楽しそうに廊下を覗こうとして――

「ふぎゃっ！」

「あうっ！」

慌てて控えの間へ入ろうとしたサキュバスとビアンカが見事にごっつんこ。

悲鳴を上げてふたりして倒れる。

おいおい、なにしてんだよ……。

「……って、メルル!?　なんでお前がここに」

倒れていたサキュバスを起こそうとして、それがメルルだったことに驚く。

「大変です、ラシュアン様。それに皆さまも……」

俺の手を借りて体を起こしたメルルは、珍しく肩で息をしながら続けた。

「フィルビア・コロニーに……超大型魔獣が接近しています」

十二回戦目　ラシュアン、三十五歳の大一番

なぜか闘技場にきていたメルルは、慌てていたのか肩で息をしながらも、普段通りの表情とトーンで言った。

「今日の明け方に、フィルビア・コロニーへ近づく超大型魔獣が確認されました。進行速度は非常にゆったりとしていましたが、半日と経たずに最接近するものと思われます」

「やっぱ！　大変じゃん、それ……」

さすがのビアンカもことの重大さはわかるようで、メルル以上に青ざめていた。

「それで、集落の様子はどうなってますの？　救援の要請は？」

「救援は手配済みですが、到着する人員、時間共に未定なため過度な期待はできないと思います。集落内は比較的落ち着いて避難及び戦闘準備を整えていますが……」

「む、無茶ですよぉ……。フィルビア・コロニーのみんなだけで、超大型魔獣と戦うなんて……」

ウィンディーが不安で身を縮込ませる。

「……いえ、無茶ではありませんわ」

「え？」

シェリルの言葉に、俺はそう聞き返していた。

「少なくとも、今ここにいるメンバーが全員参加して、指揮を執り連携して戦えば、多少の被害は仕方ないにせよ充分勝機はありますわ」

「いや……今ここにいるメンバーって言ったたって……」

リリーティアは先の試合で負傷しているのだ。数には入れられない。ウィンディーだって次の試合を控えている。討伐のために戻るとなれば、試合を棄権するしかなくなる。

「……棄権、しましょう」

そのリリーティアが、体を起こして言う。上半身を起こすだけでも辛そうだった。

「急いでみんな集落へ戻って……避難と戦闘の準備を……」

「そんな体で無茶だ、リリーティア」

そっと寝かせようとする俺の腕を、リリーティアはギュッと握る。

「無茶かもしれないけれど……集落が危ないのよ。無理でも無茶でも、しなくちゃいけないのよ」

まっすぐ俺を見つめる目は、弱々しくも芯が通っているように思えた。

集落の長としての責務。上半身を起こすのに精一杯な彼女が、背負っているもの。

「正直、悔しいわ。せっかくセシリアに勝って、あと一勝ってところで……チャンスを棒に振るのは……。けどそれも、集落が悲惨な目に遭えば、無意味なのよ」

リリーティアの言うことは間違っていない。決闘より集落の存続のほうが圧倒的に大事だ。俺だってサキュバスと暮らすようになってまだ間もないが、それぐらいの分別は持ち合わせている。

選択肢はふたつ。選ぶべき選択も決まっている。それだけ。単純な話だ。

でも、本当に？　なにか折衷案があるんじゃないか？

決闘を続けられる状態を維持しつつ、魔獣討伐も完遂《かんすい》できる方法が……。

動けないリリーティアと、試合に出るウィンディーの代わりを務められる者がいればいいんだ。

誰か、適任のやつが……。

「……俺、か」

ポツリと呟いた声に、みんなが「え？」という表情を向けた。

「俺が、食い止めてみる」

実際、折衷案としてはそれしか選択できそうにない。今ここにいる動けるメンバーから試合出場者を除き、かつ能力値《ステータス》的に戦えそうなやつを選ぶとしたら……手前味噌だが、並みのサキュバスよりも圧倒的に能力値の高い俺だろう。

「無謀ですわ！　同じ階級のサキュバスならともかく……あなたは人間でしてよ？」

「関係ないさ。能力値的に戦える可能性があるのは間違いないんだ。現に一度、大型魔獣を撃退している」

「でもパパ……超大型って、大型よりももっともっとも〜っと大きいんだよ？　大丈夫？」

……う。そう言われると、若干尻込みしてしまうが……そんなこと考えてる場合かよ。

「集落に残ってる動けるやつらみんなと協力すればいいんだ。俺ひとりで戦うんじゃない。少しでもここに残る人員を確保するには、それしか方法はないと思う」

「つまり……決闘は棄権せず、ウィンディーをここに残す、と言うことですの？」

「どちらにせよ、リリーティアは今すぐここを動けない。動かないほうがいいだろう。怪我を負ったまま集落に戻ってなにかあってからじゃ遅い。むしろここにいるほうが安全だ。だったら、そばに置いておく人も必要になってくる。ウィンディーが試合で残るなら適任だろ？」

「それは……そうかもしれませんけど」

シェリルは決断を迷っているみたいだ。

「なんであれ、時間が無いんだろ？　だったら俺は、もう行く。武器と防具、借りてくぞ」

壁に掛けられていた予備の武具を適当に見繕い、装備する。

「パパがいくなら、うちも行くー！」

ビアンカも武具をかっさらい、装備してにかっと笑った。

彼女の俊敏さや身のこなしは、確かに心強い。なによりこの無邪気な明るさは士気の向上にも繋がるだろう。

「馬車で行くよりそれぞれ馬に乗ったほうが早いか。って言っても俺、乗馬の経験無いんだよな……。ビアンカは？」

「ううん、うちもー」

「てことは、メルルの乗ってきた馬で三人乗りか？」

「さすがにそれは厳しいかと。馬の疲弊も考えると……」

だよなぁ……と頭を悩ませたときだ。

「それなら、わたくしも行きますわ。馬も乗れますし」

名乗り出たのはシェリルだった。

「いいのか、シェリル」

「いいもなにも、他に選択の余地はありませんわ。あなただけ超大型魔獣と戦わせるだなんて無謀なこと、放ってもおけませんし」

武具を取って装備していくシェリル。

「ですが、わたくしはあなた達の監視も兼ねます。人命が最優先。あまりにも危険と感じた際は戦いを無理矢理でも止めて避難に全力を尽くしますわ。もちろんそれまでは力をお貸ししますけど」

「ああ、それでいい。心強いよ、シェリル」

真正面から言うと、シェリルはわかりやすく顔を赤くした。

ともあれ、人員も移動手段も確保できた。馬車を引かない馬で走れば、フィルビア・コロニーまでは数時間といったところだろう。ギリギリ魔獣の最接近には間に合うはず。

一方で、試合を棄権する必要もなくなった。もちろん、勝てるかどうかはわからないが……チャンスを潰すことにならずにすんで良かった。

「……ラシュアン……」

ベッドの上のリリーティアが、不安げに俺を見つめる。

「大丈夫だって。必ず集落は守る。守ってみせるから」

力強く笑って見せて、その後ウィンディーへも目を向けた。

「試合、見てあげられなくてすまない」

「え!?　い、いえ……むしろ、いいんでしょうか……」

「いい。そのために俺達が行くんだから。……決闘、がんばれよ。いい報告を待ってる！」

鼓舞すると、ウィンディーまで顔を赤くし、けれど嬉しそうに笑ってくれた。

「それではラシュアン様、シェリル様、ビアンカ様……急ぎましょう」

先導するメルルのあとを追い、控えの間を出ようとする。

見送るリリーティア達へ、俺は柄にもなく、サムズアップを残してその場をあとにした。

◆　◆　◆　◆

走る馬に揺られながら、俺はさっきまでいた控えの間でのことを思い返した。

正直、俺があんな風に先陣切るような言い方するとか、俺自身信じられない気持ちだった。

ずっとコツコツ結果を信じてがんばってきたことを、簡単に全否定されて自分に価値を見出せなくなって、自信をなくしていたはずの俺だったのに。

あのときは、俺ならきっとなんとかできる、俺がなんとかしなくちゃいけない、みんなのためになんとかしてあげたい……そう思えた。

俺は、とっくに自信を取り戻していたのだろうか？　でもどうやって？　どうして？

……ふと、リリーティアの表情が思い浮かんだ。

彼女だけじゃない。シェリルにビアンカ、ウィンディーにメルル……集落で気さくに話しかけてくれたサキュバス達。みんなが俺を受け入れてくれて、俺の存在に意味を与えてくれた。

ああ、そうだ。みんなが俺を認めてくれたから、俺も自分を信じられるようになったんだ。

『リリーティアは、リリーティアを信じる俺の言うこと……信じられないか？』

決闘へ赴く前、リリーティアとふたりきりだったときに言った言葉が蘇る。

それ、まんま俺のことでもあったんだな。

「ははっ……そういうことか」

思わず声に出して笑ってしまった。

「……？　ラシュアン様、どうされましたか？　気でも触れましたか？」

「いやいや、言い方ひどいな！　そんなんじゃないって。ちょっと嬉しいことを思い出したんだ」

「そうでしたか。失礼いたしました。それはそうと……あれを」

メルルが視線を向けた先に、なにやらうごめく巨大なものが見えた。

最初は遠くに見える山かなにかかと思っていたが……近づいてみれば、それが巨大な生物であることがわかった。

言うなればその魔獣は、超巨大なダンゴムシだった。いかにも堅そうな表皮はいくつもの体節に分かれていて、藻のようななにかが表面を覆い緑色になっていた。

歩くスピードはゆっくりだが、それでもあの巨大な質量が集落を横断しようものなら……壊滅は免れない。

「想像以上にでかいな」

「ですが、動きは比較的単調です。表皮の内部も柔らかいのではないかと推測もできますし、体の内部へ攻撃を届かせる、あるいは正面の頭部を破壊できれば勝機はあるかと」

「やってやれないことはない……か。にしても、いやに楽観的じゃないか？　メルル」

「そうですね……しかしながら、そう思わずにはいられないのです」

顔半分ほど振り返ったメルルは、心なしか微笑んでいるように見えた。

「ラシュアン様なら、やってくださると……信じておりますので」

なるほど。メイド長にまで信頼を寄せられているなら、応えないわけにはいかないな。

「ああ――任せろっ！」

もう昔の、自信が欠片もないような俺じゃない。

強く吠えると、俺は剣を抜いた。

メルルの駆る馬は俺を乗せたまま、シェリル達と別れて真っ先に魔獣のほうへ向かう。

すでに何人か討伐隊を組んで向かっている者達がいるらしく、俺達はそいつらと先に合流することにした。

一方のシェリル達は、一度避難の状況を見てくるとのことだった。場合によってはビアンカを残し避難を手伝わせ、シェリルのみ討伐隊へ合流する、という手はずだった。

討伐隊が組んだ防衛ラインに到着し、指揮を執っていたサキュバスに状況を確認する。

「もう間もなくで足止め用の大型魔法が準備完了です。整い次第すぐに発動できます」

「大型魔法……具体的に、どんな魔法なんだ？」

「魔獣の進行方向に合わせて複数の魔法陣を刻み、通過のタイミングで氷魔法を最大出力で放ち、動きを鈍らせていきます。それを四段階繰り返すことで、あの規模の大型魔獣を凍らせることができる……と考えています」

「考えている、ってことは確実とは言えないんだな」

「前例はありますから、まったく効果なしと言うことはありませんが……リリーティア様やシェリル様不在な中でどこまで対処できるか……」

「リリーティアは確かにいないが、シェリルなら今、集落の様子を見にいったんそっちへ向かって、戻ってくる予定だ。間に合えば……だけど」

それを聞いて、少しだけ安心したように頬を緩める現場指揮者。

だがすぐに真剣な表情を取り戻した。

「ともかく、やれるだけのことはやってみます。体を凍らせ動きを止めることができたら、やつの急所を一気に叩きます」

「急所の位置は特定できてるのか？」

「はい。一番わかりやすいのは頭部の破壊で、次に、前から十個目の体節の隙間の奥に心臓があるのはわかっています」

なるほど。うまく動きさえ止まってくれれば狙える……ってところだな。

そうこうしているうちに、超大型魔獣が最初の魔法陣に最接近した。やつの顔を真正面から見ると、やっぱり身震いは避けられない。

けど、他の皆だって倒すために恐怖を押し殺して現場に立っているんだ。

俺はパシッと頬を叩いた。

「第一次防衛陣、発動！」

現場指揮者が声を上げる。そこから離れた場所に待機していたサキュバス達数十名が、一斉に詠唱を開始。離れた場所に刻んだ魔法陣が起動し、遠隔操作で魔法が発動された。

ピシャァッ!!　バリバリバリ!!

巨大な氷の塊が地面から昇り、魔獣の体を半分ほど覆う。すごい勢いだ。何十人ものサキュバスが、魔法陣の上に魔力を集中させたことで、威力を何十倍にも膨らませているらしい。

……だがそれでも、魔獣の動きは止まらなかった。氷を砕き、再び近づいてくる。

「第二次防衛陣、発動！」

もっともすべて想定内。現場指揮者は慌てず次の号令を出し、再び魔法が発動される。

それでも動きの止まらない魔獣。

第三第四の魔法陣でさらに足止めを試みる。

いよいよ魔獣は、体半分を凍らせて足を止めた。

「……防げた……のか？」

ゴクリと唾を飲む。一向に動きだす気配はない。

好機……かもしれない。

「今のうちだ！　前線に出られるやつは、一気にやつを叩くぞ！」

メルルの操る馬に跨《また》がり、俺は剣を掲げた。呼応したサキュバス達もそれぞれ馬に乗ったり荷馬車に乗ったりして、魔獣のそばへ向かう。

「ラシュアン様、援護します！　第四次防衛陣、再起動！　最大出力で放出!!」

現場指揮官の号令によって、再び魔法陣が起動。巨大な氷の柱が魔獣を覆い、頭部を除き完全に凍らせた。

ほぼ氷の塊状態の魔物へ、俺達は一気に接近していく。凍らせることはできたが、これだけの大きさの魔獣。いつ動きだしても不思議じゃない。

「ありったけの魔力で魔法を打ちまくれ！　その隙に接近戦主体の皆で攻めるぞ！」

みんなはいっさい疑問を抱くことなく、俺の号令に合わせて攻撃を始めた。

激しい弾幕の向こうで、魔獣の悲鳴らしき声が聞こえてくる。ダメージを負わせているかはわからないが、少なくとも衝撃は感じているらしい。

剣などの武器を持つ者達は、粉塵が巻き上がっている中を突っ切り、魔獣の頭部までもうすぐというところまで接近。

「攻撃できるやつからどんどん行け！」

号令と共に声を上げ、ひとりまたひとりと魔獣を斬りつけていく。頭部は見た目ほど硬いわけではないようで、傷を負って青紫の血液を滲ませ始めた。そのたびに金切り声のような悲鳴を轟かせるが、みな怯まずに斬りつけていく。

「メルル！　俺達も行くぞ。もっと接近してくれ！」

「はい…………──あっ！」

急にメルルは馬を止め方向転換。思わず放り出されそうになるのを、メルルに抱きついて回避。

「ど、どうしたメルル！」

「いったん離れましょう……拘束が解けそうです」

言われて目を向けると、魔獣は甲羅が重なるよう体節を前後に往復させていた。そのたびにパキパキと氷の砕けていく音が聞こえる。

確かにこれはマズそうだ。

「全員、一度離れろ！　また動きだすぞ!!」

俺の号令で、一斉に方向転換し距離を取るサキュバス達。

だが思いのほか、魔獣の復活のほうが早かった。バリンッと一際大きな音を鳴らし、表面に張り付いていた氷が砕けて落ちる。

魔獣の咆哮《ほうこう》が響き、再び走り出した。遠くで見ている分にはゆっくり動いているように見えたが、この巨体が動くのを間近で見ると迫力に押しつぶされそうになるし、充分にスピードも出ているように感じた。

「落ち着けみんな！　馬のほうが圧倒的に早い！　全速力で逃げれば追いつかれない！」

実際その通りで、馬を走らせているうちに魔獣との距離はどんどん開いていった。一度逃げ切れれば、第五次防衛陣……最終防衛陣で再び魔法を浴びせられる。

だが、ふと楽観視したのが仇となった。

突然、魔獣は口から無数の岩を吐き出した。

移動中に口に含み、忍ばせていたのだろう。

「く――こんなん、ありかよ！」

「捕まっていてください、ラシュアン様！」

メルルが巧みに馬を操り、すんでの所で石を避けていく。大きさは大したことなさそうだが、このスピードと高さから落ちてくるものが直撃なんてしたら……。

だが幸い、みんな無事なようだ。攻撃の命中精度は大したことないらしい。

「――きゃっ！」

ふと悲鳴が聞こえ、振り返る。

その横を一頭の馬が駆け抜けていった。その背には、誰も乗っていない。

一方でその馬に乗っていたと思われるサキュバスがひとり、地面に倒れていた。近くには降ってきた岩が地面にめり込んでいる。

「大丈夫か！　……メルル、いったん戻れるか？」

「しかし…………わかりました」

戻るのは危険だと思ったのだろう。当然だ。けど放っておくわけにもいかない。

倒れているサキュバスのそばで馬から降りて手を貸す。見たところ怪我はないみたいだが……。

「どうした、大丈夫か？」

「は、はい……目の前に突然岩が降ってきて、驚いた馬が暴れて……振り落とされてしまって」

なるほど。だから馬は全速力で逃げ出したのか。

となると戻ってくる可能性は低いし、よしんば戻ってきたとしても退避が間に合うかどうか。

「ひとまず君は、メルルと一緒に馬に」

「は、はい。ありがとうございます……って、ラシュアンさんはどうするんですか？」

問題はそれだ。この馬に三人乗りはさすがに厳しい。乗ったとして、魔獣に追いつかれないとも限らない。

かといって、俺がいくら脚力の能力値が高いからって、走って逃げられるとも思えない。

負傷しているサキュバスを優先するなら、俺は馬には乗れない。その上で、この状況をどう打開するか……。

って、ほとんど選択肢なんてないよなぁ。

「俺はここに残って、やつを止められないか策を練ってみる」

「無謀すぎます！」

珍しいことに、冷静なメルルが思いっきり感情的になって叫んだ。

「いくらラシュアン様の能力値が軒並み高いとは言え、あの巨大な魔獣をひとりで相手するのはただの愚行です。どこまで逃げられるかわかりませんが、三人で乗って逃げましょう」

「それじゃあ、追いつかれたときに三人ともやられる。それに最終防衛陣の魔法だって、発動したときの巻き添えが増える。けどここにいる三人のうち、俺なら能力値的にもすぐやられるってことはないはずだ」

「愚かすぎます。だいたい、どうやって対抗しようというのですか。あの質量の突進を相手に」

「あいつの頭はそんなにデカくなかったし、飛び乗れば摑まれる場所もありそうだった。衝撃にさえ耐えられれば、下敷きにされることも食われることもない。むしろ、頭部に飛び乗ったほうが攻撃しやすい」

「接近するだけでも危険なのに、万が一失敗したら……」

メルルの言葉が詰まる。嬉しいな。そんな心配してくれるなんて。

「ありがとう。けどコレが一番、お前達を助けられる可能性が高いと思う」

訴えかけるようにメルルを見つめる。

迷いに迷ったメルルは、大きなため息をついた。

「彼女を安全な場所まで送り届けたら、すぐに戻って参ります。それまで、無茶なことは絶対にしないでください。いいですね」

「約束はできない……けど、善処する」

俺が答えるやいなや、メルルはすぐさま馬を走らせた。

それを見送って振り返る。ゆっくりとだが確実に、巨大質量の魔獣がこちらへ迫っていた。

我ながら、バカな選択をしたなって思う。そもそも、ちょっと前の俺ならこんな無謀なこと、しなかっただろう。

でも、不思議と今は、そこまで無謀とは感じなかった。

リリーティア達との【儀式《エッチ》】と、それを経て身についた力が、今になってさらにわき起こってきているのがわかる。どんどんみなぎってきている気がする。

気のせいかもしれないけど……俺ならできる、っていう確信がある。

「最接近したタイミングで、全力でジャンプ。どこでも良いからとにかくがむしゃらになって摑んで、頭の上で体勢を整えて……ざっくり」

何度も頭の中でイメトレをしているうちに、魔獣の頭部がはっきり目視できるようになった。

血を滲ませた魔獣は、そこはかとなく苦しそうだ。痛みに悶えて暴れているのかもしれない。

あと一押し。それでこいつは沈黙してくれる……はず。

「やるぞ、ラシュアン・デリオローラ！」

俺は気合いを入れ、自らを鼓舞するように叫んだ。

「三十五歳にして、一世一代の大博打だ！」

迫り来る魔獣はもう目と鼻の先。

このままジッとしていればあっという間に下敷きになってひき肉状態。

タイミングを見計らって大型魔獣の頭に飛び乗るんだ。

とりあえず、飛び乗ることさえ可能ならどうにかできる……はず。

「……ふうぅ……」

俺は一度深呼吸して、剣を鞘に納める。両手を自由にした。

そしてグッと腰を落とし――走り出す！

「うおおおぉぉぉぉっ！」

ちょっとでも勢いづいて高く飛べるよう、しっかり助走する。

魔獣との距離を測りながら、タイミングを見計らって――、

「ここだぁ！」

地面を蹴った。自分の体が、何メートルもの高さまで軽々と飛び上がる。

充分魔獣の頭に着地できそうな高さだ。方向も問題ない。

あとは、うまく着地できるかだが……っ！

「うおりゃあ！」

魔獣の頭を蹴り飛ばす勢いで着地した俺。膝をグッと曲げて衝撃を和らげるが、それでも足腰がジーンと痺れた。さらには勢いを殺しきれなかったせいで前へ転げそうになる。

「っとと！」

慌てて頭の表皮の出っ張りに手をかける。どうにか体を固定し、体勢を整えることに成功する。

「……ふぅ。なんとかなってよかったぁ……」

思わず全身から力が抜けそうになる。なんだか一仕事終えた気分だ。

「……って、アホか。こいつを倒さないと。そのためにこんな特攻に打ってでたんだから」

ここからなら剣で一気に首を落とすこともできるだろう。至近距離からの全力の【十双牙《じっそうが》】を放てばひとたまりも無いはず。

俺は納めていた剣を抜こうと柄に手を伸ばし――、

「…………あれ？」

何度握ろうとしても、そこに柄の感覚はない。

「…………うそ、だろ？」

血の気が引く思いで、ゆっくり振り返る。

——剣はどこにもなかった。ただ、鞘がベルトで腰に固定されているだけ。

「…………マジかあああぁぁぁっ!!」

ど、どこ行ったんだ？　ちゃんと鞘に入れてたよな？　忘れてジャンプしたわけじゃ……。

そうか。ジャンプの勢いがよすぎて、衝撃で鞘からすっぽ抜けたのかも。

……いやいやいやいや！　そんなことあるか!?

とはいえ、剣がないのは認めるほかない現実だし……。

「さ、鞘で【十双牙】いけないかな」

うう、なんとも情けねぇ。けど四の五の言ってる場合じゃない。

腰から鞘を取り、ベルトを腕に巻いて固定し、鞘をしっかり握れるだけ握って構える。

スウッと息を吸い、いつもの技のイメージを大切にしながら……、

「【十双牙】っ!!」

魔獣の首根っこ目がけて放った突きは、体内の魔力によるアシストでスピードを跳ね上げた。一瞬にして十回も表皮を穿ち、魔獣の悲鳴が轟いた。

「……くそ、やっぱ刃物じゃないと貫くのは無理か」

確実に【十双牙】を当てることはできたが、鞘では殺傷力が低すぎる。

「他に、ダメージ負わせられる方法はないか……？」

考えろ。なにか絶対策があるはずなんだ。

とは言ったものの、最終防衛陣がもう目と鼻の先に近づいていていた。ここを越えられると集落がいよいよ危ない。あまり悠長に考えてる時間はないんだが……。

「いや、だからって焦らなくていい。落ち着け。剣はない、鞘では殺傷力不足……他に使えそうなものは……」

足止めではなく、仕留めるための手段、攻撃法………そうか。

「俺に使いこなせるかはわからんが……こうなったら、魔法をぶっつけ本番ってところか」

少なくとも、先日のシェリルとの特訓ではすべての指の先に火を灯すことはできた。結局色々あって、魔法の訓練はその程度で止まっていたが……もっとイメージを膨らませ、一か八か火炎玉みたいな魔法を撃てたりしないだろうか。

「……やってみよう。どのみち、それしか方法はなさそうだ」

俺は掌を掲げると、魔力を掌に集めるためのイメージを膨らませた。前回の、指先に灯した火とは比べものにならない量の魔力を、ひたすら集める。

あとはこいつを叩きつけるのと同時に、

「リリーティア、お前の得意技――借りるぞ！」

炎を爆発させるイメージでっ！

「【ファイアー・ブレス】!!」

ゴオオッ!!

叩きつけた掌から、四方八方に火炎が吹き出した。

「――できた！」

この土壇場で魔法が打てたことに喜びを隠しきれなかった。

けどこの程度じゃ全然だ。魔獣は悲鳴を上げたから効いてはいるようだが、表皮を炭に変えた程度だ。まだ致命傷ではない。

「なら……どんどん叩きつけるだけだ！」

掌を魔獣に叩きつけるたび、俺は【ファイアー・ブレス】を繰りだした。

何度も何度も、何度も何度も……。

そのたびに魔獣は悲鳴を上げ、ときには俺を振り払おうと体をよじった。だが振り払われないようしがみつき、耐えたらまた魔法を打ち込んだ。

「【ファイアー・ブレス】、【ファイアー・ブレス】、【ファイアー・ブレス】!!」

何度も打ち込むうちに魔獣の表皮は剝がれ、内側の肉は焼けただれた。血肉の焼ける匂いが鼻を刺す。だがまだ手を止められない。魔獣は最後のあがきと言わんばかりに、最終防衛陣へ向かって突進していた。

「往生際が悪いな、お前!!」

表面ばっかり攻撃してても意味が無い。俺は全力で焼けただれた肉を殴った。

拳は容易く肉を貫き、体の内側へ到達したようだ。

このまま、体の内側から焼き殺す！

「【ファイアー・ブレスゥゥウゥ】‼」

ゴオオオオオオッ‼

これまでの中でも特大の火炎が魔獣の体内を襲う。灼熱の攻撃に大きな悲鳴を上げ悶える魔獣。その口からは俺の放った火炎が放射され、さながら自分で火を吹いているかのようだ。

「もっと、もっとだ……！　もっと燃やし尽くせえぇぇ！」

もう自分の手は、魔力の使いすぎか火炎の打ち過ぎか、理由はわからないが感覚がなくなっていた。それでも、体内の魔力をすべて掌に集めて使い切る気持ちで、俺は火炎を出し続ける。

どれぐらい魔獣の体内を焼き続けただろうか。

気付けば魔獣は足を止めていて、全身を焼かれたあとの異様な匂いを立ち上らせていた。

「………やった、のか？」

シンと静まりかえる。魔獣は身じろぎひとつない――

「ぴぎぃぃいぃぃいぃ！」

「――うおっ⁉」

ホッとしたのも束の間。魔獣は巨大な悲鳴を上げて再び動きだした。きっとこいつも、残りかすのような生命力をありったけ使って動いているんだろう。

「くそ……俺だってもう、魔力かすっかすだぞ……」

はっきりわかるわけじゃないが、完全に出し尽くしたあとのような倦怠感……いわゆる『賢者タイム』的な疲労が全身を襲っている。少なくとも、魔力を大量に消費する魔法は撃てない。

手元に剣がないのが悔やまれる！　業物《わざもの》でなくても、一本の剣さえあれば……

「おーい！　パパ～!!」

と、一頭の馬がこちらのほうへ駆け寄ってくるのが見えた。メルルが操り、その背後にはビアンカが乗っている。

大きく手を振るビアンカ。そこには――俺が落としてしまった抜き身の剣が握られていた！

「忘れ物、届けに来たよ～ッ！」

「な、ナイスだビアンカ！　こっちに投げてくれ！」

「はーい！　行っくよ～……そぉい！」

投げられた剣は凄まじく正確なコントロールで俺の元へ飛んできた。

今度こそ落とすことなく、俺は剣をキャッチ！

「ありがとう！　あとでたーっぷりご褒美あげるからな！」

ニパッと笑い返したビアンカ。彼女を乗せた馬は少しずつ魔獣から遠ざかっていく。

「よし……そんじゃあ最後はこれで決めてやるか！」

剣と、ほんの僅かな魔力があれば撃てるあの技を。

リリーティアを初め、フィルビア・コロニーのみんなからもらったと言ってもいい、この技で。

「俺は、俺の新しい居場所を――守る！」

残りカスの魔力をすべて、肉体運動のアシストへ回し。
初期動作と共に――叫ぶ！

「【十双牙ァァァッ】!!」


一瞬のうちに炸裂した十に及ぶ神速の突きが、魔獣の硬い頭部を穿つ。

断末魔すらあげることなく、魔獣の頭は半分ほどが砕け散った。

「……今度こそ……勝った……よな？」

そう実感した直後、とてつもない達成感が全身を駆け巡り……同時にどっと疲労感が広がった。

「……あれ？」

ぐにゃりと視界が歪む。立ち上がった瞬間、足の踏ん張りが利かなくなった。

「く、そ……終わったなら……リリーティア、迎えに……」

そう意識が働き、足を踏ん張ろうとした直後。

俺はフッと意識を失ってしまった。

エピローグ

ぼんやりと、微睡みの中にいるような感覚が続いていた。

聞こえてくる僅かな話し声が、本物なのか単に夢でしかないのか、それすらも判断ができない。

試しに声を出してみる。

「……ん……」

僅かにだが出せた。自分の意思でそれができるってことは、夢じゃなさそうだ。

瞼の裏が白い。明るい……というより、眩しい。

無意識に腕を動かしていた。ハラリと布の落ちる感覚。持ち上げようとした腕はあまりにも重く、引きずるようにして顔の前に持って来る。

「……アン？　ねえ、ラシュアン？　気がついた……？」

聞き慣れた少女の声が聞こえて、顔を覆ったばかりの腕を避ける。

ゆっくり目を開くと――そこには、見知ったその子の顔があった。

「……リリー、ティア……」

「よかった……。今、メルルに【医療】特性持ちを呼んできてもらうわね」

リリーティアは部屋の奥で控えていたメルルに合図を出した。

頷いたメルルは、サッと部屋を出て行った。

そこでようやく、俺は自分の部屋で寝ていたことに気付く。

でも最後の記憶は、超大型魔獣の頭の上からふらついて落ちたところで止まっている。

「……俺、どれぐらい、寝てたんだ？」

「丸二日。慣れない体で魔力を使いすぎたことによる中毒症状。でも安心して。命に別状はないから」

リリーティアはそっと俺の手を握り、俺が気を失っている間のことを教えてくれた。

倒れた俺はすぐさま医務班のもとへ運ばれ治療を受けた。幸い、魔力の使いすぎによる中毒は処置が早かったことで、大事には至らなかったそうだ。一方で消耗した体力なども鑑《かんが》みて、こうして安静に眠らされていたのだそう。

魔獣はというと、その後ピクリとも動かず完全に討伐できたとのことだ。今はその硬い表皮を、武具の素材として人間界へ提供するため、引っ剝がす作業を行っているらしい。

集落への被害も奇跡的にゼロ。負傷した者こそいるが、誰ひとり欠けることなく、このたびの魔獣討伐は成功を収めた。

「そう……か。よかった……」

俺は安堵の息を漏らし——肝心なことを思い出した。

「決闘の、結果は……？」

すると、リリーティアはソッと目を伏せた。それが答えなんだと直感した。

……のだが。

「私達の、フィルビア・コロニーの——勝ちよ」

「……ほんと、なのか？」

「ええ。最後、ウィンディーは一瞬で試合を決めたわ。ビックリした〜。相手もまさかセシリアが負けてウィンディーと当たるとは思ってもなかったみたいで。オロオロしているうちに、隙をついてあっという間に勝利よ」

「……ウィンディー、容赦ないなぁ……」

思わず笑いそうになる。だがむせてしまってうまく笑えなかった。

心配そうにリリーティアが顔を覗き込んできたので、俺は笑顔で応える。

「決闘にも勝って、魔獣も討伐できて……いいことずくめだな」

「ええ……本当に。まさかこんな短期間のうちに、集落の階級まで上げられるとは思わなかった」

言われてみれば、俺がフィルビア・コロニーにやってきて、まだ二週間程度しか経っていない。

いろんなことがあったような気はしたし、もっと長くいるような錯覚も覚えるけど……。

それだけ、充実してるってことなのかな？

「それも全部、あなたのおかげよ、ラシュアン。ありがとう」

「……いやいや。皆のがんばりが最初にあって、俺はそれを少し手伝っただけって言うか、自分にできることを精一杯こなしただけだ。そんな、感謝されるようなことは……」

「いやいやいや。そんなことないわ。だって全部、あなたがフィルビア・コロニーに来てからの出来事だもの。謙遜しないで。みんな感謝してるんだもの」

「いやいやいやいや」

「いやいやいやいやいや」

「「…………」」

「……ははっ」

「……ふふっ」

お互い譲らない。それがついおかしくって、ふたりして笑った。

「……でも、これだけはノーって言わせない。私は……私達は、あなたがフィルビア・コロニーに来てくれたことに感謝しているわ」

「それを言うなら、俺だって、フィルビア・コロニーに置いてくれて、受け入れてくれたみんなに、いくら感謝したってし足りない」

またここでも、お互い譲らず。呆れたような、でもお互い満足げに息を漏らす。

たまたま俺に【絶倫】だなんて特性が発現したからこそ、得られた状況だ。ただひとえに運がよかっただけ。でもそのおかげで、俺は底辺だと諦めていた人生に別の光を見出すことができた。

だから、やっぱり……俺のほうが、みんなへの感謝の気持ちは強い。

そこは譲らないが、まあ、大人げないのでリリーティアには言わないでおく。

「あなたの体調が戻ったら、集落の階級昇格祝いと魔獣討伐祝いを一緒にするつもりなの。楽しみにしててね」

「ああ、それは楽しみだ。早く良くならないとな」

ふと俺は、ちょっと言ってみたかったこと、試してみたかったことを思い出した。

「早くよくなるおまじないをして欲しいんだけど、頼めるか？」

「おまじない？　いいわよ。人間界に伝わることなのかしら？」

「んー、どうだろう。けど簡単なことだ。………キスして欲しい」

リリーティアはキョトンとなって目を瞬かせた。

「……ぷっ、あはは！　なーんだ、おまじないってそういうことね？　もちろん、いいわよ」

リリーティアは髪が俺の顔にかからないよう手で押さえながら、ソッと顔を近づけてくる。

……が、すんでの所で一度止まる。

「このキス一回で欲情しちゃって、【儀式《エッチ》】したいって言われても、絶対安静なんだからね？」

「それは困った。実はその流れもあるかと期待してたんだが……」

「だ〜め。……元気になってからね」

そういって、リリーティアは俺にキスをしてくれた。

ゆっくり、時間をかけて、互いの唇の感触を確かめ合うような優しいキス。

確かに元気になった。心はもちろん……少しだけ、下半身も。

でもリリーティアに呆れられそうだから、黙っておくことにする。

今はただ、リリーティアの柔らかくて温かい唇を、じっくり感じていたいと思った。

書き下ろしエピソード

俺の体調が回復するまで、さらに二日ほど要した。

ようやく立って歩けるようになると、リリーティア達が集落全体で祝賀パーティーを開いてくれた。集落階級戦の勝利と、超大型魔獣の駆逐を祝ってのパーティーだった。

集落に蓄えていた食材を大胆に使い、大盤振る舞いな宴が開かれる。集落内の大広場は夜遅くまで大騒ぎ。聞けば、こんなにハメを外して盛り上がったのは久々だという。

かくいう俺も、かわいいサキュバスや美人なサキュバスにお酌をされるのは悪い気はしない……というか嬉しくてしょうがなく、しこたま煽ってベロベロだった。うまい酒を浴びるほど飲んだのはずいぶんと久しぶりだ。しばらく寝込んでいた分うまい飯もかっくらい、最高に楽しく幸せな気分のままパーティーはお開きとなった。

そして、その後の寝室にて。

「や、あん……ちょっと、ラシュアンったら……。飲み過ぎよ？　まだ病み上がりなんだから、今日は【儀式《エッチ》】はなしよ」

「そんなつれないこと言うなよ……すー……はぁ。リリーティア、良い匂いがする……」

俺はベロベロになって足元もおぼつかなかったため、リリーティアに寝室まで運んでもらったのだ。俺の様子を慮《おもんぱか》って、なにもせずに帰ろうとしていたのだが……男の部屋まできておいてそれはいけない。

帰ろうとするリリーティアを背後から抱きしめ、体を密着させ、豊満な胸をむぎゅっと鷲掴みにした。

「ちょっと、待って……んあっ……ち、乳首、摘まんじゃ……や、だあ……んんっ」

「やだって言うわりに硬くなってるし、やらしい声まで上げて……感じてるんじゃないのか？」

「しょうがない、でしょ？　硬くなっちゃうのは……んくっ、あ、はぁ……せ、生理現象、なんだから……あん」

と言いつつも、リリーティアは本気で抵抗しようとはしない。なんだかんだで、俺の愛撫を受け入れてくれている。

それが嬉しいこともあり、リリーティアの卑猥な声もあって、俺の下半身は元気いっぱい。むくむくのがちがちだ。それをリリーティアの桃尻に押しつける。

「や、ちょ……んもぅ……だめって、言ってる……のに、んんっ。か、硬いの、当たってる……」

「でも、まんざらでもないんだろ？　だから本気で抵抗しない。なあ、一回だけ……酒で酔ってる上に、そんな声聞かされちゃったら……ムラムラが収まらないんだって」

片手で乳房を揉みしだきながら、もう一方の手はリリーティアのお腹、下腹部を這い——ゆっくりと秘所へと到達する。すでに下着の中は濡れそぼっていて、指先をちょっと動かすだけでもぐちゅっと卑猥な音を響かせた。

「や、らぁ……んんっ。そこ、は……それ以上、イジら、ないでって……あ、んはあっ……」

乳首をこねりながら秘所の入り口あたりを執拗に愛撫する。くちゅくちゅという水音のリズムに合わせ、リリーティアは体を震わせて下半身をもぞもぞさせた。

「でも、まるでもっとイジってほしそうにエッチな汁が溢れてきてるぞ？　クリ○リスだって……こんなに硬くしてさ」

愛液でたっぷり濡らした指先で、つぶらな肉芽に触れる。びくんっ！　と一際体を震わせた。

「やっ、だめ、そこ……んんんっ！　気持ち、いいから……ま、待って、お願い……ふあああっ！ラシュアン、お願いだから……んくぅっ！　ま、待ってってば——や、あんっ！」

クリクリと、決して強すぎずしかし弱すぎない加減で弾いていると、リリーティアの足はどんどん震えた。膝から力が抜けたかのようにガクッとなることもある。それでも気丈に立とうとする。

「ん、ふーぅ、ふーぅ……んくううっ！　ま、って、ほんと、お願い……だ、だめ、だめだめ……んあぁっ、い、イク、イク……や、あ、んんっ！　あっ、あっ、くぅ——ああああっ！」

瞬間、一際ガクンと力が抜けてしまったリリーティア。びくんびくんと全身を震わせながら、ズルズルと床にへたり込んでしまう。

「はーぁ、はーぁ……ん、く……あ……はぁ、はぁ……い、イッちゃった……んんっ」

肩で息をしながら、震える体の調子を整えようとするリリーティア。イかせてやったという優越感が、少しだけ俺を気持ち良くさせた。

「も、もう……ラシュアンの、エッチ……」

「悪い。感じてるリリーティアがかわいくって、苛めたくなっちゃったんだ」

頬を上気させながら、ふくれっ面になるリリーティア。その仕草もやっぱりかわいくて、もっとイチャイチャしたいという気持ちにさせられた。

「でも、まあ、ちょっとやり過ぎたな。リリーティアの言うとおり、今日は大人しく休むよ」

「…………え？」

そう言うと、リリーティアは不思議そうに俺を見た。

「まだ病み上がりだってのも一理あるしな。ありがと、リリーティア。帰って大丈夫だぞ」

すると、リリーティアはもぞもぞしながらなにかを言いたそうにしている。まあ、大体わかるんだが。むしろそれを言わせるために、あえてここまでその気にさせておいて帰そうとしたんだ。

「ちょ、ちょっとぐらいなら……【儀式】、しても平気……かも」

「ん？　なんだって？」

「だ、だから！　ちょっとぐらいなら【儀式】してもいいよ……って言ったの！」

「いや、俺は別にもう満足しちゃったから……それとも、もしかしてリリーティアのほうが……？」

「ううぅっ！　い、意地悪すぎよ、ラシュアンてばぁ！」

顔を真っ赤にして、モジモジしながら――リリーティアは言った。

「わ、私と、今すぐ……【儀式】して……ください」

「よくできました。喜んで」

してやったり。やだとか今日はなしとか言っておきながら、結局その気になってやんの。

そうして押しに勝てたことをもまた嬉しくて、俺は満面の笑みでリリーティアの手を取った。

――そのときだった。

「パパーッ！　遊びに来たよー！」

突然寝室のドアが開き、ビアンカが飛び込んできた。

「うぉあっ！」

勢いよく俺に抱きついたビアンカ。背後のベッドに俺を押し倒すと、そのまま馬乗りになる。

「……あれ？　パパのおち○ちん、もう大っきくなってる。うっわ、トロトロでドロドロだよ？　どしたの？」

「お前なぁ……せっかくお楽しみだったところを」

馬乗りになった流れで、勃起した一物に気付いたビアンカは、すぐさま玩具のごとく握ったりしごいたりし始める。正直、今すぐ射精しそうなほど気持ちいい。

「お楽しみ？　もしかして、リリーティアと？　ずるーい！　うちもしたい！」

にぎにぎ、こすこす。

「わ、わかったから！　頼む、手、いったんストップ！」

ぶーたれながら一物から手を離すビアンカ。ぬちょっと先走りが糸を引く。確かに、自分でもビックリするほどの量が溢れていた。

「ていうか、まずはリリーティアにも確認しなさい」

「はーい、パパッ！」

かわいらしく手を上げて答えた後、呆然と眺めているリリーティアへ向き直ったビアンカ。

「ねえねえリリーティア。うちも【儀式】混ぜて？」

ストレートな頼み方だな！　ある意味ビアンカらしいけども。

呆気にとられていたリリーティアだが、まるで流れに押し切られたかのように頷く。

「え、ええ……構わない、けど」

構わないのかよ！　ちゃっかり３Ｐが始まろうとしていた。


――と、その直後。

「ラシュアン？　ずいぶん酔っていたみたいですし、わたくしが介抱して差し上げますわ。ついでに先日のリベンジを………あら？」

なんとシェリルまで乱入するという驚きの展開。

床にへたっているリリーティアと、俺へ馬乗りになっているビアンカ、そしてちゃっかりギンギンな俺の肉棒へと視線を移し、

「あらあら。サキュバスふたりを侍らせて良いご身分ですわねぇ」

シェリルはニヤニヤと笑う。

すると、やっぱりビアンカが無邪気に言った。

「せっかくだしシェリルも一緒に【儀式】しようよ！　絶対楽しいし気持ちいいと思う！」

「え？　ああ……そのぉ……わ、わたくしは……」

答えにくそうなシェリル。まあ、俺との儀式で盛大に乱れちゃうシェリルは、プライドの高さもあってそれを人に見せたくはないんだろう。

「そ、そういうことでしたらわたくしは結構ですわ。今日のところは三人でお楽しみに――」

「ちょっと待ちなさいシェリル？」

と、逃げるように部屋を去ろうとするシェリルを、リリーティアが羽交い締めにする。

「いいじゃない。もうこうなったら何でもありのどうとでもなれ、よ。三人一気に魔力を吸引できるチャンスですもの。さらに強くなるため……四人で楽しみましょ？」

「ちょ、待ってくださいましリリーティア！　わたくしはその……あ、あまり人に見られたくない」

「でもでも、前にシェリルがパパと【儀式】したとき、すんごい声出てたよね？　なにがあったのか大体みんなわかっちゃってるし、今さらじゃない？」

「そうそう。今さらシェリルの乱れっぷりなんて気にしないわ。むしろ……見てみたい」

サラリと恥ずかしいことをビアンカが言って、シェリルの顔はボッと赤くなる。

「ちょ、だからそれを見られたくないと言っていますの！　待ってくださいま――ひゃあっ！」

リリーティアがシェリルを押し倒し、ビアンカが引っ張り、俺へ覆い被さるように倒れ込む。豊満なバストがむにょっとクッションになる。

そんなシェリルの尻をリリーティアが押さえ、俺の一物をビアンカが握り、シェリルの秘所へと宛がった。なんという連係プレイだ。

「どうせ集まったんなら、みんなでしたほうが楽しいし盛り上がれるじゃない。ねえ、ラシュアン？　あなただって複数プレイに興味あるでしょう？」

「いや、そりゃ……まあ」

「んじゃあ決まりだね！　最初はシェリルにあげるから――今日は朝までたーくさん【儀式】しようね！」

「ちょ、わ、わかりましたから！　せめて心の準備を――んく、ふあああああっ！」

シェリルの言葉を無視して、リリーティアが彼女のお尻を押し込む。一物がぬぷぷっとシェリルの中へ挿入され、一気に子宮口へぶち当たる。案の定、ビクビクと体を震わせて簡単に絶頂してしまったシェリル。

その様子を意地悪そうに眺めて笑ったビアンカとリリーティア。

そして、俺の頭のほうへにじり寄ってくると、ふたりして頰にキスをした。

「パパ、たくさんたくさんたーくさん、気持ち良くしてね？　うちも気持ち良くするから！」

「だから、たーっぷり私達に注いでね？　今夜は寝かせないから……なんねて。ふふっ♪」

こうして、俺の人生初の複数プレイは、まさかの４Ｐ。

その夜は宣言通り寝る間なんてないまま何度も何度も精を放出し、三人へ注ぎこみ。

体もベッドのシーツもドロドロになるまで、快楽の海に溺れ続けた。

もう快楽物質で脳みそまでトロトロに蕩けてしまっているようだった。

そんな幸福感とほどよい疲労感を味わいながら、こんな日が毎日続くのも、まあ、悪くはないんだろうな……と、そんなことを思った。

……アラフォーの俺の体力が持つ限りは、だけどな。

レア特性《スキル》【絶倫】を会得したので、

サキュバス達の集落でハーレムを築くことにした

ノクスノベルス

レア特性《スキル》【絶倫】を会得したので、サキュバス達の集落でハーレムを築くことにした 1

2019年4月20日　第一版発行

【著者】
落合祐輔/雨宮ユウ

【イラスト】
翠野タヌキ

【発行者】
辻 政英

【編集】
沢口 翔

【装丁デザイン】
株式会社TRAP(岡 洋介)

【フォーマットデザイン】
ウエダデザイン室

【印刷所】
図書印刷株式会社

【発行所】
株式会社フロンティアワークス
〒170-0013 東京都豊島区東池袋3-22-17
東池袋セントラルプレイス5F
営業 TEL 03-5957-1030　FAX 03-5957-1533

ノクスノベルス公式サイト
http://nox-novels.jp/